UMA BOA HORA PARA MORRER

ELIZABETH LITTLE

UMA BOA HORA PARA MORRER

Tradução de
Isabela Sampaio

ROCCO

Título original
PRETTY AS A PICTURE
A Novel

Copyright © 2020 by Elizabeth Little

Todos os direitos reservados, incluindo o de reprodução no todo
ou em parte sob qualquer forma.

Edição brasileira publicada mediante acordo com Viking,
um selo da Penguin Group (USA).

Direitos para a língua portuguesa reservados
com exclusividade para o Brasil à
EDITORA ROCCO LTDA.
Rua Evaristo da Veiga, 65 – 11º andar
Passeio Corporate – Torre 1
20031-040 – Rio de Janeiro – RJ
Tel.: (21) 3525-2000 – Fax: (21) 3525-2001
rocco@rocco.com.br | www.rocco.com.br

Printed in Brazil / Impresso no Brasil

Preparação de originais
CARLA BETTELLI

CIP-BRASIL. CATALOGAÇÃO NA PUBLICAÇÃO
SINDICATO NACIONAL DOS EDITORES DE LIVROS, RJ

L756b

Little, Elizabeth
 Uma boa hora para morrer / Elizabeth Little ; tradução Isabela Sampaio. - 1. ed. - Rio de Janeiro : Rocco, 2024.

 Tradução de: Pretty as a picture
 ISBN 978-65-5532-439-6
 ISBN 978-65-5595-263-6 (recurso eletrônico)

 1. Ficção americana. I. Sampaio, Isabela. II. Título.

24-89099
CDD: 813
CDU: 82-3(73)

Gabriela Faray Ferreira Lopes - Bibliotecária - CRB-7/6643

Esta é uma obra de ficção. Nomes, personagens, lugares e incidentes
são produtos da imaginação da autora ou foram usados de forma fictícia,
e qualquer semelhança com pessoas reais, vivas ou não, estabelecimentos
comerciais, acontecimentos ou localidades é mera coincidência.

O texto deste livro obedece às normas do
Acordo Ortográfico da Língua Portuguesa.

Para Annabel e Robyn

A vida na indústria cinematográfica é como o início de um novo caso de amor: cheia de surpresas e sempre tem alguém te fodendo.

— *David Mamet*

PRÓLOGO

Dizem que uma imagem vale mais que mil palavras.
Não é isso que eu diria.
Eu diria que depende da imagem. Depende do tamanho, da cor, do tema, da impressão, da moldura, do foco e da composição. Diria que depende do que você estava fazendo na hora anterior, no dia anterior, no ano anterior, na vida anterior. Que depende de você olhar a imagem numa parede, ou passar por ela numa tela, ou recortá-la com cuidado de um livro e afundar os nós dos dedos na dobra entre as páginas, pois as margens são tão estreitas e as lâminas tão compridas que é impossível cortar retinho, mas você não quer procurar uma régua e um estilete porque não está disposta a esperar, você precisa daquilo, precisa daquela imagem agora, e a tesoura da cozinha está à mão e dá pro gasto — sim, *dá pro gasto* —, e, pelo amor de Deus, Marissa, quando é que sua cabeça dura vai entender? A imperfeição é o preço que pessoas felizes pagam para lidar com o peso do que amam.

É isso que eu diria.

Por outro lado, entendo que algumas pessoas preferem a confortável imprecisão dos "números redondos", então, por enquanto, para fins argumentativos, estou disposta a fingir que uma única imagem de fato vale mais que mil vírgula zero zero palavras.

Sendo assim, então, duas imagens valeriam mais que duas mil palavras.

Cem imagens, mais que cem mil palavras.

Nesse ritmo, não demoraria muito até que você tivesse diante de si todas as palavras que já existiram no mundo todo e ainda mais — mais palavras do que alguém poderia usar para compor qualquer coisa que chegasse perto de fazer sentido.

Pense nisso da próxima vez em que for ao cinema.

Caso queira induzir o olho humano a acreditar que uma série de imagens representa um movimento contínuo — o que os alunos do primeiro período de cinema aprendem a chamar de "persistência da visão" —, será necessário apresentar ao seu público cerca de dezesseis quadros por segundo. Pode ser mais, mas não menos.

Dezesseis. Não é redondo, mas ainda é um número que as pessoas gostam de usar. É bem comum afirmarem que 16 FPS (ou frames por segundo) era a taxa de quadros padrão na era do cinema mudo, mas não é verdade — não havia um padrão na época. Aquelas câmeras eram movidas à manivela e os diretores variavam a taxa de quadros de uma cena para a outra, dependendo do ritmo que convinha à história. Com a chegada dos filmes falados, a imagem teve que ser sincronizada com o som e, desde então, a taxa de quadros usada na produção e na projeção de filmes tem sido de 24 FPS, com algumas exceções em que não vou me aprofundar, porque, segundo Amy, ninguém quer ouvir a opinião de alguém sobre *A longa caminhada de Billy Lynn*.

Seguindo essa lógica, um filme médio de oitenta e cinco minutos é composto por 122.400 quadros. Então, se uma imagem vale mais que mil palavras... bem, esse filme médio deve valer mais que 122.400.000 palavras.

Cento e vinte e dois milhões.

Nas mãos erradas, é coisa demais. Informação demais, possibilidades demais. Ninguém consegue encontrar sentido em meio a tanto ruído. Seria o mesmo que devorar uma biblioteca. Beber um dicionário. Perguntar a um ator como ele se sente.

É por isso que recorrem a mim. A editora.

Me dê tempo suficiente. Me dê espaço suficiente. Me dê uma câmara escura, um rolo de filme, uma Steenbeck, uma Moviola, um Avid NLE, um diretor que tenha visão e um ator com algum talento.

Me dê um estilete e um guia.

Me dê essas coisas que eu faço com imagens o que jamais conseguiria fazer com palavras. Eu corto, junto, amarro, integro, elimino, limpo e apago. Escancaro o corpo da fera e enfio as mãos no seu coração pulsante.

Me dê um filme que eu descubro o significado; descubro a verdade; descubro a história.

Às vezes, se der muita sorte, descubro os três.

UM

Não que eu consiga dizer qualquer uma dessas coisas em voz alta. Claro que não.

De vez em quando, acho que tudo que há de errado na minha vida se encontra no espaço entre o que eu deveria ter dito e o que de fato saiu da minha boca. Não importa o quanto eu tente, não importa o quanto me prepare, as palavras certas, para mim, são sempre inalcançáveis. E não é porque ficaram entaladas na garganta. Um gato não comeu a minha língua. Nenhuma das expressões comuns serve. É um tipo de falha mais abrangente. Em uma conversa, diante de qualquer pressão real, minha personalidade se desconecta, desaparece e, não importa o quanto eu me esforce, não reage. É uma catastrófica falha de sistema.

Fala alguma coisa, digo a mim mesma nesses momentos. *Só fala.*

Como se eu fosse a Uma Thurman em *Kill Bill*, deitada descalça na parte de trás daquele carro, cerrando os dentes e tentando forçar meu corpo insubordinado a obedecer à minha férrea força de vontade.

Fala.

Mas eu não sou a Uma Thurman em *Kill Bill*. Não treinei com Gordon Liu. Não conheço a Técnica dos Cinco Pontos que Explodem o Coração e não tenho corpo para usar um macacão de motoqueiro de couro amarelo. Então, nunca consigo fazer meu dedo do pé se mexer. Nunca dirijo aquele carro até a casa da Vivica A. Fox. Nunca consigo me vingar e nunca encontro a minha filha. Só passo fome até morrer num estacionamento de hospital.

Na vida real, quando me pedem para explicar a um possível empregador por que sou a melhor candidata para um emprego de que preciso muito, não faço nenhum monólogo emocionante sobre o poder revigorante, abrangente e transformador do cinema. Em vez disso, eu me limito a passar os dedos pelo rabo de cavalo pela décima sétima vez enquanto murmuro algo relacionado à minha ética de trabalho.

E, para completar, dou de ombros — *dou de ombros* — e digo:

— É que gosto muito de filmes.

Minha agente solta um lamento tão sofrido que fico com um medo real de tê-la matado.

Não sei o que mais Nell esperava, faz seis anos que não preciso procurar trabalho. Seis anos desde que Amy começou a fazer um sucesso que nos permite passar de um filme a outro sem que no meio-tempo precisemos correr atrás de trabalhos detestáveis. Não foi fácil — o encanamento do apartamento de dois quartos que nós dividíamos em Mid-City estava mais para uma promessa vazia do que para uma realidade funcional, e seis vezes por semana comíamos arroz e feijão comprados a granel —, mas, com o tempo, ela conseguiu parar de pegar trabalhos de assistente de direção, e eu pude deixar a televisão de lado. Encontramos um ritmo que funcionava pra gente — pós-produção se misturando com pré-produção e vice-versa — e, se eu não tinha tempo para ter vida social, não era um problema: já tinha a chance de morar e trabalhar com minha melhor amiga.

No mês passado, porém, decidi que era hora de começar a pensar em ter meu próprio canto, então Amy e eu decidimos dar uma pausa no novo filme para resolvermos a situação.

Não levei muito tempo para perceber que desestruturar minha vida pessoal e profissional ao mesmo tempo não foi exatamente a decisão mais inteligente que eu poderia ter tomado. Por mais ou menos três dias, foi libertador. Só que, depois, fiquei sem filmes recém-lançados para assistir.

Assim, essa tarde, me vi andando de um lado para outro no espaço insuficiente do meu apartamento alugado por temporada em Burbank, inquieta, ansiosa, dedos agitados nas laterais do corpo. Eu enfim tinha conseguido reunir coragem para mandar alguns e-mails para antigos colegas, na esperança de trabalhar em um ou outro episódio de algo com que, para ser sincera, nem me importava tanto assim. Só que ou eles não se lembravam de mim, ou tinham saído para almoçar, ou o Gmail estava fora do ar para todo mundo, menos para mim.

Por volta das duas da tarde, meus nervos — já abalados após ter recebido a fatura do meu cartão de crédito — me levaram a um ato de desespero: fiz uma ligação. Deixei um recado para a minha agente explicando que Amy e eu estávamos dando um tempo, que eu precisava de um trabalho e que por isso talvez estivesse disposta a seguir os conselhos dela pela primeira vez na vida.

Eu deveria ter suspeitado quando ela me ligou de volta na mesma hora.

— Você tem uma reunião — disse ela.

— Com quem?

— Não se preocupe com isso. É só chegar aqui às seis que eu cuido do resto.

— Hoje? Na hora do rush?

— Você quer trabalho ou não quer?

— *Nell*. Eles chegaram a ver meu reel?

— Não se preocupe com isso também.

— Quanto mais você diz isso, mais eu me preocupo.

Ela fungou.

— Preocupando-se ou não, essa é a única tarefa disponível que não tem nada a ver com extrair conteúdo dos cartões de memória de *Transformers 7*. Então, caso te interesse, esteja aqui às seis. — Após uma pausa, completou: — E dê uma ajeitada no cabelo.

Ela desligou sem se despedir, e eu desejei, não pela primeira vez, ser agente também.

Imagine só poder encerrar uma conversa quando bem entendesse.

Quando cheguei ao escritório de Nell — dez minutos antes do horário, apesar da lentidão na Coldwater e na Mulholland —, eu ainda não fazia ideia do que me aguardava. Nell não tinha mencionado nenhum roteiro ou história, nem mesmo uma sinopse, então meu chute era que ela havia marcado um encontro de fim de dia com algum produtor inexperiente demais para saber que aquela era uma agência que representava profissionais dos bastidores. Como estratégia, não fazia muito sentido: Nell sabia que minha personalidade não era meu ponto forte. Imaginei que ela pretendesse fazer uma reunião curta.

Nell puxou meu rabo de cavalo assim que me viu.

— Você consegue — disse, por mais que meu histórico provasse o contrário.

E foi assim que vim parar aqui, sentada diante de dois agentes, três advogados e um importante executivo de estúdio, sendo entrevistada para um trabalho sobre o qual não sei nada, nada mesmo.

É claro que esqueci o nome do tal executivo importante na mesma hora. Acho que tinha um "y", não tenho certeza. Ele usa óculos grandes e chamativos e uma camiseta preta simples que deve custar mais do que a prestação do meu carro. É a imagem perfeita da cortesia insípida, aquele tipo de cara que junta os dedos, debruça-se na cadeira e assente com a cabeça a cada terceira palavra, não importa qual seja.

Após mais de uma década na indústria cinematográfica, tenho confiança para afirmar que essa postura indica uma das seguintes opções:

1. entusiasmo comedido
2. tédio catatônico
3. um webinar recente, imposto pela empresa, sobre técnicas de escuta ativa

Poderia ser pior.

Volto a me concentrar no rosto dele. Acho que enfim está dizendo algo relevante.

— ... entrar a essa altura do campeonato não é o ideal, claro, então o que a gente precisa aqui é de alguém que aprenda rápido.

Ao ouvir isso, arqueio as sobrancelhas.

— E vocês quiseram falar *comigo*?

— Bom — diz ele —, nos disseram que não existe ninguém melhor em analisar filmagens e entender exatamente o que o diretor está tentando dizer.

— Costumo receber um roteiro, o que ajuda.

O executivo acena para uma das assistentes posicionadas no fundo da sala. Ela pega uma pasta e lhe entrega. Ele, por sua vez, desliza a pasta pela mesa na minha direção.

Dentro da pasta há uma foto. Acabamento brilhoso, 20x25.

— Isso não é um roteiro — comento.

— Não — concorda ele. — É um fotograma. E quero que você nos diga o que está vendo.

Respiro fundo e me preparo para explicar a todos os presentes por que essa é uma péssima maneira de avaliar as habilidades de um editor (para início de conversa, meu trabalho envolve juntar imagens, e não dissecá-las), mas olho de relance para a foto e, como no fundo sou alguém que se atrai fácil por estímulos peculiares, é o suficiente para instigar minha mente.

Trata-se de um plano médio de uma moça adormecida na praia, e o primeiro detalhe digno de nota é que a personagem é interpretada por Liza May, uma jovem atriz agraciada com um Oscar e ícone acessível considerado "gente como a gente" no mundo das redes sociais. Da última vez em que a vi, acho que ela estava depilando o buço numa live.

Então é um trabalho importante. Para um diretor importante. Não é à toa que Nell estava tão disposta a ajudar.

O segundo detalhe digno de nota é que a mulher está morta.

O corpo ocupa a metade esquerda do quadro, visível dos ombros para cima, e as alças do maiô laranja néon fazem um contraste com a paleta suave à sua volta. O cabelo é sedoso, entre o loiro-escuro e o castanho, levemente acinzentado e realçado pela luz do sol. Camadas de fios cobrem as bochechas e uma mecha mal toca o canto da boca. As sobrancelhas foram afinadas, o que a faz parecer mais velha do que é, mas mal tem maquiagem no rosto dela, o que a faz parecer mais nova. A pele é lisa e muito clara.

Ela está deitada em uma cadeira de praia feita de madeira envelhecida e coberta por um tecido branco. O braço está estendido acima da cabeça, a bochecha repousa no bíceps direito, o perfil brilha à luz dourada de uma tarde de fim de verão, naquela hora do dia em que o ângulo do sol e as partículas da atmosfera fazem o que um refletor ou rebatedor não conseguem imitar, algo que nem mesmo a correção de cor alcança.

— E aí? — pergunta o executivo. — O que acha?

— Eu acho que a golden hour é uma boa hora para morrer.

O executivo ajeita os óculos.

— Como você sabe que ela está morta?

— Bom...

Prolongo a palavra o máximo que posso, ganhando tempo para reconstituir meu próprio raciocínio. Já faz tempo que não preciso desconstruir as certezas intuitivas que me tornam boa no meu trabalho.

Encaro a foto até meus olhos começarem a arder enquanto busco alguma coisa, qualquer coisa que me ajude a me destacar. Algum tempo depois, aponto para uma linha fraca que corta o quadro na vertical, logo após a borda da cadeira de Liza.

— A dioptria dividida — respondo.

— Explique — diz ele.

— É uma lente que você põe na ponta da câmera se quiser manter dois planos diferentes em foco ao mesmo tempo... tipo as bifocais, só que para filmes. Então, temos a Liza aqui, em primeiro plano, e todos esses banhistas, bem ao fundo, mas as duas coisas estão em foco, certo? Isso não seria possível sem uma dioptria dividida. Bem que eu queria que as pessoas a usassem com mais frequência, mas acho que o De Palma errou a mão nos anos 1970 e 1980, e agora não...

O executivo levanta a mão.

— Sim, eu sei o que é dioptria, obrigado.

Fecho a boca no mesmo instante.

— O que estou querendo saber é como isso indica que ela está *morta*.

Olho de relance para a porta.

— Sabe, não sei muito bem como explicar esse tipo de coisa em palavras. E se eu mostrar meu reel?

Nell me segura pelo pulso e sussurra no meu ouvido:

— Robôs, Marissa. *Disfarçados*.

— Entendi — respondo, e até eu mesma percebo que meu tom é tenso e nada amigável. Afasto a cadeira da mesa até ter espaço suficiente para mexer o pé sem chutar alguém sem querer. Depois de alguns segundos, consigo me explicar. — Como é um filme de estúdio, posso presumir com segurança que a multidão está em foco porque é uma parte importante da cena. Porque esperamos que uma dessas pessoas perceba a presença da Liza, que a encontre. A perspectiva da descoberta é o que gera a tensão aqui. Não seria tão impactante se ela estivesse apenas tirando um cochilo.

O executivo apoia o cotovelo no encosto da cadeira e afasta o cabelo da testa.

— Tem certeza disso?

Avalio a imagem mais uma vez.

— Acho possível que o diretor simplesmente tenha achado legal...

Nell chuta minha cadeira.

— ... mas, de qualquer maneira, ela com certeza está morta.

O executivo me observa por cima dos óculos.

— Você é a primeira que menciona isso. Todos os outros disseram que os lábios brancos eram o indicativo.

— Não, eu não confiaria nesse departamento de maquiagem.

— Por que não?

Aponto para o rosto de Liza.

— No verão, alguém com o tom de pele dela ficaria com sardas. É evidente que fizeram um bronzeamento artificial nela, mas o maquiador ajustou a tonalidade para deixá-la mais pálida... provavelmente porque o sangue já estaria acumulado nas pontas inferiores. *Livor mortis*, certo? Só que morrer não faz com que as sardas sumam. Eles deveriam ter adicionado algumas. — Passo a ponta do dedo nas maçãs do rosto de Liza. — No momento, ela está com muita cara de estrela do cinema, mas não deveria, não se estamos falando de crimes reais.

O executivo franze a testa e duas linhas pequenas se formam entre as sobrancelhas dele. Então, a ficha cai: talvez criticar o departamento de maquiagem não tenha sido a maneira mais inteligente de conseguir esse trabalho.

Pelo menos Nell não vai poder dizer que não tentei.

Abro a boca para agradecê-los pela atenção...

— Por que você acha que é um crime *real*? — questiona o executivo.

Olho de relance para a foto mais uma vez. Por que foi que eu disse aquilo mesmo?

— A julgar pela escolha dos figurinos, parece ser de época... meados dos anos 1990, talvez? E imagino que seja baseado em uma história real porque... Sim, por mais que as cores não tenham sido corrigidas nem ajustadas, a paleta geral é bem pensada e selecionada. E o maiô que ela está usando é... laranja demais. — Chego à conclusão um segundo antes de proferi-la. — Então acho que deve ser o mesmo maiô que a verdadeira vítima estava usando quando foi assassinada.

— Espera — diz o executivo. — Eu nunca disse que ela foi assassinada.

— Só me parece lógico. Por que outro motivo você faria esse filme?

Pois bem, posso até não ser a rainha do bate-papo, mas me considero expert em silêncios. Em suma, podemos dividi-los em dois grupos diferentes: o tipo de silêncio em que todos se olham e o tipo de silêncio em que ninguém se olha. Pessoalmente, eu prefiro o segundo. Se for para ter risadas maldosas, que seja longe dos meus ouvidos.

No entanto, o silêncio que acaba de se instalar no recinto é de um terceiro tipo bem menos desejável:

Todos estão olhando para *outra coisa*. Mais especificamente, para o viva-voz no centro da mesa.

O que significa que estão assustados.

Então, ouço um chiado e uma voz ressoa do outro lado da linha, selando meu destino.

— *Ela serve*.

Nota: *Dead Ringer* é produzido e pensado para ser ouvido, não lido. Nós incentivamos muito as pessoas a ouvirem a versão em áudio, que inclui emoções e ênfases que não se encontram no texto. As transcrições são geradas a partir de uma combinação de software de reconhecimento de fala e da ajuda do irmão mais novo de Suzy e podem conter erros, porque kkkkk gente, isso aqui não é *This American Life*. Deem um desconto, vai.

SUZY KOH: Oi, pessoal, eu sou a Suzy Koh…

GRACE PORTILLO: E eu sou a Grace Portillo.

SUZY KOH: … sejam bem-vindos ao episódio da semana de *Dead Ringer*, o podcast de *true crime* para pessoas que odeiam podcasts de *true crime*.

GRACE PORTILLO: Sério mesmo?

SUZY KOH: O quê?

GRACE PORTILLO: Sei lá, só acho que cria uma rixa desnecessária.

SUZY KOH: Tá. Também é o podcast de *true crime* para pessoas que adoram podcasts de *true crime*.

GRACE PORTILLO: Então tá…

SUZY KOH: E para pessoas que gostam mais ou menos. E para pessoas que nem sabem o que é um podcast… Mas tudo bem, vó, eu ainda te amo. [*pausa*] Esqueci alguém? Ou já está inclusivo o suficiente para você?

GRACE PORTILLO: Meu Deus.

SUZY KOH: Muito bem, então, na semana passada, paramos no ponto em que o grande projeto de Tony Rees envolvendo o drama da garota morta tinha acabado de sofrer um revés e perder um dos membros mais renomados da equipe…

GRACE PORTILLO: Não que alguém da produção vá admitir o que aconteceu.

SUZY KOH: A desculpa que o produtor deu na época foi que Tony e o editor resolveram seguir caminhos diferentes…

GRACE PORTILLO: Pois é, "diferenças criativas". O que nem faz sentido! Eles ainda nem tinham começado a editar o filme!

SUZY KOH: É, mas a gente não sabia disso na época. Nunca tínhamos pisado num set de filmagens.

GRACE PORTILLO: Qual foi a desculpa da equipe?

SUZY KOH: Algo relacionado a não quererem ser demitidos, se não me engano.

GRACE PORTILLO: Ah. É, acho que faz sentido.

SUZY KOH: Então, começamos o episódio de hoje com a chegada de Marissa Dahl.

> **GRACE PORTILLO:** Marissa, muito obrigada por topar conversar com a gente.
>
> **MARISSA DAHL:** E obrigada a *vocês* por toparem não deixar mais mensagens de voz pra mim se eu viesse.

SUZY KOH: Marissa é editora de cinema e TV e é mais conhecida por seu trabalho com Amy Evans, a premiada diretora de *Mary Queen of the Universe* e *All My Pretty Ones*.

GRACE PORTILLO: Mais conhecida até *pouco tempo atrás*.

SUZY KOH: É, verdade. *Vocês* provavelmente a conhecem como a mulher que resolveu dois dos maiores casos de assassinato do ano.

DOIS

Hollywood só opera em duas velocidades: "A gente vai se falando" e "Precisamos disso para ontem", e, assim que o viva-voz é desconectado, passamos direto da lenta tortura da primeira opção para as garras implacáveis da segunda. Advogados e agentes falam rápido, todos ao mesmo tempo, sobre todas as coisas que eu pago para que pensem por mim.

"Suponho que nosso acordo anterior ainda esteja de pé."

"Estou disposta a retomar a discussão sobre os valores residuais."

"Estou disposta a retomar a discussão sobre o valor do cachê dela."

"O cachê dela é esse e ponto-final, Steve."

Há uma assistente — sabe-se lá de quem — ao meu lado, digitando em dois celulares ao mesmo tempo e me enchendo de perguntas que mal consigo processar, quanto mais responder.

— Burbank ou LAX? Voo direto pela American ou com escala em Chicago pela United? Corredor ou janela? Às 6h ou 7h20?

— Não tem nenhum hoje à noite? — pergunta o executivo.

Eu franzo a testa.

— *Literalmente* hoje à noite?

A assistente morde o lábio e passa de uma tela para a outra.

— Não... O último voo é às 21h45. Ela não vai chegar a tempo.

— Com licença, só um minuto, vocês estão falando de mim agora?

O executivo olha atento para minha agente.

— Nell, tem certeza de que não podemos colocá-la na classe econômica?

Ela dá de ombros.

— Se você acha que pode encontrar uma candidata melhor, fique à vontade.

O executivo suspira e faz um sinal para a assistente.

— Faça uma reserva para o voo das seis da manhã. Vamos pedir para nosso encarregado encontrar você lá.

O que é que está acontecendo? Para onde eu vou? Por que todo mundo está agindo como se estivéssemos dando início a uma campanha militar? Olho ao redor da sala, mas ninguém parece encarar nada disso com estranhamento.

— Oi? Será que alguém pode me explicar o que está acontecendo?

O executivo me lança um olhar breve.

— Você vai para o set.

Faço cara de quem sentiu cheiro de algo azedo.

— Por quê? Os assistentes de edição podem cuidar dos cartões de memória; eu preparo tudo aqui para a pós-produção.

Ele dispensa meu comentário com um gesto.

— Não existe nenhum assistente de edição. O Tony não confia neles.

Um dos advogados deixa uma pilha de contratos na mesa à minha frente e tenta me passar uma caneta, mas eu a afasto.

— Desculpa, você disse... *Tony*?

O executivo congela. Em seguida, engole em seco, e o pomo de adão se esconde por trás da gola redonda da camiseta cara. Por fim, ele ergue a cabeça e olha para algum ponto atrás do meu ombro esquerdo.

— Ah, a gente não chegou a comentar? Tony Rees... Ele é o diretor desse filme.

Morar em Los Angeles por tempo o suficiente faz com que a pessoa deixe de se admirar com certas coisas.

Eu não cresci em nenhum fim de mundo — não de acordo com qualquer padrão razoável —, mas, mesmo assim, para uma criança de Champaign-Urbana, ver uma celebridade é algo impressionante. Ainda me lembro da inveja e da perplexidade que senti quando soube que um dos meus colegas tinha visto Jennie Garth no supermercado com a mãe.

E Jennie Garth *é* de Champaign-Urbana.

No entanto, depois de quase quinze anos aqui, as celebridades simplesmente fazem parte do cenário, são detalhes imperceptíveis que preenchem as ruas no caminho para casa, e eu não sei o que mais odeio nessa minha indiferença: o cinismo ou a forma como ele anda lado a lado com o clichê hollywoodiano. Mesmo assim, bem de vez em quando passo por alguém tão especial que aquelas intermináveis análises empolgadíssimas de um vislumbre de cinco segundos da nuca de Jennie Garth voltam a fazer sentido, e por um momento eu me lembro de como tenho uma sorte absurda de trabalhar nessa indústria.

Como naquele dia em que Dede Allen sorriu mais ou menos na minha direção. Ou quando Agnès Varda apertou a mão de alguém que estava ao meu lado. Certa vez, me apresentaram à Thelma Schoonmaker e, no fim das contas, ela já sabia meu nome.

E teve a vez em que caí em uma fonte com Tony Rees.

Naquele momento, não me senti tão sortuda. Aconteceu dois anos atrás, quando eu estava no Festival Internacional de Cinema de Veneza com Amy. Ela ia receber um prêmio e insistiu para que eu fosse junto. "Somos uma equipe", foi o que ela disse. "Você também merece." E fui covarde demais para negar, então lá estava eu, escondida no pátio do hotel, apreciando a simetria das colunas, as palmeiras que me lembravam de Los Angeles, o céu. Havia um banco por ali, mas eu estava circundando a fonte: três lados de um retângulo, dois lados de um triângulo, três lados de um retângulo, dois lados de um triângulo.

Era um padrão particularmente bom. Às vezes, se eu andar do jeito certo — na velocidade certa, com o passo certo, na direção certa —, consigo acalmar meus piores pensamentos.

Eu estava confortável, lembro bem. E relaxada. Feliz, talvez.

Então, alguém pigarreou.

Reconheci Tony no mesmo instante, mas sei que nem todos reconheceriam. É um homem branco comum e discreto em muitos aspectos, de quarenta e poucos anos, nem alto nem baixo, nem gordo nem magro. O cabelo não é castanho-claro, nem mogno, nem com mechas douradas de sol, nem cor de uísque. É só castanho. Ele não tem cicatrizes, pintas ou marcas de nascença visíveis e exibe somente uma tatuagem: o nome da filha, no antebraço, escrito em letras azuis.

No entanto, duas coisas o diferenciam.

Em primeiro lugar, os olhos, que todo mundo diz serem de um tom surpreendente de verde ("verde-garrafa" é a descrição usual, embora me pareça abrangente demais). São olhos vívidos o bastante para que seja possível adivinharmos a cor mesmo nas solenes fotografias em preto e branco que as revistas vivem encomendando dele.

Em segundo lugar, ele nunca fala em um volume mais alto do que um murmúrio baixo e íntimo. Jamais. Nem em entrevistas, nem em faixas de comentários, nem em premiações e nem mesmo — como qualquer pessoa que já tenha trabalhado com ele dirá, em um tom vagamente surpreso — no set. Não importa a situação, Tony fala como se estivesse dentro da gente.

Bom, foi assim que Amy descreveu a voz dele certa vez, de qualquer maneira. Eu apenas diria que ele é meio difícil de ouvir.

Como o diretor mais exigente de Hollywood consegue fazer seus filmes sem elevar a voz é um dos grandes mistérios do show business.

Naquele dia, estávamos separados pelo espelho d'água, a uma distância confortável de modo que eu não me importava de olhar direto para ele. Tony usava calça jeans e uma camisa chambray com as mangas dobradas e três botões abertos. O bronzeado parava no pescoço, traçando uma linha onde poderia haver uma camiseta; logo abaixo, na cavidade da garganta, estava o disco prateado de uma medalhinha de São Cristóvão.

Ele me observava, dando tapinhas distraídos no queixo com um dedo comprido, o cotovelo direito apoiado no punho esquerdo, e até hoje ainda sinto o gosto de bile que invadiu o fundo da minha língua quando me dei conta do que estava acontecendo. Não se tratava de um coadjuvante de sitcom ou da estrela de uma nova campanha da Verizon. Ele não estava na fila do frozen yogurt ou escolhendo figos na feira ou bloqueando o corredor de massas no mercado. Tratava-se de um dos diretores de cinema mais célebres dos Estados Unidos, um homem cujo trabalho eu admirava profundamente.

E ele queria conversar.

Ou pelo menos parecia. Não mostrava nenhum dos sinais usuais de impaciência: os pés não se moviam, inquietos; o olhar não vagava ao redor. Mas ele também não dizia nada.

E foi então que eu senti. Uma pressão crescente atrás do meu esterno, uma sensação que eu conhecia bem demais. Fiz uma prece de última hora: "Por favor, Deus, seja lá o que eu esteja prestes a disparar, que seja um comentário sofisticado. Inteligente. Perspicaz. A respeito de um dos primeiros filmes dele, os menos conhecidos. A respeito de um detalhe técnico que me daria a chance de demonstrar minha própria expertise. Nem que seja a respeito do clima."

Ao que parecia, Deus estava ocupado com coisas mais importantes.

— Você queria falar comigo ou eu simplesmente calhei de entrar no seu campo de visão? — perguntei.

O dedo dele parou. A boca se mexeu. E a pergunta seguinte foi tão condescendente que levei um instante para processá-la.

— Você acabou de perguntar se eu estou aqui para o *festival*? — falei.

Ele assentiu com a cabeça.

Droga, pensei na hora, eu *sabia* que era baixinha demais para usar aquele macacão. Amy tinha deixado bem claro que eu precisava fazer um esforço, deixar a minha marca, que eu não podia apenas usar calças confortáveis e uma regata — "Estamos na *Itália*, Mar" —, então eu tinha ido às compras em Silver Lake antes de viajar. Não entendo muito de moda, mas a garota que me convenceu a comprar o macacão usava um tênis oversized e uma calça jeans até as axilas, então achei que podia confiar nela.

Eu estava tão ridícula assim? Precisava temer que ele chamasse os seguranças? Precisava mostrar minha identidade? Abrir minha página no IMDb?

No fim das contas, fiz a única coisa que pude pensar em fazer, dadas as circunstâncias... Não gostei de fazer aquilo, mas não vi outra maneira de estabelecer minha credibilidade.

Mencionei um nome importante.

— Eu trabalho com Amy Evans — falei.

Como esperado, Tony encolheu os ombros e seus olhos brilharam com um novo interesse.

Mas pode ter sido só por conta do sol.

— Sou fã dela — disse ele em tom leve.

Eu não sabia o que dizer em resposta. Óbvio que era. Ele foi o presidente do júri que tinha acabado de conceder o Leão de Prata a Amy.

— Ela é muito talentosa — prosseguiu.

Acho que não consegui disfarçar muito bem minha descrença, porque ele deixou escapar um grunhido baixinho de surpresa.

— Você não concorda? — perguntou.

— Só não sei por que você está me dizendo coisas que eu já sei. — Avistei uma gaivota cruzar o céu. Tive que esperar a ave sumir de vista antes que pudesse voltar a atenção para Tony. — Mas acho que, como diretor, você não consegue se controlar.

Ele ergueu as sobrancelhas, e uma imagem de Joaquin Phoenix em trajes romanos, com o polegar virado para baixo, passou diante dos meus olhos. Foi naquele momento que lembrei que Tony Rees era capaz de destruir carreiras com uma simples ligação, com um simples olhar.

Não só podia como faria e já tinha feito.

Mas, naquele dia, por motivos que ainda não entendo, ele escolheu levar na esportiva.

A risada dele era mais leve do que a fala, mais suave até do que o delicado borbulhar da fonte do pátio, e dei um passo à frente, tentando detectar o tom duro e áspero que indicaria que Tony ria de mim, não comigo. Como não percebi nada, me peguei desejando, de maneira quase fervorosa, que ele fosse chamado para resolver algum assunto urgente, de modo que eu pudesse considerar a conversa, de alguma forma, bem-sucedida. Mas a sorte não estava do meu lado.

— Quem é você?

— Editora da Amy.

— Não foi isso que eu perguntei.

— Então você deveria ter sido mais específico.

— Ah, é?

Tentei me explicar da forma mais delicada possível.

— Dado o contexto, é lógico presumir que o detalhe pessoal mais útil e revelador que eu poderia oferecer seria minha área de especialização. Você não quer saber toda a minha história de vida ou quais são minhas bandas favoritas.

— E se eu quiser?

— Então você está sem sorte, porque eu basicamente só escuto ruído branco.

— *Anton...*

Nós nos viramos na direção do som. À esquerda de Tony, a poucos metros, enquadrada com perfeição pela porta, havia uma mulher de aparência frágil, com um vestido branquíssimo, mãos na cintura e cabelos cor de mel que esvoaçavam em uma brisa que parecia soprar apenas para ela.

Annemieke Janssen, estrela superfamosa de vários filmes de Tony e sua esposa.

A beleza dela é absurda. Delicada. Etérea. Imagino que, quando deu à luz a filha, o único som que emitiu tenha sido um suspiro sofisticado.

Tony contraiu os lábios.

— Só um segundo — disse ele.

Ajustei o cós do macacão e tentei não encará-lo enquanto se aproximava de Annemieke.

Não deu para ouvir o que eles diziam, mas até eu percebi que Tony não estava contente — seu semblante não tinha mudado, mas um músculo da mandíbula tremia. Já Annemieke parecia indiferente. Não parava de admirar a ponta de seu salto alto azul-marinho e de olhar para Tony por baixo dos cílios. Depois, usou o mindinho para afastar a franja do rosto.

Observei minha própria mão, girando-a com a palma para fora e estendendo o mindinho. Levei-o quase até a testa antes de decidir que não seria capaz de sustentar aquele gesto. Só pareceria alguém que não sabe como uma mulher normal afasta o cabelo do rosto.

A cada segundo que se passava, eu ficava mais inquieta, com mais certeza de que eu tinha entendido errado. Ele havia falado "Só um segundo", mas talvez "só um segundo" na verdade não significasse "espere um segundo" ou "aguarde só um momento" ou "eu sei que parece loucura, mas será que você poderia ficar aqui enquanto me livro da minha bela esposa, uma das atrizes mais importantes da geração, pois estou estranhamente intrigado por sua incapacidade de passar delineador ou de manter uma conversa e gostaria de saber mais?".

Talvez "só um segundo" fosse o novo "adeus", mas a seção de estilo do *New York Times* não teve tempo de me informar.

Será que eu estava errada? Será que ele me observava de canto de olho enquanto se perguntava por que eu ainda estava ali? Será que os dois estavam falando da garota esquisita usando aquela roupa ridícula? Será que riam de mim?

E, em caso positivo, será que eu me importava?

Parte do cálculo de ser eu envolve: ponderar desconforto versus oportunidade.

Decidi arriscar. Uma pequena dose de humilhação não era nada se significasse que Tony Rees se lembraria de mim da próxima vez que fosse contratar alguém. Nessa indústria, não posso me dar ao luxo de ter orgulho. Não com minhas habilidades sociais.

Então, esperei. Pouco tempo depois, meus pés me levaram de volta ao caminho ao redor da fonte.

Três lados de um retângulo, dois lados de um triângulo, três lados de um retângulo, dois lados de um triângulo.

Depois de duas voltas, meu coração desacelerou. Meus ombros relaxaram. E, então — *ali estava* —, veio aquela sensação de alívio logo atrás do meu esterno, como se eu tivesse desfeito um nó, e o sentimento incômodo de inadequação desapareceu. Quando voltei ao lado de Tony na piscina, andei em direção a uma nuvem do perfume de Annemieke, e eu estava tão relaxada que fiz uma pausa para catalogar as notas: pêssego, violeta, algo que me lembrou do restaurante marroquino preferido de Amy. Naquele momento, nem mesmo uma fragrância sintética seria capaz de me incomodar.

Eu estava tão absorta nos meus pensamentos quando Tony me deu um tapinha no ombro que só havia uma maneira de reagir: levei um susto, tropecei e estendi os braços para recuperar o equilíbrio. Mas a única coisa que consegui segurar foi a fina corrente de metal no pescoço de Tony.

E foi assim que eu arrastei comigo o diretor que a revista *Film Comment* chamou de "o primeiro grande cineasta do século XXI".

Para dentro de uma fonte.

Que desastre.

Essa última parte eu de fato chego a dizer em voz alta.

Nell vira a cabeça de supetão e seu semblante muda por uma fração de segundo antes de se recompor. Ela abre um sorriso sereno para os presentes.

— Posso falar a sós com minha cliente, por favor?

Os engravatados e seus assistentes se levantam na mesma hora, claramente felizes com a oportunidade de sair da sala. Assim que ficamos a sós, Nell se recosta na cadeira e cruza as pernas. Ela me faz o favor de não fingir que não sabe por que estou preocupada.

— Você disse *qualquer* trabalho — observa.

— Eu quis dizer qualquer trabalho razoável.

— Editar um filme de um cara duas vezes premiado como Melhor Diretor me parece bem razoável.

Puxo os pés para cima da cadeira e abraço minhas canelas.

— Ele vai me odiar.

Ela dá de ombros.

— E daí?

— Quem é que eu vou substituir?

Nell dá uma olhada nas anotações.

— Paul Collins.

— A gente sabe o que aconteceu com ele, pelo menos?

— Morte, destruição, cientologia... vai saber. Quem se importa? Não deu certo. E agora eles estão desesperados. Andaram entrevistando todos os editores de longa-metragem desempregados da cidade. — Ela contrai os lábios, irritada. — Eu teria te chamado antes se soubesse que estava disponível. Teria me poupado um baita tempo, Marissa.

— Não quero ser o estepe de ninguém — murmuro.

— Mas ele não seria o seu estepe?

Olho feio para ela por cima dos joelhos.

— Amy e eu não *nos separamos*.

Ela levanta as mãos.

— Claro que não.

— E para de repetir tudo que eu digo em um tom fofinho e incisivo. É irritante. Isso aqui não é um roteiro.

Nell descruza as pernas, inclina-se para a frente e puxa minhas mãos para o seu colo.

Como estou me sentindo mal pelo meu comportamento, acabo deixando.

— Marissa, presta atenção. Esse é o trabalho perfeito para você agora. Se deixarmos de lado o fato de ser um trabalho de primeira, ninguém na face da Terra vai te culpar se não der certo. Estamos falando de *Tony Rees*.

— Quer dizer que o fato de ser impossível trabalhar com ele é algo *bom*?

— Vão ser só, o quê? Três meses da sua vida? — Ela aperta meus dedos. — Qual é a pior coisa que pode acontecer?

— Sinceramente nem sei por onde começar a responder.

Ela aperta mais ainda.

— E, de qualquer maneira, agora é tarde demais para desistir.

Ao ouvir isso, levanto a cabeça.

— Como assim?

Ela abre um sorriso ainda mais sereno.

— Essa gente não gosta nem um pouco de ouvir um não.

GRACE PORTILLO: Qual é seu processo ao começar um novo filme?

MARISSA DAHL: Bem, numa grande produção desse tipo, normalmente eu passo algumas semanas trabalhando com o roteiro, me reunindo com o diretor, o supervisor de roteiro e o restante do departamento editorial. Então, durante a etapa de produção, meus assistentes e eu ficamos sempre presentes, montando versões preliminares à medida que as cenas vão sendo gravadas, e estamos prontos para começar com a corda toda assim que chegamos à fase da pós-produção.

GRACE PORTILLO: Mas você começou esse trabalho sem saber nadica de nada sobre Caitlyn Kelly?

MARISSA DAHL: Eu nunca tinha ouvido falar dela.

SUZY KOH: E não pensou em pesquisar no Google?

MARISSA DAHL: Com as informações que eu tinha?

SUZY KOH: Só estou dizendo que, se eu fosse fazer um filme sobre um assassinato real, ia querer saber um pouquinho sobre o que aconteceu.

MARISSA DAHL: É claro que eu tentei. Mas não tinha detalhes. Naquele momento, não sabia nem o nome dela. E pesquisar "filme da garota morta" não ajuda muito.

TRÊS

— Você não sabe nem do que se trata?
— Eles não me deram um roteiro. Me fizeram assinar um termo de confidencialidade de dezesseis páginas antes de me dizerem o *título*.
— E qual é?
Faço uma pausa.
— "Projeto Sem Título de Anton Rees."
Amy ri, e sinto uma satisfação efervescente me atravessar. Eu tinha passado a manhã toda avaliando o ritmo daquela anedota. Às vezes, quando tento contar uma piada, é como se eu estivesse pedalando uma bicicleta com a corrente quebrada — mas, dessa vez, consegui.

É bom ver uma coisa saindo conforme o planejado.

Já faz quase três horas que estou na estrada. Fui recebida na Filadélfia por meu motorista, um homem negro incrivelmente bonito, de cabeça raspada e terno de corte impecável. O nome dele é Isaiah, e ele tem braços que parecem pernas. É o tipo de cara que Amy gosta de chamar de "armário", o que eu suponho que deva ser preciso, pois Manohla Dargis certa vez escreveu que Amy tem um "olhar aguçado para as variações da condição humana", mas, agora que toquei no assunto, percebo que não sei com certeza se o tal comentário foi para ser um insulto ou um elogio, porque, sim, é quase certo que armários são mais caros e impressionantes do que mesinhas, mas ainda assim não passam de *móveis*.

Só quero dizer que ele é grande.

— Vamos lá — disse ele quando me viu, e a conversa se limitou a isso aí, o que por mim tudo bem.

A princípio.

Porém, mais ou menos uns noventa minutos depois, o nervosismo tomou conta de mim. Eu me perguntei: será que o Isaiah não é muito de jogar conversa fora? Ou será que ele notou que *eu* não sou muito de jogar conversa fora? Ou talvez ele só estivesse esperando que eu dissesse algo primeiro, e agora acha que *eu* me acho boa demais para jogar conversa fora com ele, e tá bom, tá bom, eu sei o que *você* está pensando: lá vai ela de novo, aquela Marissa, sempre fazendo tempestade em copo d'água. Mas, veja bem, uma vez que a tempestade chega, não posso simplesmente mandá-la embora. Das duas, uma: ou eu tenho que dar a ela o respeito que uma tempestade merece ou espero de oito a dez anos para que seus efeitos passem.

E, de qualquer forma, o que é que eu deveria fazer? Dar oi? Perguntar como estava sendo o dia dele? Depois de quase *duas horas*? De jeito nenhum. Isaiah ia entender que eu só estava puxando assunto porque tinha percebido que meu comportamento era esquisito. Pelo menos dessa maneira tenho na manga alguma possibilidade plausível de negar.

Foi só quando não pude mais confiar que não começaria a falar isso direto com Isaiah que peguei meu celular e mostrei para ele.

— Sinto muito — falei. — Preciso fazer uma ligação rápida.

Em seguida, abri um sorriso, na esperança de que fosse o sorriso de alguém que realmente não se acha melhor do que ninguém, então liguei para a única pessoa que, tirando minha mãe, sempre me atende.

— Onde vocês vão filmar? — pergunta Amy.

— Um termo de confidencialidade de *dezesseis* páginas — lembro a ela.

Acho que o comentário continua engraçado, porque ela volta a rir.

— Me dê uma ideia, então.

Eu me viro para a janela e semicerro os olhos para enxergar a distância. Não há muito o que ver. Um pouquinho de grama aqui e ali, algumas árvores, um posto de gasolina a cada dez minutos, mais ou menos. Nada com um nome reconhecível. Mesmo assim, tenho condições de dar um palpite bem fundamentado: são sete e quinze, então faz cerca de duas horas e meia que deixamos a região metropolitana da Filadélfia. E estamos viajando a exatamente oitenta e oito quilômetros por hora, sentido sul, o que significa…

— Acho que estou em Delaware…

Uma pausa se segue.

— Bom… pelo menos você vai passar boa parte do seu tempo numa sala sem janelas.

— São só seis semanas — comento. — Até setembro teremos terminado.

— Eles te disseram isso antes ou depois de você assinar o contrato?

— Antes. Mas a Nell…

— E o último filme do Tony levou quanto tempo para ser finalizado?

Fecho a cara.

— Aquele filme foi um drama de três horas sobre a guerra nos Bálcãs.

— Como você sabe que esse não vai ser?

— Não acho que Dover seja um bom cenário para representar os Dardanelos.

— Tem certeza?

Não preciso que Amy repita as preocupações que têm ocupado meus pensamentos desde que embarquei no avião hoje de manhã, por isso tento encontrar uma maneira de desconsiderar o que ela está falando.

— É um bom trabalho — digo.

— Com certeza é.

É uma resposta clara feito água, mas eu já me afoguei nesse mar antes. Então, repasso as palavras dela algumas vezes, submetendo-as ao meu detector de "Marissa, talvez você esteja deixando passar algum detalhe", muito bem calibrado.

Será que ela disse "Com certeza é."?

Ou talvez "Com certeza é!"?

Ou, que Deus me ajude, "*Aham*, com certeza é."?

Será que está sendo sarcástica? Condescendente? Não quer que eu aceite esse trabalho? Está chateada com outra coisa? Todas as opções anteriores?

Nada me tira mais dos eixos do que uma frase simples seguida de uma pausa carregada.

Do outro lado da linha, Amy está empacotando os livros. Dá para ouvir os ruídos da montagem de uma caixa de papelão. O chiado da fita se soltando do rolo. Um baque descompassado… *Tum tum… Tum… Tum.*

Mexo na costura do estofamento de couro do carro. Eu realmente deveria ter mostrado a ela como empacotar os livros do jeito certo (forrar a caixa com papel amassado; organizar tudo por tamanho; empilhá-los lombada com lombada), mas não posso dizer nada. Não agora. Não depois das mensagens que o namorado dela tem me enviado. Porque me recuso a dar a Josh o gostinho de saber que ele tem razão, que eu *estou* atrapalhando a Amy, que eu *sou* egoísta, que eu estou, *sim* — de uma maneira mínima e quase inofensiva —, tentando mantê-los afastados, e sim, é verdade, eu acho mesmo que ele é um diretor de fotografia só ligeiramente acima da média.

Talvez seja por isso que ela está irritada. Talvez Josh enfim tenha dito a Amy o que ela já deveria ter percebido há anos: sou uma péssima amiga.

Mordo o lábio inferior até sentir gosto de sangue.

Conheci Josh numa retrospectiva de Wong Kar-Wai — durante uma exibição de *Amor à flor da pele* — e, na época, achei que fosse um baita encontro mágico. Imagine só: encontrar o amor da sua vida no filme mais romântico já feito — por mais que, tudo bem, Tony Leung e Maggie Cheung não cheguem a ficar juntos no final, mas isso torna tudo ainda mais romântico, né? De qualquer maneira, o bom gosto conta muito.

Só descobri muito tempo depois que ele não era fã; provavelmente só estava lá para pegar mulheres. Mas eu não sabia disso na época. Só sabia que um homem com cílios tão longos que projetavam sombras nas bochechas sorria para mim como se eu fosse uma garota que soubesse o que quer.

Cheguei a pensar que, de certa forma, nossa conversa parecia muito uma daquelas reuniões gerais: uma interação um tanto monótona entre pessoas com uma ligação superficial que, no fim das contas, não leva a lugar nenhum. Falei sobre os meus projetos, ele falou sobre os projetos dele; eu falei sobre meus filmes favoritos, ele falou sobre os dele. Mas Amy sempre dizia que essas reuniões eram tipo primeiros encontros com uma chance um pouco menor de se dar bem, então pensei: *Quem sabe?*

Para alguém como eu, um "quem sabe" já é mais que suficiente para criar expectativas.

Uma semana depois, eu o vi na exibição de *Felizes juntos*. Ele passava os olhos pela multidão e parou ao me encontrar, então pensei: *Quem sabe?*

No dia de *2046*, nós nos sentamos juntos enquanto o antebraço dele roçava o meu de leve, então pensei: *Quem sabe?*

E, quando ele apareceu até no dia de *Um beijo roubado*, pensei: *Ok, acho que é mais do que um "quem sabe?"*.

Fui eu que o apresentei a Amy — é aquele tipo de situação em que a ficha só cai depois. Mas eu tinha agido sem pensar, envolvida por algo agradável e incomum, então o convidei para a festa de aniversário dela, à qual eu nem teria comparecido se não calhasse de ser no nosso apartamento. Não passou pela minha cabeça chamá-lo de outra coisa a não ser "amigo". Quando dei por mim, os dois já estavam do outro lado da sala, sentados juntinhos no sofá de veludo azul que Amy tinha garimpado numa ruazinha qualquer de West Hollywood.

Eu sempre odiei aquele sofá.

Deu para sacar na hora para onde aquilo estava indo, e achei que estivesse mais ou menos resignada com a situação. Mas então fui à cozinha pegar uma Coca e Josh estava lá, preparando drinks. E, quando ele se virou com um sorriso e um copo de plástico vermelho em cada mão, pensei, impulsiva: *E se eu só não fui clara o suficiente? E se ele simplesmente não sacou nada?* Reuni coragem, me inclinei para a frente e lhe dei um beijo na boca. Os lábios de Josh eram quentes e secos, e ele sorria quando me afastei, só que, antes que eu pudesse dizer qualquer coisa, Amy apareceu na porta perguntando pelo drink dela.

Na noite seguinte, fui ver *Amores expressos*.

Josh não apareceu.

E pensei: *Acho que não*.

Por que não contei para Amy? Por alguns motivos. Primeiro, eu estava envergonhada. *Ainda* estou.

Segundo, tenho uma dívida com ela. Ela me aguentou durante anos e, se soubesse que eu estava a fim de Josh, nunca teria saído com ele, não importava o que sentisse. E olha só! Eu estava certa! Ele *é* o cara certo para ela. Eles vão morar juntos. Ele está feliz, ela está feliz, os dois estão felizes.

Terceiro...

(Não me orgulho disso.)

Gosto de ter Josh por perto. Qualquer afeto que pudesse ter surgido entre nós apodreceu assim que percebemos que competíamos pela atenção de Amy, mas depois algo muito estranho aconteceu: odiar Josh era ainda melhor do que gostar dele. Ele me irritava tanto que eu até me esquecia de remoer as coisas. Pela primeira vez na vida, me vi capaz de rebater uma mensagem com algo semelhante a entusiasmo, por mais que em geral fosse ele me pedindo para dar uma porra de um espaço para que pudesse ficar com Amy, *cacete*. E daí se as respostas dele exalavam desprezo? Pelo menos vinham rápido. Pelo menos não eram indiferentes. Eu já estava tão acostumada com a indiferença que qualquer coisa, mesmo que fosse mínima, parecia um banquete.

Eu sabia disso, desde aquela época. Só não consegui me controlar.

É possível sentir-se tão solitário a ponto de se apegar ao menor dos detalhes, e sim, talvez seja triste, talvez seja patético e desesperado, mas não é melhor do que esquecer como se apegar a qualquer coisa?

Não é uma pergunta retórica. Eu queria mesmo saber a resposta.

Quando enfim percebi o que secretamente estava esperando — ao revisitar meu histórico de navegação e reparar que tinha passado *meses* lendo apenas fanfics do tipo *enemies to lovers* —, já era tarde demais para fazer a coisa sensata e madura e contar a verdade para Amy. Em vez disso, anunciei que tinha juntado dinheiro o suficiente para pagar a entrada de um canto só para mim e sugeri que talvez fosse a hora de ela considerar a ideia de ir morar com Josh.

Dei muita sorte de ter saído de lá antes que ela adivinhasse o que estava acontecendo.

Mas talvez essa sorte tenha chegado ao fim. Talvez ela tenha notado algo na minha voz que entregou tudo, que revelou todos os segredos, como o quadro de cortiça em *Os suspeitos*, o permanente em *Legalmente loira*, o objeto cotidiano irrelevante que acaba sendo a chave para resolver o maldito mistério…

Não. Não estamos num filme. Amy é uma adulta que faz terapia duas vezes por semana. Ela fala dos próprios sentimentos o tempo *todo* e me ama, diz isso com todas as letras, me abraça até eu dizer que acredito. Ela mesma me falaria se algo estivesse errado. Ela me prometeu que me falaria pessoalmente se houvesse algum problema.

Além disso, ela riu da minha piada.

Deve estar chateada por causa do trabalho.

— Você quer me contar alguma coisa? — arrisco, hesitante.

Ela não responde logo de cara. Cubro o ouvido esquerdo e pressiono o celular com força no direito. É quase impossível decifrar o que Amy sente só de olhar para ela. O rosto dela é tipo o de um gato: dá para saber se está com sono ou surpresa, mas só. A linguagem de suas expressões faciais é limitada.

Quando nos conhecemos na faculdade de cinema, e eu não sabia se ela queria uma amiga ou apenas alguém que a ajudasse no projeto de conclusão de curso, eu tentava avaliar o humor dela usando tudo que tinha aprendido sobre expressões faciais e linguagem corporal, buscando pistas no ângulo dos cotovelos, na curva do sorriso, na direção dos pés.

"Eu me sujei com alguma coisa?" é uma pergunta que ela fazia bastante na época.

Depois de vários meses de tentativa e erro — principalmente erro —, enfim percebi que os segredos de Amy estão nos sons que ela faz.

Quando está ansiosa, a mandíbula estala.

Quando está animada, ao contrário do que se espera, sua voz fica mais grave e rouca.

Quando está irritada, dá para ouvir o ar passando, sibilante, entre os dentes cerrados.

Quando ela precisa contar algo, algo triste, algo ruim, quando não consegue se decidir sobre como quer expressar as palavras, dá para ouvir uma vibração baixinha: o fundo da língua batendo na epiglote.

Quando está totalmente indignada... bom, aí ela para de respirar de vez.

O que é um problema sério, porque é algo difícil de tentar ouvir.

Neste exato momento, não ouço nada vindo de seu lado. Só dá para ouvir o zumbido do motor, o barulho da ventoinha e um leve chiado presente em todas as ligações desde que deixei o celular cair num monte de neve em Park City. Pode ser isso. Talvez ela esteja tão brava comigo quanto ficou com aquele gerente que disse aos seus clientes adolescentes que precisava supervisionar as provas de roupa, e talvez me expulse da vida dela tão rápido quanto fez com ele, e...

Ela solta um suspiro pesado e profundo, que parece emergir das profundezas do seu peito. Quando assimilo o som, deixo escapar um ofegante suspiro de alívio. Graças a Deus: esse é o som que Amy faz quando está brava *por* alguém.

— Estou com medo de que a Nell não tenha te contado a história toda — diz ela.

— Por que faria isso? Ela é minha agente.

Uma pausa se segue.

— É só... É coisa demais que te espera. Só isso. Faz um bom tempo que você não faz um filme com ninguém além de mim, e mudanças grandes são, bom...

Eu completo o raciocínio por ela.

— Não são muito a minha praia.

Mais uma pausa. Seguro o celular com força.

— Bom — completa ela com a voz mais animada —, não adianta ficar com receios agora. Só me liga quando chegar lá, para me dizer como estão indo as coisas.

— Claro...

— Promete?

— Prometo.

— Até se você conseguir ver as gravações do dia?

Eu é que não vou topar isso.

— Vou desligar agora.

— Acaba com eles, amiga.

— Nossa, tomara que não.

Após um último chiado na linha, ela se vai.

QUATRO

Esfrego o nariz algumas vezes e me viro para olhar pela janela. Já deixamos a rodovia e agora passamos pelo misto de distrito comercial e residencial de uma cidade mais ou menos pequena. À esquerda, vejo um posto de gasolina, um quartel de bombeiros, uma igreja presbiteriana. À direita, há uma série de sobrados bem conservados, alguns azuis, outros de um verde-claro opaco, com jardins repletos de floxes ou hostas, a depender da posição. Quase todas as casas têm um mastro no alpendre e uma bandeira dos Estados Unidos. Não são muito diferentes da casa em que cresci, exceto que nossa bandeira fica em um mastro no jardim.

Da mesma forma, este projeto não vai ser tão diferente do meu último, não importa o que Amy pense. Alguns detalhes podem sofrer variações, só isso.

Uma sala sem janelas é uma sala sem janelas, ponto-final.

Aliás, bem lembrado: preciso de toda a vitamina D que puder obter. Inclino-me um pouco para a esquerda para poder pegar os últimos raios de sol que entram pela janela de trás. Absorvo o calor por alguns minutos agradáveis, mas depois meu sorriso se transforma numa expressão amarga e um sentimento que não consigo identificar rápido começa a cutucar minhas bochechas, meus pés.

Fecho os olhos e tento descobrir em qual filme estou pensando.

Josh já me acusou uma vez de ter uma enciclopédia do cinema no lugar do coração, e ele até estaria certo se a enciclopédia não estivesse quatro anos desatualizada na época. Desde que minha família comprou nosso primeiro videocassete, os filmes são tudo de que consigo lembrar — e estou sendo mais literal do que você imagina. Por anos, tínhamos só dois filmes: *Os eleitos*, que meus pais viram no primeiro encontro deles, e *A última cruzada do fusca*, pois minha mãe imaginou que uma criança em idade pré-escolar não se interessaria por um épico histórico de 192 minutos sobre o programa espacial.

Ela estava errada.

Se você fizer as contas (e eu fiz), descobrirá que, entre os quatro e sete anos, o tempo que eu passei assistindo a *Os eleitos* era quase o mesmo que passei dentro da escola, e às vezes me pergunto se toda essa repetição não zoneou meus circuitos cerebrais. Ainda hoje, há momentos em que vejo uma foto aleatória e sinto um flash de reconhecimento — aquele estalo alegre de quando a gente pensa "Ei, já estive ali!" —, mas segundos ou até minutos depois vejo que não, não estive nem perto dali, é apenas a Base Aérea de Edwards. É como se Proust tivesse comido aquela madeleine, mas, em vez de relembrar a própria infância, visse Sam Shepard quebrando a barreira do som.

É possível que eu tenha passado tanto tempo da minha vida vendo filmes que a linguagem cinematográfica tenha se infiltrado em alguma parte primordial e necessária do meu cérebro. Às vezes, me pego processando minhas próprias emoções em cenas, em takes, em diálogos. Tipo quando sinto uma queimação nos seios nasais e um nó na garganta, mas meu cérebro não fornece uma simples palavra ("tristeza"). Em vez disso, oferece um trecho de dois segundos de *Laços de ternura*: *Huckleberry Fox, inconsolável, ao lado da cama de Debra Winger*.

Não é fácil, nem eficiente, nem necessariamente claro. Seria bem mais simples, com toda certeza, se eu só tivesse visto uma meia dúzia de filmes, e se tais filmes tivessem sido dirigidos por Steven Spielberg. Talvez, então, minhas emoções fossem mais gerenciáveis, mais diretas, uma linha em vez de um emaranhado. Mas, como Josh disse, eu tenho uma enciclopédia inteira aqui dentro, e Huckleberry Fox ao lado da cama de Debra Winger é muito diferente de Troy Bishop ao lado da cama de Debra Winger, que é muito diferente de Shirley MacLaine ao lado da cama de Debra Winger.

Pressiono o canto dos olhos com a ponta dos dedos e tento, mais uma vez, me entender.

Por fim, consigo visualizar:

Um homem no banheiro. Está sentado na bancada ao lado da pia, com o joelho erguido na altura do peito para que possa colocar o pé embaixo da torneira. Está descalço, sangrando, sem camisa.

Seu walkie-talkie estala.

"Estou aqui, John."

Ele leva o rádio até o rosto.

"Olha", diz Bruce Willis, "estou começando a ter um mau pressentimento."

Então é isso.

Agouro.

Abro os olhos no mesmo instante.

— Isaiah.

Ele inclina a cabeça na minha direção.

— Humm?

— Aonde estamos indo?

Ouço o murmúrio de algo que talvez seja uma risada.

— Estava aqui me perguntando se em algum momento você ia querer saber.

Minhas orelhas esquentam. Eu sabia. *Sabia* que ele ia perceber.

— Desculpa… Não levo muito jeito para falar com estranhos.

— Bom, agora não adianta mais perguntar. — Ele tira o indicador do volante e aponta para o horizonte. — Estamos quase lá.

Meu estômago tenta sair pela boca.

— Aquilo — comento — é o oceano.

— Como foi que adivinhou? Temos uma reserva para a balsa das sete e quarenta e cinco.

— Você não falou nada sobre um barco.

Ele dá de ombros.

— Você não falou nada sobre odiar barcos.

Meu pé direito se curva para cima de maneira involuntária. Eu o forço a voltar para baixo.

— Existe outro jeito de chegar? Talvez um caminho mais longo?

— Depende… você trouxe roupa de banho?

Afundo no assento.

— Uma ilha. Melhor ainda.

O olhar dele encontra o meu no retrovisor.

— Se for um problema, posso ligar direto para o Tony. Tenho certeza de que ele adoraria saber disso.

Os cantos dos olhos dele estão levemente enrugados — será que está rindo de mim? Será que acha isso engraçado? Será que é mesmo esse tipo de pessoa? Ou então talvez ache que *eu* estou brincando. Que tudo não passa de uma encenação. Que talvez eu tenha o costume de fingir que sou neurótica, destrambelhada ou histérica para aliviar o desconforto dos homens na presença de uma mulher mais bem-sucedida, e, *meu Deus*, talvez isso seja até pior. Não estou fingindo nada e *não me acho* mais bem-sucedida que ele. *Ninguém* deveria se sentir intimidado por mim, sou um desastre. Não que eu possa dizer isso a ele. Porque, se eu disser que sou um desastre, vai parecer falsa modéstia, como se eu não achasse que ele é capaz de lidar…

Quando Isaiah para o carro no estacionamento do terminal da balsa, meus pensamentos ainda estão presos no mesmo loop e, na pressa de sair para o ar fresco e talvez correr na direção oposta, empurro a porta do SUV e acerto Isaiah em cheio; eu não tinha percebido que ele vinha me ajudar. Eu me inclino na direção dele sem pensar e, quando a porta ricocheteia no seu peitoral robusto feito um barril de uísque, ela acaba batendo no meu rosto. Se há alguma metáfora nisso, estou sentindo dor demais para detectar.

Deixo escapar uma expressão que não uso há anos.

— Filho de uma égua.

Tateio o rosto em busca do nariz para garantir que ainda está intacto e depois limpo uma lágrima do canto do olho.

Isaiah se ajoelha e afasta minhas mãos do rosto. Ele segura meu queixo entre o polegar e o indicador e vira minha cabeça de um lado para outro de um jeito que me faz pensar que sabe o que está fazendo. Chego a imaginar que é muito gentil da parte dele cuidar de mim justo depois de eu quase tê-lo matado com a porta do carro, então me esforço para não me afastar.

Mas fecho os olhos. Eu não conseguiria trapacear olhando para a ponta da orelha dele ou para as sobrancelhas. Não estando tão perto.

Depois de um instante, ele aperta meu nariz e balança. Abro os olhos. Ele recuou alguns passos, abrindo espaço para mim.

— Você vai ficar bem — diz.

— Desculpa — murmuro.

Os cantos dos olhos de Isaiah ficam enrugados de novo, por mais que dessa vez eu *saiba* que não falei nada engraçado. Por força do hábito, confiro minha roupa, mas está tudo no lugar certo e não tive a chance de derramar nada nela, então o que é? Será que eu fiz careta? Fiz algum barulho? Alguma coisa estranha com as mãos?

Que atitude desagradável Marissa tomou dessa vez? O eterno enigma dos meus dias.

Passo a mão pelo esterno, ainda incomodada, apesar de saber que estou sendo irracional.

— Bem que você também poderia se desculpar.

Ele cruza os braços e olha por cima do nariz.

— Pelo que eu tenho que me desculpar?

Levanto um pouco o queixo.

— Por ser um armário.

Desta vez, Isaiah ri em alto e bom som, e a risada me atinge de tal maneira que levo uns bons trinta segundos a mais do que deveria para lembrar por que estamos aqui.

Olho por cima de Isaiah, em direção à água.

Filho de uma égua.

Mesmo quando pequena, mesmo quando ainda aguentava nadar, nunca fui fã do oceano. A água só servia para rachar meus lábios e embaraçar meu cabelo, e a areia era incontrolável.

Não gosto de lábios rachados.

Não gosto de cabelos embaraçados.

Não gosto de coisas...

— Você tem problema com os barcos ou com a água?

Faço um esforço a fim de me virar para Isaiah.

— Água — respondo.

— Você não sabe nadar?

Enfio as mãos nos bolsos para acalmá-las.

— Às vezes nadar não é suficiente.

— Fique por perto — diz ele. — Vai ficar tudo bem.

Muito provavelmente, estou apenas desesperada por uma distração, mas as palavras dele — lentas, confiantes e num tom moderado — me fazem pensar e, sem perceber, dou um passo para trás para observá-lo melhor, ignorando a forma como a sobrancelha dele se levanta diante da minha inspeção. No aeroporto, não tive muitos motivos para analisar o rosto, a postura ou o tipo físico de Isaiah, mas agora noto como ele se porta: ombros para trás, joelhos um pouquinho flexionados e todo o peso do corpo bem firme nas plantas dos pés.

Alguns anos atrás, trabalhei num drama sobre a máfia que usava policiais de folga como figurantes, então acho que sei o que está acontecendo aqui.

— Você é ex-policial, ex-militar ou ex-alguma coisa que não pode nem me contar?

Ele reflete sobre a pergunta.

— A segunda opção... e um pouco da terceira.

Mordo a parte interna da bochecha. Ao longo dos anos, entendi que uma resposta desse tipo — engraçadinha, vaga, dita com os lábios contraídos e um dar de ombros indiferente — é, muitas vezes, um jeito educado de dizer "Não quero falar sobre isso". Sei que deveria respeitar. Deveria seguir em frente. Só que minha mente gosta de se agarrar às perguntas, como um cachorro com um osso. Um atleta com uma bola. Uma Kardashian com uma fonte de renda. A única coisa que resolve é uma resposta.

Admito que não precisa ser a resposta *certa*...

Harrison Ford avalia a estátua dourada à sua frente, pesando o saco de areia que segura em uma das mãos.

... só precisa ser uma resposta plausível.

— Você é segurança? — pergunto.

Isaiah suspira.

— Algo do tipo.

— E agora é motorista?

— Entre outras coisas.

— Você anda armado?

— Quando preciso.

— Você é *pago* para ser evasivo?

— Não... só gosto de ser assim.

Dentro dos bolsos, pressiono os dedos nas coxas.

— Por que um filme de médio orçamento contrataria um ex... — semicerro os olhos em direção ao pescoço dele — ... fuzileiro?

Ele balança a cabeça bem de leve.

— Soldado?

Ele revira os olhos.

— SEAL.

Seu sorriso demora a surgir, como se ele estivesse curtindo o momento em que os lábios se posicionam para sorrir. Como se a jornada fosse mais importante do que o destino.

Um SEAL. Meu Deus. Não acredito que achei que ele fosse só um motorista.

Não acredito que ele *sabe* que eu achei que ele fosse só um motorista.

Não que tenha nada de errado em ser só um motorista! *Caramba*.

Passo as mãos pelo meu rabo de cavalo e enrolo os dedos nas pontas.

— Então, para que você foi contratado? — pergunto de ombro caído.

— Sabe aquele termo de confidencialidade de dezesseis páginas que você assinou?

Levanto a cabeça.

— Sim?

Ele leva a mão em concha para o canto da boca e finge sussurrar:

— O meu tinha vinte.

SUZY KOH: Marissa, estou curiosa...

MARISSA DAHL: Sim, já percebi.

SUZY KOH: ... você costuma trabalhar com SEALs da Marinha?

MARISSA DAHL: Acho que sim. É comum contratarem ex-militares em Hollywood como consultores, seguranças, dublês, essas coisas.

GRACE PORTILLO: Então você não estranhou o fato de Isaiah trabalhar no filme?

MARISSA DAHL: Não foi bem isso que eu disse. Mas, considerando o que eu sabia na época, não imaginei que fôssemos ter sequências de ação que pudessem exigir expertise militar. [*pausa*] Dito isso, estamos falando de Tony Rees, né.

GRACE PORTILLO: Como assim?

MARISSA DAHL: Quer dizer, é fácil imaginar um cara como o Tony achando que precisava de um SEAL da Marinha à disposição para... para uma série de coisas. Ele é um diretor muito bem-sucedido. Pode fazer esse tipo de coisa.

SUZY KOH: Pedir merdas absurdas?

MARISSA DAHL: Não sei se usaria exatamente esse termo, mas... sim.

SUZY KOH: E deixa eu ver se adivinho... quanto mais absurda a merda, mais poderoso ele vai ser se conseguir?

GRACE PORTILLO: Isso. Porque, tipo, qualquer um consegue um motorista *comum*.

SUZY KOH: Argh, pois é.

MARISSA DAHL: Vocês já viram *Fitzcarraldo*?

SUZY KOH: Fitz o quê?

SUZY KOH: A Marissa faz isso direto... menciona filmes aleatórios de oito milhões de anos atrás.

GRACE PORTILLO: Não é *tão* antigo assim.

SUZY KOH: Ah, sim, eu sei, só disse isso para irritar a Marissa.

MARISSA DAHL: Nunca ouviram falar?
GRACE PORTILLO: Não.
SUZY KOH: Provavelmente é em preto e branco, né?
MARISSA DAHL: [*suspiro bem audível*]

SUZY KOH: Quer dizer, sejamos francas, eu falo muitas coisas para irritar a Marissa.

MARISSA DAHL: É um filme do Werner Herzog, de 1982. O Klaus Kinski interpreta um homem que tenta arrastar um navio a vapor de trezentas toneladas morro acima no maior lamaçal só para construir uma casa de ópera na floresta amazônica. E, em vez de simular ou de usar um modelo, o Herzog fez com que os figurantes dele *de fato* arrastassem um navio a vapor de trezentas toneladas morro acima, por mais que o engenheiro tenha afirmado que havia setenta por cento de chance de as cordas arrebentarem. Ele pôs vidas em risco. Centenas de vidas. Só para fazer a cena que queria. E, até hoje, as pessoas ainda o elogiam por essa decisão.

SUZY KOH: Mas eis a questão a respeito das referências superespecíficas que a Marissa usa: elas sempre têm um propósito.

MARISSA DAHL: Então, verdade seja dita, não sei se existe alguma coisa que o Tony poderia ter pedido que me pareceria "esquisito". Ele é o diretor. Se você me dissesse antes de eu chegar que ele tinha encomendado pela Amazon Prime um coral de ursos-cinzentos para os créditos iniciais, é bem provável que eu desse de ombros e dissesse que mal podia esperar para dar uma olhada nas filmagens do dia.

CINCO

— Lamento dizer que a balsa só vai ser consertada amanhã de manhã, na melhor das hipóteses.

Estamos na loja de presentes do terminal, e Isaiah está perdendo a paciência com a senhora que trabalha no caixa. Segundo o crachá, o nome dela é Georgia, e sua pele se parece com os meus dedos após um banho demorado. Ela é extravagante, um arco-íris: cabelos azuis, batom laranja, bochechas de um cor-de-rosa exagerado. Remexo nas alças da mochila e tento não fixar os olhos por muito tempo em nenhuma cor específica.

Ela fala em um tom monótono:

— Se quiserem fazer reserva para a balsa de amanhã podemos oferecer, é claro, uma tarifa com desconto.

— Infelizmente não serve — diz Isaiah.

Georgia ergue o queixo para poder olhar para Isaiah por cima dos óculos de meia armação verde.

— É o que temos.

— Outra embarcação, então.

As sobrancelhas — exageradamente marcadas de lápis — tremem de leve.

— A essa hora da noite?

— Precisamos chegar lá o mais rápido possível. — Ele força um sorriso. — *Senhora*.

Ela avalia Isaiah e, em seguida, enfia a mão embaixo da caixa registradora à esquerda. Em seguida, pega um frasquinho de spray e um pano cinza que estava dobrado em quatro. Tira os óculos. Desdobra o pano.

Um músculo da mandíbula de Isaiah se contrai.

Georgia borrifa cada lado de cada lente três vezes. Limpa a parte da frente e a de trás. Posiciona os óculos no nariz e suspira.

— Ah, se eu pudesse ajudar de alguma maneira…

Ao meu lado, Isaiah leva a mão à base das costas. A barra do paletó se levanta e cobre o antebraço enquanto ele alcança o bolso de trás, e ali, no cinto dele…

Aquilo é uma arma?

Ele pega a carteira, abre-a e tira uma nota de vinte.

— Como é que está o cronograma agora? — pergunta ele.

Georgia estreita os olhos.

— Poderia estar melhor.

Ele tira mais uma nota de vinte.

Ela arranca as notas dos dedos dele e as enfia no sutiã.

— Há uma balsa particular que vai para a Kickout. É pequena. Vocês não poderiam levar o carro.

Isaiah assente.

— Sem problemas.

— *Sem problemas?*

Georgia e Isaiah se viram para me olhar.

Umedeço os lábios.

— É só que… sabe como é. Barco pequeno. Oceano *grande*. Acho que já existiram ideias melhores, historicamente falando. — Puxo Isaiah para perto e falo mais baixo. — Tem certeza de que não podemos esperar até amanhã?

— Essa não é uma opção.

— É só um filme — me sinto obrigada a ressaltar —, não um ataque a Abbottabad.

Pela primeira vez desde que o conheci, vejo o semblante de Isaiah perder o aspecto jovial, e sinto o coração desabar e atravessar o piso laminado e descascado.

— Desculpa, não quis dizer…

Ele se vira para Georgia.

— Vamos pegar o barco.

Ela lhe entrega um cartão de visitas.

— É fácil achar o capitão. É só ir até os cais flutuantes... Saindo por aqui, só descer e virar à direita. Ele vai ser o único por lá.

Isaiah olha de relance para o cartão e, se eu não estivesse acostumada a ouvir Amy com tanta atenção, acho que não teria percebido a mudança sutil na respiração dele.

Georgia também não deixou passar. Ela inclina a cabeça de lado.

— Algum problema?

— Essa é nossa *única* opção? — pergunta Isaiah.

Ela esboça um sorriso discreto.

— Infelizmente é.

Isaiah dá meia-volta e segue em direção à porta. Demoro um segundo para perceber que devo segui-lo.

— Ei — grito atrás dele. — O que foi aquilo?

Isaiah grunhe e acelera o passo em direção ao carro.

— Vou continuar perguntando até você explicar — comento.

Isaiah abre o porta-malas e pega minha bagagem.

— A maioria das pessoas aqui parece enxergar essa produção como um caixa eletrônico pessoal. Assim que descobrem que estamos trabalhando no filme, os preços dobram.

— Mas a gente *não disse* para ela que está trabalhando no filme.

Ele bate o porta-malas.

— Não precisava. É a única razão que alguém teria para ir àquela maldita ilha.

No fim do último cais flutuante, encontramos uma plaquinha desbotada que diz "Fretados disponíveis. Transporte para Lewes, Rehoboth, Cape May e ilha Kickout". À nossa direita, há uma embarcação castigada pelo tempo: um *trawler*. Tem dois andares, no máximo nove metros de comprimento, nada atraente.

— Foi de improviso — digo após um momento. — Sabia disso?

— O quê? — pergunta Isaiah.

— *"Vai precisar de um barco maior."*

Ele me dá uma leve cotovelada.

— Prometo que não vamos ser devorados por um tubarão.

— Famosas últimas palavras.

Ele dá um passo em direção à popa. Minha mão dispara para detê-lo.

— Não pode entrar no barco de alguém sem permissão.

Ele me olha fixo.

— Por favor, conte-me mais sobre o direito marítimo.

Deixo a mão cair. Justo. Ele é um ex-SEAL; eu, por outro lado, fazia suposições baseadas em *Star Trek*.

— Espere aqui — diz Isaiah.

Ele entra no barco, que afunda um pouco com seu peso, e desaparece lá dentro.

Pressiono a barriga e penso na última conta do meu terapeuta. Melhor estar acima d'água do que debaixo dela, lembro a mim mesma.

Isaiah reaparece alguns metros acima de mim, na ponte, onde parece conversar com o capitão. Eles se cumprimentam com um aperto de mão — parecem ter chegado a um acordo — e logo depois vejo a silhueta de uma figura esguia descer uma escada. O capitão surge no deque.

Eu me preparo para a conversa de elevador.

Mas, enquanto desce do barco, ele nem me olha. Simplesmente passa por mim, com o queixo colado no peito, e segue em direção aos cabos de amarração do cais.

Tiro um momento para catalogar o que consigo ver: um tufo de cabelo loiro platinado, um pescoço queimado de sol, mãos inquietas; um bonequinho de palito numa camiseta larga e um short. Ele é tão alto e tão magro que me dá vontade de perguntar sua altura e seu peso pela mais pura curiosidade científica. Será que existe um IMC negativo?

Ele vai passando de cunho em cunho ao longo do barco, da proa à popa, com movimentos seguros, constantes e sincopados, como se estivesse marcando o ritmo enquanto avança, e sinto minha cabeça balançar junto. Imediatamente, tenho certeza absoluta de que ele faz isso do mesmo jeito todas as vezes, não importa o clima, não importa o cais, não importa seu humor. Não se trata apenas de um homem que gosta de rotina. Ele vive e morre por ela.

Seria bom se aquela eficiência não estivesse a serviço de me mandar para o mar.

Um movimento sutil me chama a atenção. Percebo que Isaiah observa o capitão lá do convés superior. Está encostado de lado no corrimão, de braços cruzados, e sua expressão é indecifrável. O foco é constante.

Volto a olhar de relance para o capitão. O que será que eu perdi? Por que Isaiah o encara desse jeito? É por causa da aparência? Acho que ele tem um rosto meio engraçado para alguém tão magro. É redondo, mole e bem nutrido, fazendo-o parecer ter vinte e cinco anos em vez de quarenta e cinco, e me pergunto se é por isso que ele esconde a cara quando passa pelos outros — por ser sua parte mais vulnerável. A linha do cabelo também é meio estranha, como se talvez tivesse feito algum retoque. Não era de se esperar que um balseiro de pequeno porte de Lewes, Delaware, fosse do tipo que faz cirurgia plástica, mas esses são os tempos em que vivemos, ao que parece.

O capitão tensiona os ombros um segundo antes que eu mesma possa escutar: um coro de vozes desordenadas lá do outro lado do cais. Ao me virar, vejo três homens de shorts, sandálias e camisas em tons pastel cambaleando na nossa direção, dois deles bebem latas de Bud Light e o terceiro segura o que parece ser uma garrafa de Jack Daniel's. A garrafa está pendurada entre o indicador e o dedo médio do sujeito, que a balança ao lado do corpo.

Assim que me veem, ficam em silêncio e trocam olhares.

Mudo de posição, desconfortável, enquanto diversos filmes de ensino médio passam pela minha cabeça, mas não consigo me ater a nenhum.

O cara de camisa salmão pigarreia.

— Boa noite, senhora. Hum... por acaso o Billy está por aí?

— Está falando do capitão?

Dou uma olhada por cima do ombro; que estranho. Para onde será que ele foi? Ainda tem cabos para desamarrar.

A cena que vejo ao voltar a atenção para os homens só me confunde ainda mais. Camisa Salmão e Polo Azul-Clara ficam na ponta dos pés, tentando olhar pelas janelas de vidro fumê da cabine principal, enquanto o terceiro homem observa de longe. Algo nele, em particular, me deixa inquieta. Ele tem entre quarenta e cinco e cinquenta anos, está em forma e tem uma beleza convencional, se ignorarmos o cabelo vermelho. Os antebraços do homem são marcados por músculos visíveis que só se adquirem com trabalho pesado ou então com aqueles aparelhos de exercício para as mãos que são anunciados na TV tarde da noite. Não existe nenhum sinal evidente de alerta — repito, se ignorarmos o cabelo —, mas, mesmo assim, algo na boca dele não me agrada.

— Pelo amor de Deus, porra — diz o homem —, não tenho a noite toda.

Ele fecha a garrafa e a deixa de lado. Afasta os amigos com um empurrão, pisa no casco do barco e pega impulso para cima. Por fim, apoia-se na janela, com as mãos em concha ao redor dos olhos.

Um instante se passa. Então...

— Aí está você — diz ele baixinho.

O Polo Azul — com uma voz aguda, esganiçada e deliberadamente sem emoção, de um jeito que eu não ouvia desde o ensino fundamental — dá uma risadinha e cantarola:

— *Billy Lyyyyle.*

Camisa Salmão entra na onda.

— Apareça, apareça, saia de onde quer que esteja.

Dou um passo para trás.

Então, o capitão dá as caras e vem arrastando os pés lá da popa. Ele para diante do terceiro homem com os olhos voltados para as tábuas do cais. Uma das mãos gira na lateral do corpo; a outra pende solta e vazia.

Os homens tinham se calado e não há mais ninguém por perto, então não há conversa ou risada que amenize o clima — apenas o zumbido baixo e constante do motor do barco e o som suave da água batendo no casco, como se fosse um gato lambendo de modo preguiçoso uma tigela de creme. Porém, mesmo nesse relativo silêncio tranquilo, ainda tenho dificuldade de ouvir o que o capitão diz ao terceiro homem.

— Já estou com passageiros, Nick.

Nick vira a cabeça na minha direção.

— Para onde vocês vão? — pergunta ele. — Talvez a gente possa rachar o preço.

— Hum... — Olho de relance para a ponte. — Uma ilha. Estamos indo para uma ilha.

Nick se aproxima, estende a mão...

Dou mais um passo para trás.

Ele pega a alça da minha mala, gira a etiqueta da companhia aérea... e cai na gargalhada. Em seguida, arranca-a e a mostra aos amigos, que após um instante também começam a rir.

— Qual é a graça? — me ouço perguntar.

Nick me ignora e seus lábios formam um sorriso astuto e perspicaz. Ele segura a etiqueta bem na cara do capitão e a balança de um lado para outro, como se fosse um relógio de bolso de um hipnotizador.

— Está vendo de onde eles são, Billy? *Los Angeles*. E você vai levá-los para a Kickout.

O capitão desvia o olhar e murmura algo, inclinando o rosto de tal forma que a luz incide sobre um hematoma amarelado na mandíbula.

Nick, que agora sorri, vai para cima do capitão e o encurrala na beira do cais.

— Você sabe para o que eles estão aqui, não sabe, Billy? Eles estão trabalhando no *filme*. E você — diz ele, enfiando o dedo no peito do capitão — está *ajudando* os dois.

Atrás dele, Polo Azul balança a cabeça.

— Cara, aí é foda.

Nick se inclina ainda mais e chega tão perto que o capitão deve sentir a respiração do homem na bochecha dele — tão perto que *eu* a imagino na *minha* bochecha.

— É porque você está pronto? — pergunta Nick. — Você finalmente está pronto, Billy... para contar a eles o que fez?

O capitão se desvencilha e cambaleia para a frente. Então, cai com tudo no cais e esfrega a região do peito onde Nick tinha afundado o dedo.

— Não estou ajudando os dois — diz ele. — Eles são passageiros. Estão me pagando.

— Não mais. Essa viagem é por minha conta. — Nick recupera a garrafa de Jack Daniel's e a balança na minha direção.

— E aí... Será que eu ganho um crédito no filme? Coordenador de transporte? Produtor executivo? — Ele aponta o queixo para o capitão. — Domador de animais?

— Algum problema aqui? — pergunta Isaiah, surgindo, até onde posso ver, do nada.

Nick contrai a mandíbula de leve ao vê-lo, mas volta a sorrir numa fração de segundo. É um sorriso bom. Um sorriso convincente. Um sorriso que eu não conseguiria identificar numa fileira de suspeitos: não é nem muito largo, nem muito contido, nem muito pequeno. Ele até se lembrou de refleti-lo nos olhos.

Eu me abraço pela cintura.

— Problema nenhum — diz Nick com tranquilidade. — Só queríamos pegar uma carona com vocês.

— Isso aqui — diz Isaiah com extremo cuidado — é um fretado particular.

O Camisa Salmão cerra o punho livre.

— Você não sabe quem nós somos?

Isaiah não responde — e nem Nick, em sua defesa. Ambos deixam Camisa Salmão notar o absurdo daquela declaração por conta própria.

— Mas, Nicky — diz ele —, como é que vamos voltar, então?

Nick lança um olhar especulativo para Isaiah.

— Ele está certo. Eles chegaram primeiro. E acordo é acordo.

Polo Azul se contrai.

— Minha esposa vai ficar pê da vida, a gente ia jantar com os pais dela.

Nick lhe dá um soco carinhoso no braço.

— Relaxa, a gente pega a balsa. Ainda temos vinte minutos.

— Isso significa que eu tenho que *pagar* — resmunga Polo Azul.

— Mas a balsa não está funcionando — comento, sabe-se lá por quê.

Nick se vira e arqueia uma sobrancelha.

— Ah, é? Quem foi que disse?

— A mulher do terminal. Georgia, acho?

Ele dá uma risada.

— Caramba. Devo uma bebida àquela mulher.

Ele nos dá um último sorrisão antes de abraçar os amigos pelo pescoço e levá-los ao cais como duas crianças.

— Boa sorte — grita ele por cima do ombro. — Espero que cheguem lá inteiros!

MARISSA DAHL: Pois é, obviamente, olhando em retrospecto, foi ali que eu deveria ter percebido que tinha alguma coisa errada.

GRACE PORTILLO: E por que não percebeu? O que fez você ignorar a sua própria intuição?

MARISSA DAHL: Ah, sabe como é, o de sempre: uma vida inteira ouvindo que tenho uma péssima intuição.

SEIS

O capitão não oferece explicações nem desculpas. Ele limpa as mãos no short, desamarra a última corda e, com toda eficiência, nos apressa para embarcar.

— Deve levar vinte e sete minutos — diz ele antes de subir a escada para a ponte.

Arrumo um assento de costas para a água, perto de um colete salva-vidas. Um momento depois, o motor acelera e o barco se afasta do cais.

— Cara engraçado — murmura Isaiah.

Deslizo as mãos para baixo das pernas e pressiono os pés no convés.

— O que você acha que aquele tal de Nick estava insinuando?

Isaiah esfrega a nuca.

— Se eu tivesse que chutar? Alguma merda desenterrada do ensino médio.

— Mas o que isso teria a ver com a gente?

— O que o ensino médio tem a ver com qualquer coisa? Mas isso não impede que caras como ele tragam o assunto à tona em qualquer oportunidade.

Olho desconfiada para ele.

— Você está sendo obtuso de propósito?

Ele franze as sobrancelhas.

— Como é que é?

Indico o cais com um gesto de cabeça.

— Seja lá o que tenha acabado de acontecer obviamente tem relação com o filme. Então, das duas, uma: ou você, como eu, não sabe direito o que estamos fazendo aqui... ou está tentando mudar de assunto.

Ele me observa por um momento.

— Estou tentando mudar de assunto.

— Ah. Tá bom. Desculpa.

— Estou tentando mudar de assunto — repete ele — porque não tenho certeza do que eu posso te contar. O Tony tem ideias muito específicas sobre disseminação de informações.

— Tipo notícias... ou fofocas?

— Tipo qualquer coisa. É uma situação bem "qualquer deslize vai tudo por água abaixo".

Abafo um grunhido e digo:

— Será que podemos, por favor, não falar sobre nossa morte iminente?

Ele assume uma expressão sombria e séria, com o maxilar rígido, lábios contraídos e um olhar tão seguro e firme que me faz cravar as unhas na palma das mãos. É um tipo de escrutínio que eu sempre quis evitar, mas nunca consegui, tipo lençóis emaranhados em uma noite quente de verão.

— Não existe morte iminente nenhuma — diz ele. — Não nesse set.

Levo os joelhos ao peito e os abraço.

— Tão confiante... Já trabalhou em muitos filmes?

— Esse é meu primeiro.

Arregalo os olhos.

— Caramba.

Ele abaixa a cabeça.

— Pois é, batismo de fogo. Eu sei.

— Você... está gostando?

— Ainda estou me situando. Algum conselho?

Apoio a bochecha no joelho enquanto tento pensar em algo útil para dizer. Não é comum as pessoas me pedirem conselhos, e imagino que ele já saiba o básico. Pode até ser o primeiro filme dele, mas aposto que já presenciou algumas situações de sequestro, e isso é quase a mesma coisa. Também acho que ele não precisa de uma garota branca do meio-oeste falando sobre racismo institucional, então essa possibilidade também está descartada. Ele com certeza não precisa ouvir minha opinião a respeito das vantagens comparativas do Avid versus o Adobe Premiere. Talvez eu possa falar sobre o serviço de bufê?

Não, até meus pais sabem disso.

Que tipo de coisa eu demorei a aprender? O que eu gostaria de ter descoberto antes…

— Ah — digo. — É bom manter distância do DF.

Ele levanta a cabeça.

— Manter distância do quê?

— Do diretor de fotografia.

— Por quê? Qual é a deles?

Tamborilo no joelho enquanto penso a respeito da pergunta. *Um-dois-três. Um-dois-três.* Passos de valsa; o início de uma corrida… o ritmo de uma piada.

— Tá, então, pode me interromper se já tiver ouvido isso, mas… qual é a diferença entre Deus e um diretor de fotografia?

— Não sei — diz Isaiah, entrando na brincadeira. — Qual?

Um…

Dois…

— Deus não se acha diretor de fotografia.

Ele esboça um leve sorriso.

— Tá, saquei. Que mais?

Eu me ajeito no assento.

— Hum… Qual é o método contraceptivo de um assistente de direção?

— Não sei.

— A personalidade.

Ele apoia o cotovelo no joelho e o rosto na mão.

— Mais alguma?

O barco dá uma tremida e só então noto que estamos a quase um quilômetro mar adentro. Semicerro os olhos para Isaiah.

— Você está tentando me distrair, não está?

Ele cantarola.

— Está dando certo? Me conta mais uma.

Balanço a cabeça.

— Tá bom. Qual é a diferença entre um produtor e um coco?

— Não faço ideia.

Abro um sorriso. Essa é minha favorita.

— Pelo menos o coco te dá uma bebida.

Dou uma espiadinha nos lábios dele e meus dedos param. Ele também sorri — e eis aqui uma sensação rara, uma corrente que percorre o topo das minhas bochechas, bem onde Amy diz que eu deveria passar iluminador. Uma imagem de Humphrey Bogart e Claude Rains brilha na minha cabeça.

Levanto a mão e espanto a sensação.

— E os editores? — pergunta Isaiah. — O que as pessoas dizem deles?

Olho para ele, surpresa.

— Sinceramente? Quase nada.

— Deve ter alguma coisa.

— A maioria das piadas sobre editores vem de outros editores, o que significa que elas não atendem aos requisitos técnicos de uma piada, na minha opinião. — Faço uma pausa. — Quer dizer, elas não são engraçadas.

— Ah, vamos. Tenta.

— Tá bom. Mas não diga que eu não avisei. — Mudo de posição na cadeira e encolho as pernas debaixo do corpo. — Quantos editores são necessários para trocar uma lâmpada?

— Quantos? — pergunta Isaiah.

— Nenhum, está bom assim! Vamos em frente!

Percebo no mesmo instante: a piada não funciona. Isaiah está sorrindo com a boca, mas os olhos já não estão mais enrugados nos cantos. Como sempre, eu deveria ter parado enquanto ainda estava por cima.

Só que aí ele me surpreende.

— Eu sei que a gente acabou de se conhecer — diz ele —, mas você não parece ser nem um pouco assim.

Jogo o rabo de cavalo por cima do ombro e o enrolo na palma da mão.

— Não — respondo. — Acho que não.

SUZY KOH: Ok, então, Isaiah, a pergunta de 64 mil dólares: por que você não disse à Marissa que ela poderia estar em perigo?

ISAIAH GREENING: Enquanto ela estivesse comigo, não estaria em perigo.

GRACE PORTILLO: Mas você não acha que ela tinha o direito de saber no que estava se metendo?

ISAIAH GREENING: Vocês têm que entender que meu trabalho é gerenciar o medo. E isso requer tanto habilidade psicológica quanto expertise operacional. Garantir que um cliente esteja seguro e que *se sinta* seguro normalmente são duas coisas bem diferentes. Para a maioria dos meus clientes, ainda mais certo tipo de empresário, isso significa aparatos e exageros. A melhor tecnologia, os caras mais fortes — toda aquela parafernália exagerada de operações secretas, sabe? Por mais que minha função seja só acompanhá-los a um evento de caridade de 40 mil dólares o prato nos Hamptons. [*pausa*] Marissa, por outro lado… ela não é como meus clientes de sempre.

SUZY KOH: Bom, pois é. Para início de conversa, ela nem sabia que *era* uma cliente.

ISAIAH GREENING: Mas eu teria perdido meu emprego se tivesse contado a ela. E eu sabia que era, sem sombra de dúvida, a melhor pessoa para aquele trabalho. Eu não tive escolha.

SUZY KOH: Você está tentando argumentar que estava fazendo um favor à Marissa ao esconder informações dela?

ISAIAH GREENING: Se eu tivesse contado a verdade, ela nunca teria entrado naquele barco. E aí onde estaríamos?

SETE

Quando menos espero, ali está a ilha, chegando de fininho. Aposto que você não sabia que uma ilha é capaz de fazer isso. Mas essa faz, e não é só porque eu tenho feito de tudo para não olhar para a água.

Ela fica pouco acima do nível do mar, ampla e plana, deslizando pela água como se fosse uma mancha de petróleo. Os prédios de dois andares ao longo da costa escondem a maior parte da ilha. Não há muito mais para ver: um modesto farol se ergue sobre um monte de rochas logo ao sul do cais; ao norte, uma montanha-russa e uma roda-gigante surgem por trás de um grupo de árvores. Ao longe, no extremo leste da ilha, há uma estrutura grande e irregular — um hotel, se eu tiver sorte. Um hospital, se eu não tiver. Está escuro demais para reparar nos detalhes do seu contorno, mas eu diria que todas as luzes estão acesas: conto quarenta e sete janelas visíveis em três grupos irregulares. Nosso destino só pode ser ali.

Só uma equipe de filmagem gastaria tanta energia elétrica.

— Qual é o nome desse lugar mesmo? — pergunto a Isaiah.

— Ilha Kickout.

Observo o prédio ao longe.

— Não é uma colônia penal, é?

— Era *kijkuit*, originalmente. Do holandês. — O capitão está no topo da escada. Ele me observa por um breve instante antes de desviar os olhos para outro canto. — Significa "cuidado". É melhor você procurar alguma coisa para se segurar, vamos atracar em breve.

— *Cuidado?* — pergunto. — Com o quê?

O capitão não responde. Eu me viro para perguntar a Isaiah, mas, pela primeira vez, ele está me evitando de propósito.

A marina, uma vasta rede de docas flutuantes delimitada pelo farol e pelo cais comercial, estende-se pela ponta oeste da ilha. À medida que nos aproximamos, vejo um único trabalhador subir e descer o cais às pressas, preparando-se para a chegada da balsa. Acho mesmo que Georgia nos enganou.

Algo em relação a isso me incomoda. Não duvido de Isaiah. Sei que é comum que negócios locais tentem faturar um dinheirinho extra com uma produção — não é à toa que imprevistos estão inclusos no orçamento. Só que parece haver mais coisa por trás da artimanha de Georgia. Os caras do barco... eles riram disso. Como se fosse uma piada.

Por outro lado, caras desse tipo riem de tudo.

Coço o antebraço, distraída. É provável que eu esteja só imaginando coisas. É por isso que preciso de um filme para trabalhar. Quando eu fico sem nenhuma história para contar, acabo inventando uma.

O capitão conduz o barco para um espaço livre. Ele pula para o convés e age rápido para amarrar as cordas, com a mesma eficiência mecânica que usou para soltá-las em Lewes.

Dou uma olhada no meu relógio. Exatos vinte e sete minutos de viagem.

Quando levanto a cabeça, vejo uma figura esbelta se aproximar a passos largos. Uma mulher, acho — provavelmente uma assistente de produção vindo nos buscar.

Não que assistentes de produção tenham que ser mulheres, não estou dizendo isso. Quero dizer apenas que, em geral, esse tipo de trabalho seria atribuído a membros menos qualificados da equipe.

Não que assistentes de produção não costumem ser qualificados... Não é isso que estou dizendo!

Bom, não, não é verdade. Eles não são. Mas não há nada de *errado* com isso. Todo mundo tem que começar de algum lugar, né?

Enfim, a mulher — seja lá qual for seu cargo — corre na nossa direção, agitando as mãos, movendo os lábios. Levo um segundo para entender o que ela diz.

— Está de *sacanagem* comigo, Isaiah?

Ao meu lado, de um modo tão discreto que não tenho certeza se estou imaginando, Isaiah deixa escapar um leve suspiro de irritação.

Lá no cais, o capitão confere a última corda e volta em direção à popa. Quando passa pela mulher, ela se esquiva como se ele fosse feito de aranhas ou escorpiões ou algo que rasteja do couro cabeludo para botar ovos nos ouvidos. Olho para o capitão, curiosa, e me pergunto o que ela vê de tão ofensivo nele — e se ele está ofendido com a grosseria dela —, mas seu queixo está colado no peito, como de costume, e ele não mostra nenhum sinal de desconforto.

Observo a mulher com um novo olhar. Se ela está gritando com Isaiah assim, com certeza não é assistente de produção. Então, é o quê? Se esse filme fosse dirigido por outra pessoa, eu poderia supor que é atriz. É bonita o bastante, sem dúvida, com uma pele marrom com tons dourados e cabelos escuros e brilhosos na altura dos ombros em ondas invejáveis que passam aquela impressão de "dá pra acreditar que acordei assim?". Ela não usa nenhuma maquiagem óbvia, mas por que usaria? As sobrancelhas são perfeitas e, segundo Amy, só isso já basta. Parece ser mais nova do que eu, mas sei que não adianta presumir que isso diga alguma coisa sobre a idade real dela. Mesmo assim, quando se trata de protagonistas, Tony tem um tipo bem previsível, e sul-asiática — por mais deslumbrante que seja — não é o tipo em questão.

Talvez seja coadjuvante?

— Você disse que ia fretar um *barco* — diz ela em tom friíssimo.

Isaiah assente rigidamente.

— E foi o que eu fiz. Como pode ver.

— Você não disse que ia fretar *esse* barco.

— Não sei o que dizer — responde ele, esfregando a nuca, um gesto que começo a suspeitar que seja um sinal de consternação. — Era o único disponível.

— Você não sabe a quantidade de problema que isso pode nos causar?

— Muito menos do que se eu não a tivesse trazido para a ilha hoje à noite.

— *Sério*, Isaiah?

Ele pega minha mala e avança pelo cais. A mulher vai atrás dele, batendo os pés. Depois de um breve momento de indecisão — *será que eu não deveria dizer alguma coisa ao capitão antes de ir?* —, coloco minha mochila no ombro e os sigo.

Dito isso, não me esforço para alcançá-los. Em geral, acho melhor não prestar muita atenção quando as pessoas gritam umas com as outras. Vão acabar dizendo coisas que não querem dizer, e é difícil se lembrar disso se elas começarem a gritar coisas sobre você. Melhor não ouvir nada, para início de conversa.

Enquanto caminho, deslizo as mãos para trás e esfrego as pontas dos dedos, só um pouco, passando o polegar pelo indicador até chegar ao mindinho e vice-versa, um rápido *um-dois-três-quatro, um-dois-três-quatro*. Deixo os outros sentidos relaxarem. Pouco depois, as vozes irritadas dos dois são engolidas pela paisagem sonora, até as palavras deixarem de ser palavras, só um ruído, menos significativo ou necessário do que o canto dos pássaros, a água que pinga, o ranger e o chacoalhar de uma máquina de lavar louça.

Levanto o rosto para o céu. Algumas estrelas estão visíveis.

Acho que dá para ver Júpiter.

É o silêncio que me tira desse estado.

Eu me viro, desorientada. Isaiah e a mulher estão seis metros atrás de mim, me encarando com olhos arregalados. Confiro a frente da camisa de novo, por reflexo, só para garantir.

— Que foi? — pergunto.

Os dois se olham e, em seguida, aproximam-se de mim a uma velocidade surpreendente, retomando a discussão de onde tinham parado.

— Você pagou com cartão? — pergunta a mulher.

— Não — diz Isaiah.

— Pegou recibo?

— Não.

— Ele tem algum registro?

— Arranquei a página.

— Bom, já é alguma coisa, acho. — Aparentemente satisfeita, ela estende a mão para mim. — Você deve ser Marissa. Eu sou Anjali. A gente se falou no telefone.

O nome me soa familiar, mas Nell nem se arrisca a me deixar falar ao telefone com outra pessoa.

— Acho que você deve ter falado com minha agente — digo.

Ela dá de ombros.

— Tanto faz. Estamos muito felizes que você esteja aqui, etc., etc. Só isso de bagagem?

— Sim?

Ela olha para minha mala compacta e semicerra os olhos. Perto de Isaiah, parece bagagem de criança.

— Você é incrivelmente otimista ou incrivelmente pessimista?

— Não estou entendendo a pergunta.

— Não parece que você pretende ficar muito tempo por aqui.

— Eu só levo muito jeito para dobrar as coisas.

Ela me dá aquele sorriso superficial que costumo receber quando pago de espertinha sem querer.

— Tomara que essa não seja sua única...

A voz dela é abafada pelo ruído estridente de uma buzina marítima. Viramos em direção ao cais e vemos a balsa principal se aproximar.

— Isaiah — diz Anjali depois de um momento. — Que *porra* é aquela?

— Ora, vejam só — responde ele sem emoção. — Parece que está funcionando, afinal.

Os ombros de Anjali desabam.

— Isso é algo que eu queira saber?

— Eu não contaria, de qualquer maneira.

Ela balança a cabeça.

— Tá, tá bom. Vamos.

Ela faz um gesto rápido e irritado com a mão direita e muda de direção, seguindo para a movimentada área comercial que se estende por toda a marina e tem todos os estabelecimentos voltados para turistas que se esperaria de um destino de férias: um centro de turismo, uma sorveteria, uma loja de antiguidades, uma loja de consignação sofisticada. Embora já deva ser quase oito e meia da noite, tudo ainda está aberto.

O restaurante italiano é o mais movimentado. Chama-se Il Tavolo, o que acho um pouquinho irritante — eu conto pelo menos quatro mesas só na área externa. Naquela área, três mulheres, todas vestidas para uma noitada, dividem uma garrafa de vinho envolta em palha. Estamos longe demais para ouvir o que dizem, mas o assunto deve ser leve — a conversa delas é animada e incessante, pontuada não por pausas constrangedoras e pedidos de desculpa gaguejados, como as minhas, mas por risadas cristalinas.

Lembro a mim mesma que, se eu estivesse editando um filme, uma cena assim seria um saco. Todos aqueles diálogos sobrepostos são mais dor de cabeça do que vale a pena, para dizer a verdade.

Provavelmente não é menos irritante na vida real.

Provavelmente.

As mulheres fingem nos ignorar quando passamos, mas não deixo de reparar na forma como os olhos delas se voltam para nós e logo mudam de direção.

Anjali para em frente ao salão de beleza, onde há um Escalade preto estacionado bem na diagonal, ocupando duas vagas e meia. Ela joga a chave para Isaiah, que a pega no ar sem nem olhar.

Mal tenho tempo de colocar o cinto antes de sairmos da marina e entrarmos no que Anjali me informa ser a única estrada do lugar.

— Ela contorna o perímetro da ilha — explica, mal-humorada. — Não tem como atravessar a ilha… A gente precisa dar a volta toda. — Ela levanta o dedo e desenha um círculo exagerado. — Como uma porra de um telefone de disco.

Olho pela janela. Vejo apenas um metro e meio de acostamento e uma mureta de metal danificada entre nós e o que parece ser um declive bem acentuado. Se Isaiah se distrair por apenas um segundo…

Abro um pouco a janela, só para garantir.

Olho para baixo, na direção da água.

Abro um pouco mais a janela.

— Eu não vou entrar no mar — diz Isaiah com a voz grave e profunda.

— Só estava pegando um pouco de ar — respondo.

— Você estava estabelecendo uma rota de fuga.

— Um benefício adicional.

Desvio o olhar do retrovisor e percebo que Anjali remexeu-se no banco da frente. Ela me observa com atenção.

Finjo estar interessada no grande prédio que aparece lá longe.

— É para lá que estamos indo? — pergunto.

Anjali segue meu olhar e assente.

— É o único lugar que tem para ir, na verdade.

— O que é?

— Um hotel.

— É onde vamos nos hospedar ou onde vamos filmar?

— As duas coisas.

A tensão que carrego no pescoço e nos ombros diminui uns cinco por cento. Hotéis são bons. Eu sei o que esperar deles. Seja de luxo, seja mais simples, todos são basicamente iguais: uma cama, uma TV, uma Bíblia. Espaguete com almôndegas no menu infantil. Consigo lidar com um hotel.

Pousadas são outra história.

Algo à nossa frente emite um brilho branco. Uma placa. *Casa Hingham. Um quilômetro e meio.*

— Por que esse nome me soa familiar? — pergunto.

— Não parece saído de um livro da Shirley Jackson? — sugere Isaiah.

Anjali o encara por um momento, depois volta o olhar para mim.

— Ninguém usa o nome real — comenta ela. — Todo mundo chama de A Cabana.

— Por quê?

Ela joga as mãos para cima.

— Gente rica.

Ainda não entendi, mas não peço esclarecimentos porque algo a respeito desse lugar com certeza está acionando minha memória... mas como? Eu nunca estive aqui. Alguma coisa a ver com um filme, talvez?

— A Cabana — falo devagar, habituando-me às palavras. — Na ilha Kickout.

— É — diz Isaiah. — O lugar se vende sozinho.

Anjali grunhe.

— Chega. Não contratei você para tecer comentários.

Isaiah dá uma resposta sarcástica, ela abre um sorrisinho irônico, e eu automaticamente volto a ignorar os dois, me perguntando — com certo interesse — se eles de fato não se gostam ou se na verdade se gostam, *sim*. Sempre tive dificuldade com essa distinção específica. Seja lá quem tenha decidido que flertar deveria parecer com brigar tem muita coisa a responder.

Vinte minutos depois, eles ainda estão discutindo, enquanto Isaiah conduz o carro entre dois pilares baixos de pedra empilhada e passa por uma entrada de paralelepípedos que mal faz o Escalade tremer. Passamos por um estacionamento lotado de caminhões e trailers, um pequeno bosque, uma casa de barcos, uma cerca viva. Por fim, o hotel surge no campo de visão.

Colo o rosto na janela para ver melhor.

A princípio, não consigo entender muito bem se o que vejo é um prédio ou vários: o hotel parece ser formado por umas seis ou sete estruturas arquitetonicamente distintas, todas amontoadas. No centro, há um grande e imponente pórtico sustentado por quatro colunas brancas; atrás dele, vejo um bloco simétrico e perfeito de quatro andares, feito de tábuas, com janelas de mansarda; atrás do bloco, vejo uma cúpula vitoriana de seis andares com um terraço e duas janelas redondas em um telhado de ardósia cinza.

Imagino qual é a extensão do hotel. Quem sabe o que mais pode haver escondido lá atrás? Um posto de guarda medieval, talvez, ou um Taco Bell.

Isaiah estaciona o carro perto do pórtico e, desta vez, me lembro de deixá-lo abrir a porta para mim.

— Só estou deixando você fazer isso porque não quero levar outra portada na cara — eu digo e passo por baixo do braço dele.

Quando me permito olhar para Isaiah, tenho a esperança de vislumbrar um dos sorrisos dele. São tão diretos e descomplicados... Porém, seu semblante é tão vazio que me lembra até de um protótipo de android ou de um vilão com uma meticulosidade patológica. De uma hora para a outra, o rosto dele se viu livre de todo e qualquer sinal incriminador de vida.

Mas acho que é assim mesmo. Agora que me trouxe para o hotel, a missão de Isaiah está cumprida. É provável que ele só estivesse fingindo me suportar.

— É melhor apertar o passo. — Ele aponta para Anjali, que já está na metade da escada.

Engulo em seco e sinto um nó na garganta que escolho atribuir ao nervosismo, à confusão, ao desânimo ou talvez apenas à percepção do meu corpo de que faz onze horas que não como nada.

— Então é isso, adeus? — pergunto.

Isaiah recua.

— Por que acha isso?

— Você ficou muito sério de repente.

— É meu trabalho.

— Seu trabalho é ficar sério?

Ele hesita.

— Meu trabalho é ficar de olho nas coisas.

— Você acha que vai acontecer alguma coisa comigo na escada?

Os ombros dele sobem e descem.

— Marissa...

Inclino a cabeça de lado e arrisco uma piada.

— Está tudo bem, pode me contar. Você tem medo de escadas?

Ele suspira.

— Só entra logo, pode ser?

Pretendo obedecer, claro que sim, mas meu corpo demora a responder e, antes que eu me dê conta, sinto os dedos dele na minha lombar, me instando a seguir em frente.

E... não é horrível.

Outra coisa que não é horrível: o hotel. É melhor do que eu poderia ter esperado. Mesmo numa noite quente de verão, o saguão parece claro, arejado e amplo, com uma impressionante exibição de móveis elegantes e detalhes arquitetônicos de bom gosto. Ao longo da parede sul, uma série de portas francesas levam ao terraço; estão todas abertas para deixar a brisa entrar, e as cortinas cor de creme flutuam no ar da noite. À minha esquerda, uma área com cadeiras de vime fica situada em meio a uma coleção de samambaias em vasos exuberantes; logo depois, há um grande bar de mogno. Lá no alto, lustres de latão polido iluminam os pisos de mármore xadrez de alto brilho.

Produções de prestígio têm suas vantagens, imagino.

Isaiah emite alguns ruídos vagos sobre precisar conferir suas mensagens e indica que eu vá para o final do saguão. Anjali me aguarda ali, depois dos elevadores, da sala de jantar e de mais três áreas de descanso, debruçada no balcão da recepção como se estivesse ali há horas, quando na verdade não podia ser mais que três minutos. Ela tamborila as unhas na superfície brilhosa de madeira em um ritmo indistinto.

— Você é bem baixinha, né? — observa assim que chego perto o suficiente para ouvir.

Respiro fundo, abro a boca...

Ela arregala os olhos quando algo atrás de mim chama sua atenção.

— Só um segundo.

Dou meia-volta para seguir o olhar dela. Um homem de óculos escuros estilo aviador de armação tartaruga acabou de passar pela porta do saguão acompanhado de duas adolescentes com brilho nos olhos, shorts e chinelos. Anjali murmura um comentário excepcionalmente grosseiro sobre atores e cruza o recinto num piscar de olhos.

Repenso todas as minhas avaliações anteriores. Sem dúvida ela é produtora.

O que o homem fala faz Anjali cerrar a mandíbula com tanta força que dá para ver os músculos se contraírem até do outro lado do salão. Ela aponta para uma cadeira próxima; o homem levanta as mãos num gesto de rendição. Contudo, assim que Anjali se vira para falar com as garotas, ele executa uma pirueta e segue na direção oposta — para o bar. Depois, acena para o atendente e tira os óculos.

Assim que vejo o rosto dele, minha mão corre por conta própria para massagear a testa.

É Gavin Davies, ex-ídolo adolescente, atual adulto decadente. Tentei em pelo menos seis ocasiões diferentes conseguir uma explicação plausível para seu apelo duradouro, só que até o momento não tive sucesso. Ele foi a estrela de uma trilogia de bilhões de dólares dez anos atrás, mas há um tempão não faz nada que não seja obscuro, desvairado ou nojento. No entanto, por algum motivo, os estúdios ainda o adoram. Meu melhor palpite é que ele organiza jogos de pôquer, negocia imóveis ou se envolve de modo superficial em tráfico humano. Ou talvez tenha um talento moderado, além de um sotaque inglês. Vai saber. Esqueça, Jake, é Hollywood.

Nós nunca nos encontramos, mas trabalhamos juntos em três projetos, então eu o conheço um pouco. Não me preocupo com a atuação dele. Com o material certo, ele pode ser ótimo. Meio imprevisível, talvez. A cada dez takes, três serão inutilizáveis por ele ter esquecido quando deveria tomar seu drinque, ou apagar o cigarro ou dizer as falas. Mas cinco serão bons e dois serão brilhantes, o que já é mais do que a maioria dos atores me oferece. E, de qualquer maneira, não cabe a mim reclamar.

O que me preocupa é que eu sei os tipos de papéis que ele escolhe.

Com o que será que vou ter que lidar desta vez: um executor sádico de uma rede costeira de metanfetanima? Um policial racista de cidade pequena? Um pai negligente com uma queda por pornografia de vingança? Um policial racista de cidade grande?

Analiso a aparência dele atrás de alguma pista do que me espera. Ele perdeu os músculos que tinha nas costas e nos ombros, e as maçãs do rosto pelas quais as adolescentes suspiravam em 2010 agora estão tão acentuadas que só me fazem pensar em alimentá-lo com um sanduíche. O cabelo, que é tradicionalmente a pedra angular do seu processo artístico, está descolorido e mal penteado.

Na melhor das hipóteses, o personagem dele é uma pessoa horrível e comum. Só que foi esse papel que ele interpretou no último filme de Amy — e sei que ele não gosta de interpretar papéis parecidos em projetos consecutivos —, então meu chute é que ele está tentando mudar as coisas. Seu personagem deve ser uma pessoa *absurdamente* horrível.

Tipo um pedófilo.

Um supremacista branco.

Um supremacista branco pedófilo.

Se bem que, hoje em dia, isso não é lá tão absurdo assim, né?

Aperto o dorso do nariz, ignorando a dor persistente.

Mesmo que esse trabalho não dê em nada — mesmo que Tony me demita assim que me reconhecer —, pelo menos posso dizer que aprendi a lição: nunca mais vou aceitar um trabalho sem ler o roteiro.

OITO

Do outro lado do saguão, Anjali avista Gavin no bar e vai até ele, decidida. Eu, por minha vez, estou inclinada para a frente, com os olhos fixos na cena, quando sinto alguma coisa encostar no meu ombro. Olho para baixo. É uma gata malhada e desgrenhada.

— Olá — digo.

Ela dá duas voltas rápidas e se deita na minha frente, enfiando uma pata debaixo da barriga. Estendo a mão para acariciar seu queixo com os nós dos dedos e ela estica o pescoço para que eu alcance com mais facilidade. Sua garganta vibra com um ronronar intenso e imediato.

Faço carinho no queixo e nas costas da gata. Seu pelo está seco e um pouco empoeirado; suspeito que este seja o máximo de atenção que ela recebeu o dia todo. Não é que ela não seja macia, por assim dizer. Só não é tão macia quanto parece. Então, por mais que ela satisfaça os requisitos básicos de um gato, ainda não atende às expectativas tácitas, e agora está encalhada aqui no balcão da recepção esperando novos hóspedes chegarem, porque as únicas pessoas com quem ainda tem alguma chance são as que ela ainda não decepcionou.

— Que mocinha linda — murmuro.

— Você é nova aqui?

A gata pula do balcão e sai correndo. Levanto a cabeça. À minha frente, vejo um homem mais velho, branco, que deve ter acabado de sair de uma sala dos fundos. Seu rosto é amigável, mas estranhamente imóvel, como se tivesse sido esculpido para ficar com uma expressão aberta e acolhedora que não muda nunca.

— Hum, sim — digo. — Eu sou a editora.

Eu estava errada. O rosto dele *tem* capacidade de se mover: de um sorriso para um sorriso *bem* largo.

Sem dúvida é um civil. Eu nunca tinha visto alguém tão animado com essa afirmação em específico.

— … bem preocupados com o atraso — ele ia dizendo. — Não que um dia já tenha feito sentido para mim, veja bem, toda essa confusão por causa de um simples membro da equipe… ainda mais o editor. A meu ver, a edição é algo que se faz no final, certo? Mas quem sou eu para saber, sou apenas um humilde hoteleiro. — Ele estende a mão. — Wade Metcalf. Prazer em conhecê-la.

Aperto a ponta dos dedos dele.

— Marissa Dahl. Seu hotel é encantador.

— Infelizmente, não posso levar muito crédito, mas com certeza vou repassar o elogio à minha esposa. Vai precisar de um quarto? Ou vai se acomodar na sala de projeção, que nem o último cara?

Posso até ser dedicada ao meu trabalho, mas até eu tenho limites.

— Prefiro um quarto só para mim.

— Pode deixar — diz ele. — Só vou dar um pulinho lá no escritório… Os computadores estão travando, acredita? Não saia daí até eu voltar!

A risada dele é uma explosão repentina, como o calor que irrompe do forno ao abrirmos a porta. Antes que eu possa reagir, ele já não está mais ali.

Dou uma olhada em busca de Anjali. Está sentada no bar ao lado de Gavin agora. Ainda discutindo. Enquanto isso, o barman limpa copos e finge não ouvir, os funcionários do restaurante arrumam tudo após o serviço e fingem não ouvir e uma camareira varre migalhas e finge não ouvir. Nenhum deles é muito bom nisso. Mas, daqui a umas semanas, tenho certeza de que vão entender o que nós já sabemos: não vale a pena ouvir ninguém dessa indústria.

O saguão está quase todo vazio, o que me parece estranho. Eu esperaria mais movimento na locação, ainda mais no bar. Imagino que a equipe esteja se preparando para amanhã e o elenco esteja… sei lá. Fazendo o que quer que os atores façam quando ninguém está de olho neles. Provavelmente fundindo-se com o vazio.

Tiro meu cardigã da mochila e me abraço pela cintura. Devo ter suado enquanto corria atrás de Anjali, e só agora percebo como está frio.

Assim que paro de tremer, um ajudante de garçom parece decidir que empilhar pratos não é tão divertido quanto derrubá-los uns sobre os outros de uma grande altura. Ao ver a cena, faço uma careta e dou alguns passos na direção oposta — o que me coloca no alcance de um purificador de ar. E não é nem um purificador agradável, é um daqueles cones que minha avó deixava atrás do vaso sanitário. É menos "prado alpino" e mais "gelatina adstringente". E, agora que prestei atenção, não tem como voltar atrás. Aperto o nariz com o dorso da mão, mas não é suficiente.

No balcão da recepção há um vaso com cinco crisântemos brancos perfeitos. Puxo-o na minha direção e afundo o rosto nas flores, inalando-as.

Terra úmida. Metal frio. Rabanetes.

Não são flores perfumadas, admito, mas são boas para os jardins — ou, pelo menos, é isso que minha mãe fala. Ela tem um canteiro enorme nos fundos, misturado com os vegetais. Aparentemente, os crisântemos repelem os pulgões.

Inspiro de novo, desta vez devagar.

É meio injusto da parte dos pulgões, na verdade. O cheiro não é *tão* ruim.

O desconforto no meu corpo começa a diminuir quando sou surpreendida por mais uma interferência sensorial: a campainha toca.

E toca.

E *toca*.

Olho por cima das flores. É Gavin, claro, batendo com o punho na campainha de serviço do outro lado do balcão.

— O Wade já vai voltar — digo com a voz mais trêmula do que gostaria.

A mão dele congela, suspensa a centímetros de distância da campainha. Ele se vira para mim e levanta uma sobrancelha de maneira precisa e controlada, denunciando um treinamento formal.

— Como é?

Com a maioria das outras pessoas, eu não saberia como responder, pois ficaria na dúvida se ele de fato não tinha me ouvido, se estava me pedindo para repetir, se estava se desculpando por me incomodar ou apenas me mandando ir à merda. Mas eu já tinha passado centenas de horas sozinha em uma sala escura com Gavin, analisando o rosto, os movimentos e a dicção dele. Eu sei como ele fica quando está irritado, animado, exausto, triunfante ou relutantemente excitado. Eu sei de quais colegas de elenco ele gostava e quais detestava. Cataloguei cada palavra descuidada de Gavin. Eu o conheço melhor do que ele jamais me conhecerá — não que ele se dê conta disso.

E é por isso que eu sei que preciso me desculpar.

Suspiro...

... e algo me faz cócegas no nariz. Um crisântemo.

O alívio é tão forte que quase me derruba. Meu rosto ainda está enfiado nas flores e devo ter murmurado dentro delas. Eu estava errada: Gavin não está *bravo*. Só não estava me ouvindo.

— Eu disse que o Wade já vai voltar.

— Sim — responde Gavin com a fala arrastada. — Eu ouvi da primeira vez.

Desloco meu peso para a planta dos pés e calculo a rota mais curta para a porta da frente.

Gavin contorna o balcão da recepção e para uns quinze centímetros mais perto do que eu considero confortável. Quando ele estende a mão na minha direção, é inevitável não recuar.

Ele então se afasta.

— Meu passado me condena.

Balanço a cabeça.

— Ah, não, eu que estou sendo estranha.

— O quê?

— Quer dizer, desculpa.

Ele contrai um pouco o rosto.

— Eu pareço chateado?

— Um pouco, talvez.

Ele leva a mão à bochecha e franze o nariz.

— Eu estava tentando parecer pesaroso. É incrível o tipo de coisa que as pessoas perdoam se acham que você tem senso de humor.

— Ah, eu jamais acharia isso.

— Sim, querida, deu para perceber. Eu só queria avisar... que você está com uma pétala.

Passo a mão pelo rosto...

— Não. — Ele aponta para a própria têmpora. — Aqui.

Levo rápido as mãos ao lugar certo para tirar a pétala antes que ele se ofereça para cuidar disso, pois seria *intolerável*. Porém, ganho um novo problema. Não vejo nenhuma lixeira por perto, e não posso deixar a pétala na recepção — o balcão é brilhoso demais, limpo demais, alguém teria que limpar a área por minha causa. Mas também não quero pôr a pétala no bolso, porque só suporto ter duas coisas bem específicas nos meus bolsos: meu celular e meu hidratante labial. Abro uma exceção para um walkie-talkie de vez em quando, mas contra a minha vontade. Qualquer outra coisa ali dentro seria como estar com uma farpa no dedo, uma pedra nos rins ou um LEGO no sapato.

Resolvo enrolar a pétala numa bolinha e soltá-la de volta no vaso.

Pronto.

Quando termino, Gavin me encara com um olhar curioso.

— Você é a nova editora, né?

Três projetos. Já trabalhamos juntos em *três* projetos. Eu poderia mostrar a ele meu passaporte e, mesmo assim, Gavin não conseguiria me reconhecer.

Assinto, exausta, sentindo de repente o peso do dia.

— Por que você não disse logo de cara?

— Descobri que geralmente não é o melhor assunto para se começar uma conversa.

Anjali se materializa ao meu lado.

— Pelo amor de *Deus*, Gavin.

Eu me viro para ela, desesperada.

— Por favor, me diz o que eu devo fazer.

— Achei que tivesse dito para você ir para o seu quarto.

— Mas não tenho um...

Ela me lança um olhar impaciente.

— Não estou falando com *você*.

— Fala sério, porra — diz Gavin com um grunhido. — Você não pode me confinar nos meus aposentos. Você não é *Napoleão*.

— Prefere resolver isso com o Tony?

— Prefiro resolver com meu agente.

Os dois elevam o volume de voz, que se mistura aos ruídos do restaurante, aos zunidos de uma unidade de tratamento de ar que precisa ser trocada, ao tilintar intermitente de copos no bar e a um tom agudo e penetrante que deve ter a ver com a luz fluorescente que eu vejo brilhar atrás da porta do escritório. Por baixo disso tudo, fraco, porém inevitável, está o som do oceano.

Fico imaginando se eles reparariam caso eu colocasse meus protetores de ouvido.

Percebo que Gavin me observa com expectativa.

— Que foi?

Ele inclina a cabeça de lado.

— Perguntei se você já está arrependida.

Anjali se interpõe entre nós dois.

— Também não é para você falar com ela.

Desta vez, as sobrancelhas de Gavin de fato parecem se mexer espontaneamente.

— O quê? Ela é da *equipe*.

— Como você disse, eu não sou Napoleão. Não sou eu que faço as leis... eu só as aplico.

Gavin torce os lábios.

— Javert, então.

— Épocas diferentes, meu amigo. E não adianta fingir que não sabia no que estava se metendo.

— Ele está exagerando. Até mesmo para os padrões dele.

— Bom, sorte sua que você pode ir embora quando quiser. Estaria me fazendo um favor, de verdade. Já tenho o número do Dan Radcliffe engatilhado, e aposto que ele adoraria ter uma desculpa para fazer alguma barbaridade com o cabelo. — Determinada, ela vai até o balcão da recepção, sobe e fala em alto e bom som, o que faz os garçons congelarem. — Wade! O sr. Davies gostaria de ir embora o mais rápido possível!

Então, Anjali desce do balcão e põe as mãos na cintura. Wade sai correndo do escritório, boquiaberto.

— O sr. Davies vai embora? Mas ele não pode...

— Ele pode e ele vai — intervém Anjali. — Não é, Gavin?

Ela e Gavin se encaram por tanto tempo que eu meio que espero uma trilha sonora de Ennio Morricone.

Depois do que deve ter sido quase um minuto, Gavin cede.

— Não. — Ele passa a mão pelo cabelo. — Não vou embora.

Wade solta um suspiro.

— Ah, que bom. Quer dizer, fico feliz em ouvir isso. Eu estava ainda agora falando para a Francie sobre a Marissa aqui, e ela ficou muito feliz por vocês enfim terem achado uma nova editora, porque, sabe, esse filme significa muito para ela e…

— Sim, obrigada, Wade, é só isso.

Abro a boca para agradecer também, mas Anjali começa a me arrastar pelo corredor antes que eu consiga dizer qualquer coisa.

Ela já me conhece muito bem.

GRACE PORTILLO: Então, Gavin, por que você estava tão ansioso para trabalhar com o Tony?

GAVIN DAVIES: Porque, Grace, a validação da crítica mainstream é minha linguagem do amor.

SUZY KOH: Pelo menos você é sincero, eu acho.

GAVIN DAVIES: Além do mais, aquele *papel*... Um pária nada atraente, injustamente acusado de um crime que é quase certo que não cometeu? Uma delícia.

SUZY KOH: Não sei se o Tony via as coisas assim.

GAVIN DAVIES: Pois é, para o eterno desgosto do Tony, ele não pode *de fato* controlar a mente dos atores dele.

SUZY KOH: É, que história é essa?

GAVIN DAVIES: O gosto dele pela manipulação psicológica é conhecido na indústria.

GRACE PORTILLO: Pode nos dar outro exemplo?

GAVIN DAVIES: Ele foi um pesadelo total na vida da Annemieke, claro. Em *Perséfone*, corria um boato de que ele tinha adulterado um teste de gravidez, então nos dois primeiros dias de filmagem ela achou que eles fossem ter um filho. Naturalmente, ficou arrasada quando isso acabou não se concretizando.

GRACE PORTILLO: Sério mesmo? E ela continuou casada com ele?

GAVIN DAVIES: Ela ganhou o prêmio de Melhor Atriz, não ganhou?

NOVE

— Pode ir mais devagar, por favor?

— Não. — Anjali aperta meu pulso. — Já estamos atrasadas o suficiente.

— E para onde vamos mesmo?

Ela me olha de relance e franze as sobrancelhas devagar.

— Se eu contar, vai estragar a surpresa.

Faz quinze minutos que Anjali me guia pelos corredores aparentemente idênticos e acarpetados que cortam o piso inferior do hotel. Há muito tempo já perdi a noção de espaço, sem falar no fôlego. Também não sei se ela está só de sacanagem comigo.

Eu sabia que estava em apuros no momento em que saímos do elevador e nos deparamos com uma placa detalhando a lista de comodidades que havia no térreo: salão de beleza, spa, piscina, quadras de squash, estúdio de ioga, galeria, teatro, adega, charutaria e outras que esqueci na mesma hora. A lista me fez pensar num pedido de desculpas que se estende demais, daquele tipo que nos dá mais dor de cabeça do que já tínhamos antes.

Quanto mais descemos no hotel, mais convencida eu fico de que nunca vou achar a saída, o que é um problema. Porque existe uma chance que não é pequena de que eu seja demitida assim que Tony vir o meu rosto e, se isso acontecer mesmo, vou querer saber o caminho mais rápido para fora daqui. Se for para ser humilhada, que seja como Deus quer: sozinha, sentada no chuveiro. Não quero passar o resto da vida num armário de vassouras, numa lavanderia ou num elevador de serviço e, sim, estou tendo pensamentos catastróficos, eu sei... eu *sei*. Só que o pânico não é como Rumpelstiltskin. Não é só nomeá-lo que ele some.

Cerro o punho e o pressiono no quadril.

Viramos à direita, à esquerda, à direita outra vez e, por fim, chegamos a uma porta. É de vidro opaco, com recortes em formato de losango, e grandes maçanetas de bronze em forma de lua crescente. Anjali a abre com esforço.

Do outro lado da porta há uma sala enorme, mais comprida do que larga, com um teto de dois andares revestido em lápis-lazúli e ouro polido. No meio da parede oposta, flanqueado por cortinas carmesim, há um pequeno quiosque.

Esfrego os olhos com as palmas das mãos e espero a visão clarear.

Sim, Virginia, é *mesmo* uma sala de cinema.

— Eu disse — comenta Anjali, presunçosa.

Ao contrário do saguão, o espaço não está em perfeitas condições. O cheiro persistente de chocolate barato e cobertura sabor manteiga não é suficiente para mascarar o leve odor de mofo. O carpete carmesim e dourado com padrão de conchas está tão puído que dá para sentir o contrapiso pelas solas dos sapatos. Parte de mim só quer limpar os espelhos que revestem a parede com limpa-vidros e folhas de jornal.

Mesmo assim, eu teria dado tudo para trabalhar num lugar desse tipo. Dos cinemas antigos da minha cidade natal, apenas dois ainda funcionam, e um deles só foi reabrir na época de eu ir para a faculdade. Então, quando decidi correr atrás de um emprego como assistente de projeção, não pude trabalhar no Orpheum, no Lyric ou no Rialto. Tive que me contentar com o Carmike Beverly 18.

— É lindo — comento.

Anjali olha ao redor enquanto pisca algumas vezes, como se ainda estivesse surpresa por se encontrar ali.

— É — diz ela. — Não é horrível. Acho que o primeiro dono do hotel se casou com uma atriz na época. Ele construiu esse espaço para que ela pudesse exibir seus filmes.

— Alguma chance de eu conhecê-la?

— Duvido. Ela fez um papel pequeno em *Rebecca, a mulher inesquecível*, mas é basicamente isso. — Anjali aponta para uma foto em preto e branco pendurada acima do aquecedor de queijo para nachos. — Ela é aquela ali. Violet *cujo sobrenome francês eu nunca consigo lembrar*. Está com noventa e sete anos e ainda firme e forte... Talvez você a encontre. Aqui estamos. Fala baixo, viu? Eles estão gravando.

— Espera... O quê?

Ela abre a porta do auditório e me empurra para dentro.

Eu cambaleio para a frente e seguro firme o encosto de uma cadeira para não cair. Assim que minhas pernas se lembram de como faz para se mexer, corro para o lado e me encosto à parede, incapaz de conter o palavrão que me escapa pelos dentes.

Alguns editores insistem em se isolar das incertezas da produção diária. Eu não sou um deles. Não tenho problema em ver atores fora do personagem ou saber que uma cena específica foi difícil à beça. Não sou fresca. Mesmo assim, tento evitar estar de fato no set. Como já disse, às vezes confundo filmes e memória — e pode acontecer o contrário também. Vejo algo na vida real e aí, mais tarde, na sala de edição, acho que estou me lembrando de uma cena e começo a procurá-la nas minhas pastas, mas então me dou conta de que não está lá. É ineficiente e faz com que eu me sinta boba. Não gosto.

Além disso, se as pessoas ficam sabendo que estou no set, podem tentar me dar sugestões.

Mas não posso fazer nada a respeito agora, então arrumo um lugar para sentar à esquerda, o mais longe possível da multidão na central de monitores.

Numa forma de arte que depende da coordenação fluida de milhares de elementos, o caos da central de monitores realmente se destaca. Neste caso, a central é formada por três monitores amarrados com elásticos num carrinho de serviço de quarto do hotel. Há umas dez pessoas ali no momento, espremendo-se para conseguir ver melhor as telas, embora, na verdade, somente o diretor e o diretor de fotografia de fato precisem ver as imagens em tempo real. Os assistentes de produção não precisam. Os contrarregras também não. Muito menos o homem de calça jeans impecável e tênis reluzentes que todo mundo parece ignorar — o executivo que me entrevistou, percebo agora.

Amy sempre diz que uma das partes mais difíceis do trabalho dela é encontrar uma forma de se concentrar nas filmagens quando está na central de monitores, cercada por curiosos atrás da melhor imagem. Certa vez, ouvi dizer que Oliver Stone cobre o monitor com um pano e desaparece debaixo do tecido como um daqueles fotógrafos das antigas se escondendo debaixo de uma capa de foco. Então, enquanto a câmera filma, ninguém assiste à transmissão, ninguém olha para ele. É apenas ele e o retângulo.

Amy insiste que ela jamais teria a possibilidade de fazer algo do tipo com sucesso. Porque esta é a parte *verdadeiramente* difícil do trabalho, ela diz: ter que parecer muito acolhedora sem de fato acolher ninguém.

Estico o pescoço, tentando enxergar para além da confusão. Cadê o Tony?

— *Liza*, concentre-se.

Eu me viro e lá está ele, na frente, afastando-se de trás da câmera, uma ARRI Alexa num tripé de fibra de carbono. A visão me arrepia. É *claro* que ele mesmo opera a câmera. Por que entregaria o controle de qualquer coisa a alguém? Ele vai brigar comigo por cada corte — partindo do pressuposto de que eu vá chegar tão longe.

Ele sobe no palquinho e se junta a Liza e a outra atriz que não reconheço logo de cara. Liza usa um short jeans por cima do maiô laranja da cena da praia, além de sapatos de salto alto pretos com tira em T, modelo que eu não via desde que trabalhei na produção do musical *Anything Goes* no décimo ano.

A outra atriz, uma mulher branca mais velha, está de peruca platinada curta e um vestido prateado de contas. Ela deve ter quase setenta anos, mas as panturrilhas são de uma dançarina de vinte. O nome dela é Eileen Fox. É atriz de teatro — ganhou o Tony ano passado por *Mãe coragem*. Ou será que foi por *Hedda Gabler*?

Uma cria da Broadway tem seus prós e contras. Ela acerta as marcas com perfeição, mas esquece em qual fala bebeu seu drinque. Tomara que Tony não a coloque em muitos close-ups. É bem comum que atores de teatro novatos no cinema exagerem na atuação diante das câmeras e acabem por parecer caricaturas exageradas, não pessoas reais.

Então, percebo que estão projetando um filme na tela atrás de Liza e Eileen. Judith Anderson, Joan Fontaine.

Rebecca.

Reavalio o cenário à minha frente, encaixo as novas variáveis e recalculo. Eileen deve estar interpretando Violet, atriz e esposa do magnata da hotelaria. E acho que, na cena em questão, elas estão ensaiando… Mas para quê?

Então, algo terrível me ocorre, e eu me levanto, vasculhando a sala em busca de qualquer equipamento de som elaborado. Mas não vejo microfones de chão. Ninguém está configurando a reprodução de áudio.

Levo a mão ao coração. Acho que estou segura.

Se no fim das contas isso fosse um musical, acho que teria que demitir Nell.

No palco, Tony afasta a maquiadora que tenta retocar o nariz de Liza e encara a atriz principal.

— Eu *adoraria* saber o que você pensa que está fazendo.

Liza ajeita o cabelo atrás da orelha.

— Estou fazendo o que você pediu.

Ele se inclina para perto dela, mas suas palavras ecoam até os assentos mais baratos.

— E eu achando que tinha pedido para você atuar.

Tony se afasta e a maquiadora volta na mesma hora para mexer na cor do batom de Liza e murmurar palavras de incentivo até os ombros dela relaxarem. Quando o cabeleireiro se junta a elas, Liza já parece quase confiante.

Eileen se recolheu para a esquerda do palco, onde está encostada no proscênio, de braços cruzados, cabeça inclinada para trás e um elegante tornozelo por cima do outro. A maquiadora tenta timidamente retocar a base dela também, mas Eileen a dispensa com um gesto.

Tony volta para trás da câmera e um silêncio toma conta do lugar.

— *Lugares* — diz ele.

Um turbilhão de movimentos: Eileen e Liza se posicionam, encontrando a luz, inclinando o queixo, torcendo os quadris e ajustando a posição. O cara do som pressiona o fone de ouvido com uma das mãos e a outra paira sobre a mesa de mixagem. Um homem de cabelos pretos e compridos e semblante intenso — deve ser o diretor de fotografia — faz uma série complicada de gestos com as mãos. Um instante depois, um eletricista ajusta um refletor. O DF balança a cabeça e sinaliza que o abaixe de novo. Na central de monitores, o executivo dá uma cutucada discreta com o quadril em um assistente de produção.

E — mais uma vez — esperamos.

O silêncio não dura mais que trinta segundos, mas o suspense é insuportável.

— Liza — diz Tony então, e fico surpresa que ela não tome um susto com o som. — Seu pé esquerdo precisa ir uns centímetros para a esquerda do palco.

Liza desliza o pé para o lado.

— *Uns* centímetros, não um centímetro.

Ela desliza um pouco mais o pé.

— Aceitável. Eileen, você está perfeita, como sempre. Preparem o som.

O cara do som assente.

— Tudo certo.

Tony se acomoda atrás da câmera.

— Petra, claquete.

Uma assistente de câmera entra no quadro com uma claquete com código de tempo. Ela anuncia o número da cena e da tomada — 39, *caramba* — e bate a claquete. Então, todo mundo prende a respiração.

Eu percebo que me inclino para a frente.

— *Ação*.

Quando reviso filmagens e trabalho em um corte inicial, ouço essas palavras milhares de vezes por dia — talvez mais. *Ação, corta, ação, corta, ação, corta.* Essas palavras não são comandos, não para mim. Estão mais para pontuações cotidianas. Uma letra maiúscula. Um ponto-final. Um indicativo de que devo prestar atenção ao que acontece no meio. Atores e equipe de filmagem, contudo, têm uma reação mais visceral, pavloviana. Tenho quase certeza de que, se você gritasse "Lugares!" em qualquer café de Santa Monica, metade dos clientes congelaria.

Eu tinha mesmo esquecido como é diferente estar aqui pessoalmente.

Ação.

Inspire.

Corta.

Expire.

É quase biológico.

Talvez eu esteja acostumada demais a me ver como aquela que dá vida a um filme. Muito apaixonada pela ideia de que, até chegar às minhas mãos, uma cena não passa de uma peça de teatro que alguém por acaso gravou. Talvez eu tenha me esquecido de como tudo isso é um ato audacioso de criação — como pode ser emocionante compartilhar este momento com um grupo de colegas, todos amantes do cinema, cada um de nós tão apaixonado pelo nosso ofício e pela nossa arte e…

O microfone boom balança enquanto o operador tenta disfarçar um bocejo com o próprio cotovelo.

Três fileiras à minha frente, a maquiadora manda mensagens no celular. Duas mulheres do departamento de arte estão sentadas e encostadas na parede, cochichando entre si por trás das mãos. Acho que um dos técnicos de som está dormindo.

Bom… foi um momento legal por um segundo.

A imagem atrás de Liza e Eileen começa a piscar, depois se apaga. Metade do recinto se volta para a cabine de projeção; a outra metade olha para Tony.

— Quantas vezes exatamente isso vai continuar acontecendo? — pergunta ele.

— Estou fazendo o que eu posso! — grita o projecionista. — Essa coisa tem vida própria!

— Fico feliz em saber que pelo menos um de vocês está vivo.

Depois de um momento, o projetor volta a funcionar com um guincho metálico que sinto no fundo dos dentes. Tony gira o dedo no ar. Todo mundo se reposiciona.

Puxo o lóbulo da orelha, que está coçando.

— Ação.

Por fim, Liza e Eileen conseguem realizar a cena. É uma tomada bonitinha: as duas, diminuídas e duplicadas pelas imagens de Joan Fontaine e Judith Anderson. Talvez seja meio exagerada, mas estou disposta a dar o benefício da dúvida para Tony. A iluminação ajuda. As lâmpadas de tungstênio que o diretor de fotografia está usando estão um pouco fora de moda, mas a qualidade da luz sem dúvida é boa. O cara tem talento.

Não que ele vá ouvir isso de mim.

Liza perde outra deixa. Não ouço o que Tony diz a ela desta vez, mas todos nós ouvimos o que ela retruca na mesma hora.

— Bom, talvez, se eu conseguisse ter uma noite decente de sono, poderia me lembrar das minhas marcações de cena.

Tony inclina a cabeça de lado, pensativo.

— Eileen parece se sair muito bem.

Ela assente com ares de sabedoria.

— Tampões de ouvido e Lorazepam.

Tony cola o olho no visor da câmera e levanta a mão.

Puxo a orelha de novo.

— E aç…

— *Espera*.

A voz vem lá do fundo da sala. É uma mulher branca, com cerca de cinquenta anos, alta, robusta e forte. Ela lembra muito a minha mãe. Chego a me perguntar se os antebraços dela também são magros e sardentos, fruto de uma vida toda sendo a primeira a arregaçar as mangas e fazer as coisas. Ela está de pé, na entrada da porta, com os lábios contraídos.

Tony sai de trás da câmera, e eu me encolho, certa de que ele vai descontar toda sua raiva nessa simpática mulher comum.

— Francie — diz ele em tom afetuoso. — O que fizemos de errado?

Ela indica Eileen com um gesto de cabeça.

— A maquiagem — diz a mulher. — Minha avó usa batom vermelho-vivo todos os dias da vida dela, desde os treze anos. Ela diz que ninguém deveria ter que encarar o mundo sem um batom vermelho… usa até pra dormir. Ela só dorme de costas para não borrar durante a noite.

Percebo que mexo na orelha pela terceira vez.

Tony se vira e pigarreia.

— Carmen, esse é seu departamento, eu acho.

Lentamente, a maquiadora tira os olhos do celular. Então, olha para Tony e, em seguida, se vira para Francie.

— Você sabe qual marca ela usava?

— Elizabeth Arden. Victory Red.

— Tem no seu kit? — pergunta Tony.

Carmen apoia o queixo na palma da mão.

— Não tenho coisas vintage. Mas sabe quem tinha? A Penelope. — Ela faz uma pausa. — Pena que você a demitiu.

Qualquer resquício de bom humor no semblante de Tony desaparece no mesmo instante. Os lábios dele formam um sorriso que protagoniza pesadelos.

— Que ideia interessante.

Carmen suspira e se levanta.

— Tá bom, eu consigo replicar. Preciso de dez minutos.

Ali está de novo. Aquela coceira na orelha — só que não é uma coceira. É um zumbido agudo. Fraco, mas definitivamente real. Olho para o técnico de som. Ele segura firme os próprios fones de ouvido e franze a testa. Aceno para ele, tentando chamar sua atenção, mas o cara está concentrado demais para me ver.

Acho que está ficando mais alto.

Eu me levanto com esforço.

— Tony?

Tony se vira e arregala os olhos.

— Quem é essa?

O zumbido com certeza está mais alto agora. Como se estivesse prestes a...

Engulo em seco.

— Acho que pode ter algo de errado com o gerador.

Ele arqueia uma sobrancelha.

— Eu não sabia que tínhamos contratado uma nova eletricista...

Pá.

Olho para cima; Tony faz o mesmo. Acabamos de perder uma luz.

Pelo canto do olho, vejo o diretor de fotografia dar um passo hesitante à frente.

Pá.

Duas luzes agora. Alguns integrantes da equipe correm para o palco, mas não são rápidos o suficiente, porque...

Pá pá pá pá pá.

Uma série de pequenas explosões, uma atrás da outra, como uma sequência de fogos de artifício baratos.

Perdemos todas as luzes.

Em seguida, o projetor se apaga.

Escuridão...

... seguida pelo ruído de cerca de uns quarenta celulares se acendendo e banhando a sala com um brilho pálido.

— Estão todos bem? — alguém pergunta.

— Não sei — retruca Eileen, com sua voz de palco e seus tons cheios e cadenciados que preenchem a sala. — "Coberta de *vidro*" conta como "bem", cacete?

Poucos segundos depois, alguém acha um interruptor e, então, todos nós piscamos diante da luz âmbar e turva emitida pelas antigas luzes da sala de cinema.

Nossos olhos se reajustam...

E a sala explode em movimento. A maioria dos integrantes da equipe corre para o palco, onde Liza e Eileen ainda estão agachadas, protegendo o rosto com as mãos.

Anjali irrompe pela porta, gritando algo no celular e fazendo sinais urgentes para um assistente de produção que está por perto. Ela avança em direção ao diretor de fotografia, que na mesma hora levanta as mãos em um gesto defensivo.

— Não me olha desse jeito, não — diz ele. — Eu verifiquei a configuração três vezes... *pessoalmente*. Estava perfeita.

— *Perfeita*. — Ela balança a cabeça, incrédula.

Ouço uma rajada de ruído estático atrás de mim; olho de relance por cima do ombro. Um homem de peito largo, calça cáqui e casaco esportivo está parado na porta do saguão, falando num rádio e escondendo os lábios com a mão. Ao lado dele vejo Isaiah guardar a arma no coldre.

Ele me pega de olho nele. Tem a decência de parecer meio constrangido.

— Tony!

No palco, Liza se levantou com esforço; dois membros da equipe tentam ajudar Eileen a se levantar, com as mãos nos cotovelos dela, mas são impedidos pelo corte justo do vestido.

Não há como levantá-la sem arriscar uma exposição indecente.

Eileen afasta as mãos deles e puxa a saia mais para cima nos quadris, expondo o topo da meia-calça.

— Pelo amor de Deus, não sou nenhum floquinho de neve. Fiz uma temporada de três meses de *A primeira noite de um homem*.

Três membros do departamento de cabelo correm para ajudar. Penteiam com cuidado os cabelos das mulheres e retiram cacos de vidro.

— Você está bem? — Tony se aproxima e tira uns cacos do próprio cabelo.

— Sei lá — diz Liza. — O que você acha?

— Você está aborrecida — observa Anjali, juntando-se a eles. — Eu entendo. Mas, por favor, não se preocupe. Foi só um acidente estranho. Vamos nos recuperar rapidinho.

— Um acidente estranho — repete Liza, sem emoção.

Anjali assente. Mas, pela primeira vez desde que a conheci, o movimento é hesitante.

— Acho que estamos começando a forçar a definição dessa palavra — murmura Liza.

Tony leva a mão ao cabelo de Liza e encontra um caco de vidro que os cabeleireiros não viram.

— As coisas estão mesmo tão terríveis assim? — pergunta ele.

Eileen bufa.

A mão de Tony para por um instante antes de continuar.

— Você tem que confiar em mim, Liza. Confiar que eu sei o que estou fazendo… e que estou fazendo por um motivo.

Ela suspira.

— Tá bom, mas…

— Eu jamais colocaria você em perigo — prossegue ele. — Não sou louco.

— Mas, Tony…

— E você não me acha louco, acha, Liza?

— Não, claro que não, mas…

Quase distraidamente, ele afasta uma mecha de cabelo do rosto dela. Um tendão na lateral do pescoço de Liza se contrai. O lábio inferior treme.

Tony dá uma batidinha no lábio dela com o polegar.

— Aí — diz ele, terno, suave. — Você vive perdendo a calma. — Então, sem interromper o contato visual: — Dice, você consegue improvisar alguma coisa pra gente seguir em frente?

O diretor de fotografia olha por cima do MacBook. Sua boca abre e fecha diversas vezes antes de responder.

— Me dá vinte minutos.

— Ótimo. Eu quero todo mundo pronto assim que as luzes voltarem. — Ele se vira e me encontra na multidão. — Todo mundo, menos você — diz com a expressão sombria.

DEZ

Marcho em direção ao saguão, com Tony e Anjali logo atrás de mim, e me preparo para ser demitida pela segunda vez na vida.

Sob circunstâncias normais, é muito difícil falhar no meu trabalho. Quando as filmagens chegam até mim, não há muito que possa dar errado, e a maioria dos erros tem relação com o software proprietário. É difícil se atrapalhar com o básico. A gramática cinematográfica está tão arraigada na cultura que até uma criança aleatória de seis anos saberia fazer um corte inicial decente. Existe um motivo pelo qual é raro terminarmos um filme pensando "Nossa, que edição *horrível*".

E, mesmo assim, provavelmente seria culpa do diretor.

A única vez em que fui demitida foi quando eu trabalhava em um filme importante, cheio de efeitos especiais — um reboot de franquia. Sendo bem sincera, eu nunca deveria ter topado aquele trabalho. Mas eu era jovem e estava animada com a chance de ajudar um editor que eu admirava, e editar os curtas-metragens delicados e impressionistas de Amy não ajudava a pagar o aluguel. Eu não conseguia pagar nem a conta de água.

Logo ficou muito claro que, embora eu fosse inexperiente e totalmente nova naquele tipo de grande produção, o diretor estava ainda mais perdido.

No entanto, ele também era um reboot de franquia: era filho de um diretor de prestígio.

Na noite em que aconteceu, estávamos isolados na sala de edição havia dez horas, junto com o editor principal e três executivos do estúdio. Tentávamos encontrar uma solução para um problema que nem lembro mais qual era quando o diretor ordenou, irritado, que eu mostrasse uma tomada que eu sabia que não existia.

Olhei para o meu chefe em busca de orientação, mas ele escolheu justo aquele momento para descobrir um interesse intenso e repentino por um defeito minúsculo no tecido da própria calça jeans.

— Sinto muito — falei por fim —, mas não posso fazer isso.

— Por que não? — perguntou o diretor.

— Porque você não fez nenhum close dessa cena.

— Com certeza fiz. Está na lista de tomadas.

— Não, você decidiu não fazer. E, quando eu recebi as filmagens e fui te perguntar, você disse: "Que se fodam os closes, esse plano aberto está irado."

Meu chefe tirou os olhos da calça jeans.

— Eu lembro — expliquei — porque você nunca tinha usado a gíria "irado", então meio que me marcou.

Mais tarde, meu chefe falou que, se eu tivesse apenas aceitado a responsabilidade, ele teria conseguido manter meu emprego. Todos os presentes sabiam que o erro era do diretor, mas não podíamos reconhecer isso de modo tão franco. O fato de eu ter feito aquilo só podia significar uma coisa.

Eu era oficialmente combativa.

Contei tudo isso a Amy, na esperança de que ela pudesse me ajudar a entender onde foi que eu tinha errado, mas ela revirou os olhos e disse:

— Isso é só o jargão de Hollywood para uma mulher que fala abertamente.

— Você deveria estar aqui há uma hora. — Essa é a primeira coisa que Tony me diz.

Não é exatamente um bom começo.

— Se a ideia era que eu viesse direto para cá — falo com cuidado —, alguém deveria ter me avisado.

— Essa foi culpa minha, na verdade — intervém Anjali em tom leve. — Tive que parar para lidar com o Gavin.

— Temos um problema aí? — pergunta Tony.

— Quer dizer, eu o peguei com aquelas garotas de novo, mas acho que não temos com o que nos preocupar. — Ela faz uma pausa. — Essas são duas frases que não deveriam estar juntas.

Tony põe um dedo atrás da orelha e esfrega a pele ali.

— Peça para o Wade resolver isso. Já tenho garotas demais para cuidar.

Com isso, ele se vira para mim, e acho que chegou o momento. A hora da verdade. Estudo o rosto dele com a maior atenção possível. As sobrancelhas estão numa posição neutra, e o lado esquerdo da boca parece estar um pouco mais alto que o direito, o que acho que pode ser o início de um sorriso... A menos que seja o começo de uma careta.

Tento não torcer as mãos de nervoso.

— Tenho certeza de que você compreende que essa é uma situação atípica — fala Tony. — Eu nunca tive que contratar um novo editor às cegas, no meio de um filme.

— Por mais difícil que seja acreditar — acrescenta Anjali.

Tony abre as mãos.

— Estou tentando cuidar das coisas aqui.

Ela dá um passo exagerado para trás.

— Tudo bem, tudo bem, é você que manda. Eu vou lá... gritar com algumas pessoas, ou algo do tipo. Você vai ficar bem sozinha, Marissa?

Franzo as sobrancelhas.

— Você quer dizer com o Tony?

— É... Posso chamar uma assistente de produção, se quiser.

Ah. *Ah, entendi.* Faz tempo que eu não trabalho de perto com um homem. As coisas são diferentes agora, não são? Pelo menos no discurso. Tiro um momento para pensar nisso. Por mais que eu não esteja exatamente confortável com a ideia de ficar a sós com Tony, estou ainda menos confortável em *admitir* que não estou confortável, já que isso também deixaria todos desconfortáveis. Parece um tipo de falha na matrix pós-#MeToo.

— Estou bem — digo por fim.

— Que bom, que bom. Volto daqui a pouquinho com suas chaves e o celular.

— Celular?

— Como eu dizia...

Desvio o olhar de Anjali, que já está de saída, e noto que Tony também seguiu em frente sem mim. Corro para alcançá-lo.

— ... quando chegamos ao set, em geral eu já tive alguns meses de preparação com meu editor — ele ia dizendo. — Mas é óbvio que não tenho esse luxo agora.

— Espera... você não vai me demitir?

Paramos ao lado do quiosque. Tony afasta uma cortina de veludo vermelho e revela uma pesada porta de madeira com um cadeado aberto e pendurado na argola de uma tranca enferrujada. Em seguida, ele abre a porta.

— Parece que alguém andou ouvindo umas histórias — diz com a expressão neutra.

Constrangida, entro pela porta, agradecida por estar escuro o suficiente para disfarçar o rubor que queima minhas bochechas como um incêndio. Há pouca luz ali atrás — no final do corredor, uma única lâmpada tremeluzente situa-se a poucos metros do chão —, mas é evidente que Tony já está acostumado com o espaço. Ele me guia com facilidade pela quase escuridão, me desviando de duas teias de aranha. Paramos ao pé de uma escada caracol de aço, com seis metros de altura e bem apertada. Subimos um depois do outro, e a estrutura balança a cada passo.

Lá em cima, passo espremida por uma abertura tão estreita que preciso tirar um segundo do outro lado para me recompor.

Ainda recuperando o fôlego, sinto o calor do corpo de Tony atrás de mim.

— É aqui que você vai trabalhar — diz ele com a boca alinhada no meu ouvido.

É a sala de projeção do cinema e está configurada para 35mm. Ignoro a mesa de edição e corro até o projetor, um Philips DP70 com um Christie Autowind de três decks. Nenhum dos dois aparelhos, admito, é elegante aos olhos modernos. O DP70 é grande, bege e quadrado, e o Autowind beira o ridículo: três pratos de alumínio empilhados, cada um com mais ou menos um metro de largura, fixados em uma estrutura turquesa.

Mas, para mim...

Tenho que me controlar para não rodopiar pela sala, fascinada.

O projecionista está ocupado examinando as entranhas do DP70, e me pego esticando o pescoço, ansiosa para ver o que ele faz.

— Desde o ensino médio que não vejo um desses — comento.

Tony espia por cima do meu ombro.

— Sou velho o suficiente para me lembrar dos tempos em que ainda tínhamos que fazer trocas manuais.

Ainda bem que estou de costas para ele, pois sinto que estou fazendo o tipo de cara pela qual Amy sempre me repreende. Eu poderia ter cento e cinco anos e estar no meu trigésimo quinto filme, mas mesmo assim algum homem ainda daria um jeito de insinuar que já está há mais tempo do que eu na indústria.

— O ST 200 saiu em 1968 e o Autowind, em 1971 — digo. — Se você se lembra das trocas manuais, é por causa da aula de História da Projeção na NYU.

Passo por baixo do braço de Tony e vou inspecionar a frente do projetor. Não é um com o qual já tenha trabalhado, mas já li a respeito — há dois deles no Egyptian Theatre e um no Grauman's. Quando passo os dedos pelo equipamento, as engrenagens e os estabilizadores me são tão familiares quanto meus próprios ossos.

Fico na ponta dos pés e espio por cima da lente. Ao lado dela, posicionada no lado direito da janela de projeção, há uma caixinha preta: um projetor digital NEC. É infinitamente menor que o DP70 e bem menos atraente.

— Para as exibições diárias — diz Tony, sem necessidade.

— Pena que não estamos filmando em película — comento, tão inútil quanto.

— Não com esse elenco. — O ombro de Tony está tão perto do meu que dá para sentir o espaço entre nós.

Sigo rápido para o outro lado da sala. Ali, ao longo da parede, há um sofá de três lugares com manchas de água e uma mesa de melamina de quase dois metros de comprimento. Em cima da mesa há um micro-ondas e um fogão portátil, seis pacotes de macarrão instantâneo e uma caixa fechada de chá; embaixo da mesa, há uma pilha de caixas de pizza achatadas. Pego uma caneca que foi deixada ao lado do fogão portátil e olho o interior. O que quer que estivesse ali já se tornou pegajoso e sólido há muito tempo.

Bato os olhos em um cobertor xadrez azul pendurado no braço do sofá. Levanto uma das pontas e a esfrego entre os dedos. Me pergunto se há um travesseiro por aqui em algum lugar ou se o último editor teve que se virar.

A pergunta simplesmente me escapa, sem mais nem menos.

— Por que você demitiu o Paul?

Tony contrai os lábios e lança um olhar para o projecionista.

— Gary?

Gary joga a chave de fenda na caixa de ferramentas e se levanta às pressas.

— Já estou indo.

Tony o observa sair e espera até os últimos ecos metálicos do homem descendo a escada desaparecerem. Então, encosta o ombro na parede e cruza os braços.

— A essa altura você já ouviu falar do meu modo de trabalhar.

— Faço alguma ideia. — Então, só porque não consigo evitar, acrescento: — E não estamos tão no alto assim.

Ele pigarreia.

— Sim, então você sabe que eu exijo dedicação absoluta do meu elenco e da minha equipe.

Não posso deixar de olhar de relance para a cozinha improvisada.

— Você está me dizendo que o cara que parecia morar aqui não era dedicado o suficiente?

— Se só o tempo importasse para mim, eu contrataria insones ou compraria um quilo de cocaína. Estou falando de dedicação ao *papel*. Meu editor precisa ser a minha âncora... o meu *compasso*. Quando olho para as filmagens, eu estou vendo as oito milhões ou mais de decisões que foram tomadas em cada cena. Você, por outro lado, pode se concentrar nos detalhes: o que está no quadro.

Franzo o nariz.

— Ah, é claro. Isso é basicamente a descrição clássica de...

Ele levanta o dedo.

— O que *também* significa que não quero que você passe tempo com os atores. Então, não quero ver você no bar. Não quero ver você no café. Não quero ver você na área de cabelo e maquiagem, fofocando com os estilistas. De tempos em tempos, como hoje, eu vou pedir que você me acompanhe no set. Fora isso, prefiro que você passe o tempo aqui ou no seu quarto.

— Eu...

— Eu entendo que isso possa parecer restritivo, mas é uma situação atípica. Muitas das pessoas envolvidas nesse caso ainda estão na ilha. Na verdade, algumas estão no mesmo hotel que a gente no momento. E nem todas elas são tão dedicadas à noção de objetividade quanto a gente.

Franzo a testa.

— Se você está tão preocupado com influências externas, por que não me deixou ficar em Los Angeles?

Ele balança a cabeça.

— Não, isso não funcionaria de jeito nenhum. Gosto de ter meus brinquedos ao alcance dos olhos.

Ao ouvir isso, faço uma cara indescritível.

Ele ri, mas não como quem ri de uma piada.

— Olha só você. Menos de uma hora de trabalho e já está pensando em pedir demissão.

Semicerro os olhos.

— Por que acha isso?

— Então você *não* está pensando em voltar correndo para a Califórnia?

— Eu pensei em voltar correndo para a Califórnia no segundo em que pousei — admito.

Ele se afasta da parede e segue na minha direção.

— Nós podemos fazer um grande filme juntos, você e eu. Você pode até não conseguir enxergar a forma dele ainda, mas não se trata de uma exploração barata de um crime real. Essa história de fato importa. Você de fato poderia fazer a diferença com esse filme. Mas precisa confiar no processo.

A fala mansa de Tony fica ainda mais suave, tão relaxada que me faz pensar naquela gata da recepção, em como eu acariciava o ponto logo atrás da linha dura da sua mandíbula. Penso também que talvez ele queira que eu me entregue, que relaxe completamente, sem reparar que ele diz — de um jeito *gentil*, bem *doce* — que vai me manter em prisão domiciliar pelas próximas seis semanas.

Encaro meus pés e faço um cálculo rápido: eu levaria dez minutos para voltar ao saguão, mais dez para conseguir um carro. Trinta minutos até o cais, cinco minutos para vomitar, vinte e sete minutos até Lewes. Duas horas e meia até Filadélfia, cinco horas e meia até LAX, quinze minutos até Ladera Heights. Levando-se em conta alguns atrasos e a mudança de fuso horário, eu poderia chegar ao Pann's a tempo de pegar o café da manhã.

Mas... e depois? Procurar um novo Airbnb? Implorar para Nell não me demitir?

Será que seis semanas de trabalho seriam tão difíceis assim, afinal? Não é como se Tony estivesse pedindo algo difícil ou absurdo demais. E, para início de conversa, eu não sou uma pessoa muito sociável. Talvez seja até legal. Não vou ter que inventar desculpas para não estar a fim de sair com todo mundo nas nossas noites de folga.

Então, me forço a levantar o queixo.

— Certo — digo. — Posso fazer isso.

Ele assente.

— Ótimo. Agora, essa é a última vez que falamos sobre o Paul, está entendendo?

— Mas...

— A última vez.

Levanto as mãos, rendida.

— Ok.

Ele pega o cobertor e o dobra. Em seguida, joga-o para o outro lado do sofá.

— Vem... vamos acomodar você.

Eu o sigo até a área de edição no canto mais próximo da sala. É uma configuração-padrão: mesa em L, três telas HD, dois monitores de estúdio de campo próximo; um teclado, um mouse e um mixer composto Mackie. Uma cadeira supercara com seis pontos de ajuste diferentes. Na parede à direita, vejo várias fileiras de imagens de referência, cada uma correspondente a uma cena e um número de tomada, um índice visual de tudo que foi filmado até agora. Examino as imagens e meus olhos naturalmente param na foto de Liza que eles mostraram na minha entrevista.

— Quanto tempo levaram para encontrá-la? — pergunto. — Digo, a garota de verdade.

Tony esfrega a mão na boca.

— A estimativa do legista foi de dezesseis a vinte horas após a morte, mas ninguém sabe com certeza quanto tempo ela ficou na praia. Parecia estar dormindo. Umas cem pessoas passaram por ela naquele dia e não perceberam que estava morta.

Franzo a testa.

— Como alguém consegue levar um corpo para uma praia pública sem ninguém ver?

— Essa é uma das coisas que estamos aqui para questionar.

— Então é um mistério *não* resolvido?

Tony põe as mãos nos bolsos.

— Tecnicamente. Ninguém nunca foi acusado.

— E você vai tentar solucionar o caso?

— Claro que não. — O canto da boca de Tony se mexe. — Vou deixar isso para o público. Um argumento é mais convincente se você deixar eles acharem que descobriram as coisas sozinhos.

Arregalo os olhos.

— É isso que meu irmão sempre fala sobre o filho dele.

— É mesmo?

— O filho dele tem seis anos.

Uma pausa.

— Ah.

Solto um suspiro trêmulo e volto a olhar para as fotos. Sinto que há mais uma pergunta que eu deveria fazer, porém meu cérebro já está alocando recursos para o projeto à minha frente, fazendo listas, percorrendo os algoritmos narrativos que venho compilando desde o dia em que meu pai levou aquele videocassete para casa. As possíveis narrativas se desenrolam na minha cabeça sem nenhum esforço — haverá a vítima, a família dela, os amigos, um namorado (provavelmente), a polícia, o criminoso, a acusação, uma ou duas testemunhas-chave…

— Marissa?

Volto a mim com um sobressalto. A alguns metros, Gary trabalha no projetor, Tony já desapareceu.

Quanto tempo fiquei olhando para as fotos?

Esfrego os olhos e me viro para ver quem está na porta. É Anjali e uma mulher que ainda não tinha conhecido, quase loira, sem maquiagem, com um cropped branco e calça jeans larga. Ela tem as bochechas rosadas e a beleza inconstante que às vezes se vê em atrizes do Leste Europeu: vai parecer ter vinte anos a vida inteira, contanto que se mantenha magra, mas, no instante em que ganhar dois quilos, vai parecer ter cinquenta.

— Desculpa interromper — diz Anjali. — Só queria apresentar nossa produtora de linha, Valentina.

Valentina faz uma careta com o vape prateado preso entre os lábios.

— Prazer.

Ela coloca uma bolsa volumosa em cima da mesa de trabalho. Mexe lá dentro por alguns segundos antes de pegar um crachá preso num cordão azul-royal. Em seguida, joga-o na minha direção; o crachá bate na minha barriga e cai no chão.

Pego-o com cuidado, temendo o que vou encontrar. Eles não me pediram uma foto, o que significa... Sim, eles usaram a única foto minha no IMDb. É uma foto da Getty Images de uma premiação de alguns anos atrás. Apenas um círculo de críticos de terceira categoria, mas foi minha primeira indicação, então Amy me empurrou um vestido e me mandou fazer cabelo e maquiagem. Após o evento, minha mãe comentou que eu parecia sofisticada; Amy disse que eu estava gata; eu falei que parecia uma rainha de concurso de jardim de infância.

Seguro o cordão.

— Eu tenho mesmo que usar isso?

Valentina dá de ombros.

— Depende. Você *quer* ser detida pela segurança?

Encaro o porta-crachá. Nunca estive num set que exigisse identificação. A maior parte das produções em que trabalhei se contentava em terceirizar a segurança para assistentes de produção de vinte e poucos anos que talvez nem soubessem usar um rádio. A situação muda quando se trata de um filme com atores renomados, acho — só que estamos filmando em uma ilha pouco povoada. Qual o motivo para tanta preocupação?

De repente, lembro-me das palavras que Tony me disse antes.

Na verdade, algumas estão no mesmo hotel que a gente no momento.

Não deve ter a ver com isso, certo? Se tiver, alguém deveria contar a eles que um cordão de algodão de alta qualidade não vai oferecer muita proteção contra um assassino.

Outro objeto bate na minha barriga; desta vez, consigo impedir a queda.

— Seu celular — diz Valentina com satisfação.

Seguro o celular flip cinza entre o indicador e o polegar.

— Qual o problema com o meu iPhone?

— Nada de smartphones. Termo de confidencialidade, página nove. — Então, ela estende a mão com a palma virada para cima. — Entregue para mim, por favor.

Eu recuo.

— Você quer que eu te dê meu *celular*?

— Sabe — diz Anjali —, hoje em dia, tem pessoas que até *pagam* para tirarem o celular delas. Pense nisso como um jejum de mídia! Vai ser bom para você. Só Deus sabe o quanto eu queria poder parar de ver as notícias.

— Como é que as pessoas vão entrar em contato comigo?

— Sempre dá para ligar para sua caixa postal e conferir as mensagens.

Viro o celular flip e examino a caixa.

— Ainda dá para fazer isso?

— Não faço ideia. Eu posso ficar com meu celular.

Enfio a mão no bolso e pego meu iPhone. Anjali o arranca dos meus dedos e um segundo depois o substitui por um conjunto de chaves.

— Essas são para a porta da frente da sala de cinema e para o cadeado lá embaixo — avisa ela. — Não as perca. Qualquer pessoa importante o suficiente para ter as próprias chaves é importante demais para ter tempo de abrir as portas para você.

Fecho os dedos ao redor do metal até as bordas das chaves pressionarem minha palma.

— Tá bom, espera… espera. Tenho só *algumas* perguntas…

Anjali assente, solidária.

— Claro que tem. E não se preocupe, amanhã cedinho vamos pôr você em contato com a Scripty. Ela vai te explicar *tudo*. O Tony só quer sua presença no set ao meio-dia, então você vai ter tempo de sobra para se atualizar. Aliás, por falar nisso… — Ela olha para Valentina. — O Brandon já imprimiu a planilha de chamada?

Valentina pega o vape.

— Ele está fazendo isso agora — responde.

— É, pois é, mas era para estar pronto há uma hora, então será que você pode dizer a ele para andar logo?

Valentina dá de ombros de modo quase imperceptível.

— Existe um limite para a quantidade de formas diferentes que eu posso dizer a mesma coisa.

— Então talvez você deva dizer algo novo. Você é russa. Seja criativa.

Valentina dá uma tragada longa e vagarosa, segura e depois solta o vapor pelo canto da boca em um fluxo lento e contínuo.

— *Tak tochno.*

Anjali estala os dedos.

— Sim, é exatamente isso que estou falando. Eu não faço ideia do que significa, mas me encheu de medo.

Valentina me olha como se estivesse quebrando a quarta parede.

Em seguida, prende o vape entre os lábios, joga a bolsa por cima do ombro e sai de modo furtivo da sala.

Anjali a observa saindo e balança a cabeça.

— Se um dia ela surtar, vai ser espetacular. — Ela bate palmas e se vira para mim. — E aí, estamos bem aqui?

Bem? Se estamos *bem*? Não, não estamos. Estamos tão longe de *bem* que nem sei mais o que é isso.

— Como eu disse, tenho algumas perguntas.

— E como *eu* disse: a Scripty vai lidar com isso. Tem alguma coisa que você precise de *mim*?

O sorriso dela é letal, doce e implacável — fato que só percebo vários segundos *depois* de soltar a pergunta:

— Então, por que o Tony demitiu o Paul?

Aquele sorriso perde um pouco a força.

— Não cabe a mim dizer.

— Tem certeza?

— Como é que é?

— Você é a produtora, certo? É sua responsabilidade garantir que o filme seja feito. Isso significa que é sua responsabilidade garantir que sua nova editora não seja demitida na mesma hora. Então, parece lógico que você queira me contar o que o Paul fez de errado, para que eu possa evitar o mesmo erro.

Agora, não há mais nenhum resquício de sorriso.

— Você deveria perguntar ao Tony.

— Eu tentei. Mas ele apenas respondeu com um sermão meio desvairado sobre... — Faço um gesto indistinto com a mão. — *Processo*.

Ela suspira e, por um momento, a máscara da perfeição desaparece: vejo leves olheiras e uma pequena ruga no meio da testa.

— Olha, ele não teria te contratado se achasse que você cometeria os mesmos erros.

— Não tem como ele saber disso. Ele mal me conhece.

Ela ri.

— E desde quando isso impede alguém de fazer um julgamento precipitado? Você não sabe nada sobre mim, mas obviamente já tem algumas teorias.

Penso no momento em que a conheci.

— Bom... Eu estava com medo de você ser atriz.

Como Anjali não responde, eu me forço a olhar para ela, e o que vejo não é compreensão, nem impaciência, nem aborrecimento. As sobrancelhas dela estão franzidas e os lábios, contraídos. É um semblante que passei a detestar.

É um semblante que significa que ela não me acha engraçada.

Vou ter sorte se durar um dia.

ANJALI BHATTACHARYA: Não achei que ela fosse durar um dia.

SUZY KOH: Por que diz isso?

ANJALI BHATTACHARYA: Você já a conheceu.

SUZY KOH: Pois é, mas nossos ouvintes não. Então, você poderia, sabe... dar mais alguns detalhes?

ANJALI BHATTACHARYA: Imagino que não dê para eu me esquivar dessa pergunta questionando a validade dos seus critérios, né?

GRACE PORTILLO: Por favor, não seja grosseira só porque é mais fácil ser engraçada.

ANJALI BHATTACHARYA: Caramba. Falou na lata. Tá bom, então vou ser sincera também: quando conheci a Marissa, eu a achei meio esquisita, mas não me preocupou. A maior parte dos editores é assim.

SUZY KOH: Mas...?

ANJALI BHATTACHARYA: *Mas* eu não senti que ela seria capaz de enfrentar o Tony — e, como já sei que vocês, seus gremlins, vão querer saber detalhes, já digo que não, não sei dizer por que exatamente achei isso. Foi só um palpite. [*pausa*] Quer dizer, isso só prova, né?

ONZE

Depois que Anjali sai, eu me sento na área de edição, levanto a cadeira e puxo o teclado para mais perto. Reparo num boneco de papel amarelo que foi colado no canto da tela central. Trata-se de um truque antigo — alguns editores usam um boneco em escala para lembrá-los do tamanho de um filme projetado nos cinemas. É bonitinho, mas não é algo que eu tenha me dado ao trabalho de usar. Nenhum pedaço de papel já conseguiu me ajudar a imaginar a sensação — ou mesmo uma lembrança aceitável da sensação — de ser fisicamente ofuscada por uma bela imagem.

E hoje em dia a maioria das pessoas assiste aos filmes por streaming, de qualquer maneira.

Toco no boneco — ou no que sobrou dele.

Alguém arrancou sua cabeça.

Resolvo começar pelo começo, com a primeira cena do filme: Liza na praia, morta, mas ainda não detectada. A cena que deu início a tudo.

Encontro o arquivo, ajusto o volume, inicio a reprodução.

Ao fundo, os figurantes já estão em ação, passando protetor solar, ajustando guarda-sóis e sacudindo toalhas. Duas crianças estão ocupadas enterrando os pés do pai na areia. Uma bola de praia vermelha e branca foi abandonada na água. Boiando, ela entra e sai do quadro.

Liza, no entanto, está apenas deitada ali. E Tony deixa a câmera rolar.

Avanço a cena. Cinco minutos, dez minutos… vinte minutos. Por fim, aos vinte e cinco minutos, Liza se mexe. Não é muita coisa, apenas um movimento nos quadris, e, por mais que a editora em mim se contorça, não dá para culpá-la. Ela deve estar muito desconfortável. Não tem como o braço não estar dormente.

O peito dela treme, uma reação familiar para quem já lutou contra a respiração natural, então se acalma.

A voz de Tony, pouco mais alta do que um sussurro, surge de fora da cena:

— Liza, ainda estamos gravando.

Ela mexe o nariz, mas não responde. Dá para perceber que está ficando ansiosa; percebo o corpo dela se esforçando para ficar parado. É difícil se manter imóvel. E ela se esqueceu dos olhos — estão se mexendo por baixo das pálpebras. Liza nem deve saber que faz isso quando está concentrada em algo.

— Para de pensar — diz Tony, muito calmo. — Garotas mortas não pensam.

Atrás de mim, alguém dá uma risadinha; o som é inconfundível.

Pauso a reprodução.

— Gary? — pergunto. — É você?

Silêncio. Então…

— Ah… É, desculpe por isso, não queria interromper. Só estou terminando aqui.

Mais uma pausa.

— É que ele é um babaca tão *pretensioso*, sabe?

Giro a cadeira. Os olhos de Gary estão meio fechados e as mãos, erguidas na frente do peito. Parece estar se preparando para receber um golpe certeiro.

— Você não vai contar a ele que eu disse isso, vai?

Arregalo os olhos.

— Acho que talvez você possa ir agora, Gary.

Ele assente.

— Sim, senhora.

Balanço a cabeça e me volto para o computador.

Seguindo um palpite, clico no diretório e organizo os arquivos por data. A filmagem que estou vendo vai direto para o topo. Então eu estava certa, essa não é apenas a primeira cena do roteiro — é também a primeira cena que eles filmaram. Com a maioria dos diretores, eu não daria muita importância para o cronograma de produção. Existem inúmeras razões pelas quais eles começariam com essa cena. Permissões. O clima. A logística do bronzeado falso de Liza. Mas todo mundo sabe que Tony só faz o que quer.

O que ele estava esperando alcançar escolhendo essa cena?

Reinicio a filmagem e avanço rápido. A resposta estará aqui em algum lugar.

Uma hora e quarenta e seis minutos depois, acontece: Liza finalmente se esquece de que seu rosto deve ficar bonito para a câmera. Os lábios se entreabrem, a mandíbula relaxa, os olhos se acomodam nas órbitas e ela libera uma tensão na testa que eu nem tinha percebido que estava ali. As sobrancelhas de Liza não são tão arqueadas e simétricas quanto ela gostaria que nós acreditássemos.

É isso, tenho certeza, que Tony estava esperando.

Que ela parasse de lutar.

Que ela se entregasse.

De fato, dois segundos depois, três figuras ao fundo se separam e caminham em direção à câmera. Garotos adolescentes que usam calções em tons de azul levemente diferentes, porém complementares. Tony colocou microfones neles, por mais que não estejam falando nada.

Graças à lente dividida, quanto mais eles se aproximam, mais difícil é vê-los, mas então eles passam para o primeiro plano e entram em um foco tão repentino e nítido que chego a me contrair de susto.

É o timing perfeito: conseguimos vê-los no exato momento em que eles devem conseguir ver Liza.

Meus dedos se fecham em volta do mouse.

A qualquer segundo...

Mas eles passam reto na frente da câmera sem parar. Saem do quadro. A tela fica preta.

Eu me afasto da mesa e esfrego os braços com vigor.

Ele fez mesmo isso. De fato a fez ficar ali, em silêncio, por quase duas horas, de olhos fechados, e enviando o mesmo sinal para cada parte do corpo: *Morta, morta, esteja morta, eu estou morta, isso é a morte, um dia eu estarei assim, morta.* A coisa mais importante que Tony queria que Liza estabelecesse como parte da atuação dela era qual seria a sensação, no próprio corpo, de estar morta.

Uma sensação que gastei milhares de dólares tentando esquecer, e ali está ela, evocando-a por escolha própria.

Sinto uma ardência no fundo da garganta: uma lembrança me ocorre, mas não do tipo que estou esperando. Uma lembrança verdadeira, da época da pós-graduação. No segundo ano, Amy e eu fizemos uma matéria com um tal de John Hale, um crítico aparentemente respeitado com duas áreas de especialização reconhecidas, o neorrealismo italiano e dar em cima das suas alunas. Pena que apenas uma delas estava listada na biografia acadêmica do professor.

O cara era obcecado por *Stromboli* e *Umberto D* — tão obcecado, na verdade, que só se dignou a discutir qualquer coisa feita depois de 1951 na última aula, quando resumiu os últimos setenta anos de cinema italiano em três horas e com o mesmo desprezo que se esperaria de uma dama da sociedade que acaba de ser servida pelo lado direito.

Ao longo daquela última aula de três horas, os comentários de Hale foram ficando mais ácidos, rígidos e sucintos até que, por fim, ele atingiu algum tipo de limite dois minutos depois de uma cena de *Suspiria*. Ele pausou a reprodução, acendeu as luzes e se virou para a turma.

— Isso aqui é lixo, claro. A verdadeira arte lida com emoção real, com a vida real. Nada *disso*... — eu ainda consigo visualizar o gesto de desprezo com os dedos em direção à tela — ... é real.

Seguiu-se um silêncio doloroso e demorado e, pela primeira vez, não foi por culpa minha. Pelo menos metade dos caras só tinha se inscrito na matéria porque Tarantino é fã de Argento. Foi então que Amy se recostou e esticou o braço ao longo do encosto da cadeira à sua direita, soltando um suspiro suntuoso que me fez me aproximar do corredor.

Os ombros de Hale subiram e desceram.

— O que foi agora, Amy?

— Não passa de uma baboseira, só isso.

Ele apoiou o cotovelo no púlpito e descansou o queixo na mão.

— Imagino que você vá me dizer que, graças ao poder expressivo inigualável da alegoria, *Suspiria* ajudou você a acessar algum canto até então desconhecido do seu coração... a aprender algo "profundo" sobre a condição humana que você não teria compreendido de outra maneira.

— Não, claro que não... mas ajudou *você* a aprender alguma coisa, certo?

As sobrancelhas dele — brancas, desgrenhadas, tão baixas que de tempos em tempos se misturavam aos cílios; a única parte do rosto dele que minha memória parece ter guardado — subiram um mero centímetro. Amy e ele passaram o semestre inteiro discutindo. Olhando em retrospecto, eu me pergunto se ele sabia naquele momento que estava caindo numa armadilha.

O fato de ele ter seguido em direção à armadilha não me diz nada. Homens sempre fazem isso quando Amy está envolvida na situação.

— Ah, é? — disse ele.

Amy torceu a mão em um círculo lento no sentido anti-horário.

— Os homens fazem filmes de terror sobre criaturas fantásticas, vilões extravagantes e vítimas bonitas. As mulheres fazem filmes de terror sobre o que acontece quando o cara errado entra no seu carro. Já se perguntou o motivo disso?

Mais um gesto com os dedos.

— Que descaracterização grotesca.

Concordei com ele em silêncio. Às vezes, mulheres também fazem filmes de terror sobre o que acontece quando o cara errado entra na sua casa.

— A resposta, *John*, é que para você o medo não passa de uma fantasia. — Ela fez uma pausa e olhou para os colegas de classe. — Você só sabe conceber o medo como uma exceção, quando, para as mulheres, é a regra.

Hale revirou os olhos.

— Ah, Amy. Eclodiu uma *guerra* e eu não percebi? Porque, que eu saiba, estamos numa sala de aula bastante confortável, numa escola que seus pais, presumivelmente, estão pagando 40 mil dólares por ano para que você estude. Por favor. Quando foi a última vez que você sentiu *medo* de verdade?

Amy inclinou a cabeça para o lado. Dava para perceber que só estava fingindo pensar no assunto.

Um momento inadequado, talvez, para imaginar o Almirante Ackbar, mas foi mais forte do que eu.

— Tenho quase certeza — disse ela — de que foi duas semanas atrás… quando você me encurralou contra a parede e me perguntou se o cheiro que estava sentindo era do meu perfume ou da minha boceta.

Hale encerrou a aula mais cedo naquele dia, e eu gostaria de acreditar que ele ficou com vergonha de si mesmo, mas, para dizer a verdade, é provável que só não aguentaria falar sobre *Holocausto canibal*. Pelo que sei, ele ainda dá aula. De vez em quando encontramos alguém que estava na aula com a gente naquele dia, e as pessoas sempre tentam relembrar o ocorrido, porém agora Amy sente vergonha.

"Nunca subestime a arrogância intelectual que um simples curso sobre estudos femininos pode proporcionar a uma garota", ela sempre diz.

("Falando sério", ela sempre acrescenta, "foda-se aquele cara.")

Volto a me concentrar na parede de imagens de referência. Tony pode até ser obcecado por verossimilhança, mas não resiste a dar um toque na parte visual: um pouco de brilho aqui, um pouco de realce ali, modeladores em todo mundo. Se as fotos fossem exibidas de um jeito mais artístico, não seria difícil confundi-las com uma série de fotos de férias selecionadas, do tipo que uma agência de turismo tira para que os clientes possam encher o feed do Instagram sem precisar levar um pau de selfie. Nenhum ser humano comum olharia para essas fotos e as confundiria com qualquer outra coisa além de uma versão cuidadosamente dirigida da história real. E elas ainda nem passaram pela pós-produção.

Massageio um nó de tensão na lombar. Em geral, amo a estética de Tony. Nos filmes dele, tudo tem seu lugar e tudo *está* no seu devido lugar, e viver em um mundo assim por duas horas é o mais próximo que consigo chegar de paz interior. Mas essa é uma história sobre uma pessoa real, um assassinato real. Isso não deveria exigir um comprometimento mais rigoroso com o realismo? E, ainda assim, Tony não conseguiu se conter. Simplesmente *precisava* fazer tudo ser bonito. Especial. Excepcional.

Isso não tem cara de fantasia. Tampouco parece representar o real.

— Já trabalhando até tarde, hein?

Eu me viro. Isaiah está lá na porta, todo assertivo e pragmático, como se estivesse prestes a anunciar a tese de seu TED Talk.

Encolho os ombros.

— Se você veio até aqui para ser sério e austero, pode deixar para depois?

Ele entra devagar na sala.

— O problema — diz, em um tom baixo e confidencial — é que me *pagam* para ser sério e austero. Veja bem, não dá para ter senso de humor *e* a capacidade de matar um homem com as próprias mãos.

Eu me sinto relaxar bem de leve. Ele está brincando. Isso é uma brincadeira.

— É como se eles nunca tivessem ouvido falar do The Rock — arrisco.

— Né? Estamos em 2019. Um homem pode ter camadas.

Depois de um instante, o rosto dele se acalma e o sorriso diminui, mas não volta cem por cento àquela expressão profissional neutra. Não posso deixar de me sentir um pouco triunfante.

Olho para a mesa de trabalho e percorro o veio da madeira com os dedos.

— Me diz uma coisa… todo mundo da equipe tem seu próprio guarda-costas armado?

— Isso é só até você passar pelo juramento de lealdade de sangue.

Deixo escapar uma risada.

— Você parece a Amy.

Ele se joga no sofá.

— Quem é Amy?

— Uma ótima amiga que tem o péssimo hábito de me distrair com piadas quando está de saco cheio de responder às minhas perguntas.

— Você faz muitas perguntas mesmo.

Abro um sorriso fraco.

— É meu dom e minha maldição.

Ele pega a manta e a vira nas mãos.

— Tenho certeza de que tudo vai fazer mais sentido depois de uma boa noite de sono.

— Agora você está parecendo minha mãe.

Ele arqueia uma sobrancelha.

— Cuidado, ou posso achar que você gosta de mim.

— Melhor não se empolgar demais, essas são basicamente as duas únicas pessoas que eu conheço.

Ele se endireita de modo abrupto e ri, um riso aberto e descontraído, como se nunca tivesse lhe ocorrido que eu não era engraçada de propósito, e sou forçada a admitir que ter conhecido esse homem talvez seja uma das melhores coisas que me aconteceram nos últimos tempos.

Consigo chegar ao meu quarto sem tropeçar, sem deixar cair nada e sem passar nenhum tipo de vergonha, e é com grande alívio que fecho a porta atrás de mim. Encosto a testa na madeira e conto até cem. Descobri que fazer isso me ajuda. Não consigo me ligar e desligar como uma lâmpada. Preciso me dar um tempo para esfriar.

Em seguida, faço uma rápida inspeção do quarto que será minha casa pelas próximas seis semanas ou mais. Tetos altos, sancas, paredes de um verde-acinzentado. Uma cama com dossel, um abajur antigo de latão. Em uma parede, um mapa histórico; em outra, uma ilustração vintage de um caranguejo-ferradura. Há três almofadas bordadas, espaçadas sobre um pequeno sofá creme. Seria fácil imaginar que o quarto era igualzinho em 1948.

Se não fosse pelo leve cheiro de tinta fresca, claro. Pressiono de leve o dedo na parede mais próxima para testar. Está seca, mas, se eu tivesse que adivinhar, diria que foi pintada nos últimos dois meses.

Uma vez quebrado o encanto inicial, o resto da ilusão desmorona. Percebo que o mapa é uma reprodução — e, agora que penso a respeito, tenho quase certeza de que vi aquela ilustração na IKEA da última vez em que estive lá. Aquele lustre sem sombra de dúvida usa uma lâmpada de LED.

Eu me pergunto se eles renovaram o espaço para o filme ou se eu fui designada para uma ala reformada. Tony não economiza nos orçamentos, mas talvez nem ele seja capaz de bancar a restauração histórica de um hotel inteiro.

Sou grata a quem quer que tenha pagado. Eles escolheram travesseiros hipoalergênicos dos *bons*.

Pego minha mala no armário e a examino com cuidado. Prefiro não usar os serviços de carregadores de mala, mas ainda não descobri como dizer isso sem ofendê-los. Não é que eu não confie neles. É que eu fico ansiosa quando outra pessoa está com minhas coisas. Nem Amy sabe todos os detalhes de como eu gosto de manter meus pertences. Sou bem meticulosa.

E é por isso que percebo de cara que alguém mexeu na minha mala. Quem quer que tenha sido fez um trabalho muito bom — a pessoa teve o cuidado de tentar colocar tudo de volta onde encontrou —, mas noto no mesmo instante que uma calça foi enrolada com o lado errado para fora.

Será que isso é mais uma estranha precaução de segurança? Também concordei com esse procedimento quando assinei o contrato? Ou será que esta ilha é um submundo sem lei onde não se aplicam o direito à privacidade e a boa educação?

Chego a pensar que talvez eu esteja apenas descrevendo Delaware.

Eu me arrasto até a cadeira e examino meu novo celular de produção. É apenas um pouco menor que minha mão, um retângulo atarracado com uma tela não muito maior do que um selo postal. Abro o aparelho… e fecho. Abro. Fecho.

É satisfatório, pelo menos.

Olho o relógio. São só nove horas em Los Angeles. Não é de se admirar que eu não esteja cansada.

Ah, *merda*. Esqueci de ligar para Amy.

Ela atende na mesma hora.

— Marissa?

— Como você sabia que era eu?

— Código de área de Delaware… Era você ou Joe Biden. Está tudo bem? Eu liguei, tipo, umas cinco vezes.

Por alguma razão, hesito.

— Bom… meio que, no fim das contas, não podemos ficar com nossos celulares.

— *Como é que é?*

— Pois é, parece até que é filme da Marvel. — Um pensamento desagradável passa pela minha cabeça. — Você não acha que eles grampeariam os celulares de produção, né?

— Sério mesmo?

— Eles podem fazer isso? É legal? Nunca tive um celular de empresa.

— Olha…

Enrolo o rabo de cavalo no dedo.

— Você pode pesquisar para mim se Delaware é um estado de consentimento de duas partes? Provavelmente não, né? Porque é Delaware.

— Marissa! Chega de falar dos celulares. Escuta: nós perguntamos por aí…

Eu me encolho.

Nós?

Na mesma hora, ouço uma voz familiar ao fundo.

— Espera — diz Amy. — O Josh quer falar com você.

Ai, ai. Afasto um pouco o celular do ouvido.

— Marissa.

Aperto o dorso do nariz. Nunca vou entender como uma pessoa consegue colocar tanta reprovação em três sílabas simples.

— Não sabia que você estava aí — digo. — Vou ser breve, prometo. Não estou tentando atrapalhar.

— Não, não, não é isso… Quer dizer. *Não*. Olha. Andei perguntando por aí e não parece coisa boa. Meu chefe de iluminação é amigo de uns caras da sua equipe e ele me disse que seu filme está com um mojo esquisito.

Tenho certeza absoluta de que ele acha que está me fazendo um favor no momento — de que ele se acha um cara *muito* legal —, e isso me leva a dizer:

— Acho que você quer dizer mau-olhado.

Ele faz uma pausa.

— Não, quero dizer mojo.

— Um mojo é um amuleto mágico para proteção, amor, sorte ou poder que a pessoa carrega. Ela pode tê-lo ou perdê-lo, mas não tem como ser algo ruim… Se fosse, por que as pessoas o levariam para lá e para cá? Você está pensando em mau-olhado.

— Isso importa?

— Ou talvez você queira dizer carma?

— Porra, pelo amor de Deus, será que você pode simplesmente… *Ai!* Cacete, Amy! É… é. Eu sei, mas…

Um silêncio absoluto toma conta da linha. Ele colocou a ligação no mudo. Queria poder culpar Josh por não gostar de mim, mas existem motivos reais. Não consigo evitar.

Mas isso não faz dele um cara menos babaca.

— Marissa? Ainda está aí? É a Amy.

— Estou — digo.

— Ele só está tentando ajudar.

— Com certeza.

— Só… presta atenção, tá? Só desta vez. Parece que tem algo de estranho nesse set. As coisas não param de dar errado, as pessoas não param de pedir demissão.

Considerando-se tudo que vi até agora, é uma descrição mais do que justa, mas eu é que não vou admitir que Josh está certo.

— Podemos dizer isso de metade dos filmes em produção no momento.

Amy suspira.

— Sim, mas nesse, aparentemente, as autoridades tiveram que se envolver. Teve alguma instalação que deu errado ou algo do tipo, sei lá.

A pausa que se segue me faz cravar a unha na almofada da cadeira.

— E o amigo do Josh não acha que tenha sido um acidente — prossegue ela. — Ele diz que a produção está encobrindo alguma coisa.

É uma afirmação tão absurda que, quando tento pensar em uma forma de responder, meu cérebro meio que falha, resgatando várias memórias de uma vez — antigas, novas, claras, ruins —, e simplesmente não sei em qual devo prestar atenção. *O rosto do capitão. A arma de Isaiah. O jardim da minha mãe. As chaves de Anjali. A porta da sala de edição. A entrada das cavernas. A risada de Wade. Os lábios de Liza. Whoopi Goldberg.*

Whoopi Goldberg?

Marissa. Concentre-se.

Passo a mão no rosto e deixo meus pés se moverem à vontade. Depois de um tempo, um sinal se destaca em meio ao ruído.

Um sinal insignificante e superficial, mas não deixa de ser um sinal.

— Por que de repente o Josh está tão interessado na minha carreira? — pergunto.

— Ele está preocupado, só isso.

— Não está, não. — É *Amy* quem se preocupa comigo. Josh... Josh faz o oposto de se preocupar, o que quer que seja isso. — Ele não acha que eu consigo me virar.

— Não é verdade... O Tony é difícil, você sabe disso.

— Amy, se eu nunca trabalhasse com diretores difíceis, nunca teria trabalho.

Sinto uma vontade instantânea de voltar atrás no que falei. Amy não se vê como "difícil". Ela se vê como a diretora que cria espaços seguros e acolhedores para o elenco e a equipe. Que escuta todas as reclamações. Que se importa com todas as respostas. Que paga sanduíches quentes do próprio bolso em dias difíceis. Que aperta as mãos das atrizes num gesto de solidariedade, que balança a cabeça e o corpo com elas e diz: "Eu te entendo. Eu te *entendo.*"

Porém, embora tudo isso seja verdade, também é verdade que ela é *absurdamente* difícil, exigente, rigorosa e tudo que se espera de uma superdotada que de fato acredita que pode elevar o nível das pessoas à sua volta. Tentei lhe dizer uma vez que, no que diz respeito a reputações, ser "difícil" é muito melhor do que ser "esquisita", mas, por mais que eu tenha dado a ela uma antologia inteira sobre o assunto no Natal, isso não parece ser uma das coisas que ela é capaz de *entender*.

Ótimo. Agora estou irritada, então aqui estou eu dizendo mais coisas horríveis.

— E, de qualquer maneira, o que o Josh sabe sobre passar dificuldades?

— Ele só está tentando...

— Ajudar. Eu sei. Mas, tipo... você sabe que trabalhei em mais filmes do que ele, né? Ganhei mais prêmios. Aguentei mais merda em um único dia do que ele em uma *década*. Então, não preciso da ajuda dele. Não quero a ajuda dele. E não vou desistir do meu trabalho e quebrar meu contrato só porque um chefe de iluminação com quem o Josh trabalhou uma vez em uma websérie qualquer está espalhando boatos.

Ela não responde. Mas, do outro lado da linha, consigo detectar. Um ruído muito sutil, uma vibração.

Eu me encolho. Merda.

— Marissa? — diz ela depois de um instante.

— Sim?

— Por que você não gosta dele?

— Não é isso...

— Porque, se tem alguma coisa que eu deveria saber...

— Não tem — respondo com firmeza.

DOZE

Quando termino de falar com Amy, já faz catorze horas que não como nada. Assim que percebo isso, me levanto de um salto e levo a mão à maçaneta — acho que vi uma máquina de venda automática no saguão —, mas então me lembro das instruções de Tony.

Não devo sair do meu quarto.

Hesito.

Mas não é possível que ele queira que eu passe fome, né? E é tarde demais para ligar para alguém e pedir ajuda — não que eu *possa* ligar para alguém, já que ninguém me deu uma lista de contatos. Além disso, já está tarde. Todo mundo deve estar na cama. Ninguém vai me ver. Vou ser rápida. Vou descer e voltar num instante. Moleza.

Mas talvez eu vá de escada. Só para garantir.

Chegando ao térreo, dou uma espiada no saguão. Como eu tinha suspeitado, está vazio e mergulhado em silêncio. Tanto que só dá para ouvir o mar.

Passo pela recepção e sigo em direção às máquinas de venda, andando na ponta dos pés e me mantendo no carpete. Quando tenho certeza de que estou sozinha, me deixo levar pelo devaneio que me ocorre: que sou a única pessoa no hotel... A única pessoa na *ilha*. Sim, é melhor assim. Desse jeito, eu nem precisaria me preocupar com alguém batendo na porta. Até a mais remota possibilidade de intrusão — um vizinho, um advogado, uma encomenda que vai chegar de cinco a sete dias — é capaz de estragar os prazeres da solidão.

Meu sorriso desaparece quando encontro a máquina de venda. É uma daquelas máquinas *saudáveis*, com barras de proteína, chips de couve, snacks de soja e meias de algodão orgânico. Um desperdício de trocados.

Dou as costas para a máquina e avalio minhas opções com as mãos na cintura.

Acho que não tem jeito. Vou ter que encontrar a cozinha.

Sigo em direção ao restaurante todo apagado e passo entre as mesas já arrumadas para o café da manhã do dia seguinte. Na parede do fundo, entre uma mesa e uma estação de bebidas, encontro um corredor estreito que me conduz aos banheiros e segue até um par de portas prateadas com janelas redondas.

Espio lá dentro. As luzes principais estão apagadas, mas há uma luz azul fraca vindo de algum lugar, e é o suficiente para que eu possa identificar a linha das bancadas, uma torneira e o que imagino ser um exaustor. O cheiro de água sanitária é forte a ponto de fazer meu nariz coçar.

Abro as portas e espero minha visão se ajustar.

Imediatamente à minha esquerda há um lavatório e, depois dele, algum tipo de depósito, e então vejo...

A luz se apaga.

Fico parada por um breve instante. Minha vida é passar de um cômodo mal iluminado para outro: não é o escuro que me assusta.

Então, do canto mais distante da cozinha, ouço um som inconfundivelmente humano.

Minha boca fica seca. Posso até não ter medo de escuro, mas morro de medo de pessoas.

— Olá?

Assim que a palavra sai da minha boca, sinto vontade de bater na minha testa. Tipo, isso aí, Marissa, revele sua posição, anuncie sua falta de noção, puxe a cortina do chuveiro para que o assassino possa ver você melhor.

E o que eu espero ouvir, afinal?

Que bom que você veio!

Estava esperando você!

Prazer. A noite, hum... é nossa.

Quando as luzes se acendem, dou um grito.

— *Cara, relaxa.*

Eu me viro no mesmo instante. Atrás de mim, com a mão ainda no interruptor, vejo uma garota do leste asiático. Catorze ou quinze anos, talvez um pouco mais nova... O cabelo preto está bagunçado e preso atrás das orelhas, e a franja precisa de um corte. Está usando um short curto e um moletom cinza sem mangas; dois elásticos de cabelo pretos envolvem o pulso esquerdo.

Percebo então que já a vi antes: mais cedo, no saguão, com Gavin.

— Eu sou Suzy — diz ela.

— E eu sou Grace.

Eu me viro para ver. É a outra garota do saguão. Ela está sentada numa bancada no canto, parcialmente escondida pela geladeira comercial. É mais baixa do que Suzy, com pele marrom-clara e uma grande covinha na bochecha esquerda, e pintou o cabelo da cor de Cheetos picante. Os óculos de acrílico transparente são grandes demais para a cabeça dela; mal ficam presos na ponta do nariz.

Não sei a coisa certa a dizer nesta situação, mas com certeza não é o que acabo dizendo:

— Eu não deveria estar aqui.

Suzy dá de ombros.

— Tudo bem. A gente também não.

— O que traz você à ilha Pénabunda?

Arregalo os olhos.

— Não é ilha Kickout?

Suzy sobe na bancada ao lado de Grace.

— Não desde que o Tony deu um pé na bunda do primeiro assistente de direção — diz.

— Você quer dizer o segundo assistente de direção — intervém Grace.

— Não, o Ryan foi o primeiro assistente de direção.

— O *Phil* é o primeiro assistente de direção.

— Ah, sim, entendi o que você quer dizer. — Suzy se volta para mim. — Desculpa. Não desde que o Tony deu um pé na bunda do *primeiro* segundo assistente de direção.

Olho de uma para a outra. Elas não se parecem, mas o jeito de falar das duas...

— Vocês são irmãs ou algo do tipo?

Suzy faz que não.

— Só estamos encalhadas nesta ilha há semanas sem mais ninguém para conversar.

— Cem por cento possível que a gente esteja ficando maluca — diz Grace.

Suzy dá uma cotovelada na amiga.

— A gente já falou disso.

Grace não perde o embalo.

— Cem por cento possível que tenhamos virado pessoas socialmente desajustadas.

Percebo que estou boquiaberta. Faço uma pergunta só para minha boca ter o que fazer.

— Vocês duas são daqui?

— Não — diz Suzy. — Somos de Nova York.

Grace revira os olhos.

— Ela é de Nova Jersey.

— E... — Meu Deus, por que não consigo parar de piscar? — Desculpa, mas quem são vocês mesmo?

— Meu pai é o diretor executivo — explica Grace.

— Minha mãe é a confeiteira — diz Suzy.

— Achamos que seria melhor se fosse o contrário. Mas, sabe como é. — Grace agita os dedos. — É o *patriarcado*.

E, de uma hora para a outra, fico mais animada.

— Isso significa que vocês sabem onde fica a comida.

— Ah! — diz Grace. — Você perdeu o jantar.

— Que droga — diz Suzy.

— Foi cordeiro merguez...

— Com uma salada morna de cenoura...

— E uma granita de laranja com manjericão...

— Será que sobrou alguma coisa?

Coço a nuca e desvio o olhar.

— Parece ótimo, mas eu meio que estava esperando fazer um sanduíche de pasta de amendoim.

Grace desce da bancada.

— Deixa de ser boba, eu faço um macarrão para você... O que prefere? Puttanesca? Arrabbiata?

Sinto que estou começando a franzir a testa, mas tento me conter.

— Um sanduíche está ótimo, de verdade.

Ela ajeita os óculos e põe as mãos na cintura.

— Meu pai me deserdaria se soubesse que servi um sanduíche de pasta de amendoim para alguém no jantar.

— Mas eu não quero macarrão. Quero um sanduíche de pasta de amendoim.

As garotas trocam um olhar.

— Minha mãe fez aquele semifreddo de pasta de amendoim há algumas semanas — diz Suzy. — Talvez tenha sobrado um pouco da Jif.

Grace franze o nariz.

— Ela não fez a própria manteiga?

— Fica melhor com a manteiga industrializada barata.

— Que nojo. Vou dar uma olhada na despensa.

Ela desaparece em um cômodo dos fundos. Enquanto isso, Suzy vai para o outro lado da cozinha e se agacha atrás da bancada. Revirando um armário? Vai saber. Não ligo. Pelo menos não está falando. Olho para o céu e tento me lembrar se existe um santo padroeiro dos silêncios confortáveis.

— E aí, de qual trabalho *você* vai ser demitida daqui a três a cinco semanas? — pergunta Suzy, com a voz meio abafada.

— Eu sou a nova editora.

Ela levanta a cabeça.

— Sério?

— É tão surpreendente assim?

Ela pensa a respeito.

— Acho que não. A gente mal via o anterior, só isso. Imaginei que o Tony tivesse trancado o cara em uma masmorra em algum lugar.

— Não é uma masmorra — respondo. — Só a sala de edição. Mas entendo a confusão.

— É, a gente ouviu falar que ele era louco... Quer dizer, extremamente workah... — Ela bufa. — Um funcionário excepcionalmente diligente.

Elas conheciam Paul? Interessante. Tony e Anjali não foram muito acessíveis, mas talvez Suzy e Grace tenham informações úteis para mim. Talvez até saibam por que Paul foi demitido.

— Como é que vocês sabem tanta coisa sobre a equipe? — pergunto.

Suzy dá de ombros.

— Passamos muito tempo na área de produção. Ou passávamos, pelo menos. Mas Anjali fechou o cerco e, agora, a gente se dá mal se chega perto dos atores.

O semblante dela é tão solene e sincero que começo a me questionar se estou lembrando direito das coisas.

— Eu não vi vocês duas com o Gavin algumas horas atrás?

— Ah, sim. — Ela abre um sorriso. — Talvez devêssemos ter entrado de fininho pelo terraço, né?

— O que estavam fazendo com ele?

Ela balança a cabeça.

— Sinto muito, é assunto nosso.

A pergunta que me ocorre na mesma hora não é uma que eu particularmente queira fazer, mas Gavin é muito famoso e elas são *muito* novas, e Amy me mataria se eu não falasse alguma coisa, então:

— Bom, vocês não estão... Ele não está...

Tamborilo os dedos na bancada. *Como eu digo isso?*

Suzy ri.

— Molestando a gente? De jeito nenhum. Se o Gavin ao menos *pensasse* em tentar alguma coisa, tem uns oito cozinheiros aqui que conhecem a Grace desde que ela era bebê, e todos têm acesso ao moedor de carne. Deixamos isso claro para ele.

— Ok, bom, achei uma resposta bem empoderada.

Ela estufa o peito.

— Não mexa com uma filha de cozinheira.

— Mas então o que vocês...

Suzy dá um gritinho e se esconde atrás da bancada. Eu me viro a tempo de observar o homem que conheci na recepção entrar.

Ele para assim que me vê, com a mão ainda na porta.

— Ah. Marissa, né?

Forço um sorriso.

— Isso mesmo.

Ele se inclina para a direita — Wade, esse é o nome dele — e tenta ver o que há do outro lado da bancada. Olho de relance por cima do ombro e, de alguma maneira, não me surpreendo ao não ver nenhum sinal de Suzy.

Wade franze a testa e esfrega a lateral do rosto.

— Você por acaso não viu duas garotas correndo por aqui, viu?

Eu hesito. Por um lado, gosto de regras. Regras são boas. Elas me dizem para onde ir, o que dizer e como não irritar as pessoas. São claras e reconfortantes, facilitam minha vida e a tornam mais feliz. Grace e Suzy estão quebrando as regras, é claro. Deveriam enfrentar as consequências apropriadas.

Por outro lado, às vezes, seguir as regras é saber quando *não* segui-las, por mais que eu ache que isso já deveria estar incluído nas regras desde o início, como falei ao meu professor de inglês do oitavo ano em várias ocasiões.

E não é como se eu devesse estar aqui também.

Eu me pergunto se Wade sabe disso.

— Garotas? — murmuro.

— Adolescentes. Uma é hispânica e a outra… sei lá, acho que a outra é chinesa? — Ele se encolhe. — Desculpa, desculpa, não quis dizer isso. Sino-americana.

Tum.

Wade passa espremido por mim e a porta se fecha atrás dele.

— Ouviu isso? — pergunta.

Ele percorre toda a cozinha com movimentos cautelosos e silenciosos.

— Por que está procurando por elas? — pergunto.

(Pois bem, é possível que eu tenha dito isso um pouquinho mais alto do que o necessário — e também que eu tenha tentado direcionar minha voz para a região da despensa. Sabe como é, caso alguém que possa estar lá dentro precise de um alerta.)

— Elas estão incomodando os atores — diz ele.

— Tudo incomoda os atores — observo.

— Sim, mas o sr. Rees tem regras muito estritas, e se eu não seguir…

Ele se interrompe.

— Você é o dono — comento. — Ele não pode demitir *você*.

— Tenho quase certeza de que ele poderia demitir até a própria mãe — murmura Wade. Então, ele me olha, me olha de verdade, e franze a testa. — Por que você está aqui?

Se eu ganhasse um dólar toda vez que alguém me perguntasse...

— Eu sei — respondo. — Não era para eu estar aqui. É só que perdi o jantar e...

Ele abre mais um daqueles seus sorrisos exagerados.

— Bom, não podemos deixar isso acontecer, não é mesmo? Nossa nova editora passando fome no primeiro dia? Vejamos o que tem na despensa...

— Não!

Ele para no meio do giro e o sorriso murcha um pouco.

— Não?

— Não precisa se dar ao trabalho — aviso. — É só... me dizer onde ficam as máquinas de venda automática. — Arremato a resposta com o que quase certamente é a pior risada falsa da minha vida, e isso inclui a vez em que fui a uma exibição para amigos e familiares do filme *A última ressaca do ano*.

Ele franze as sobrancelhas.

— Por que você está na cozinha se está procurando as máquinas de venda? Bem observado.

— Eu só... não quero incomodar...

— Mas você é nossa hóspede.

Pense, Marissa. O que você pode pedir que não esteja na despensa?

— Ovos? — digo.

— Mexidos?

— Perfeito?

Então, ele vai até a geladeira e pega uma caixa de ovos, um tablete grande de manteiga e um leite chique numa jarra de vidro.

Olho de relance para a porta da despensa e rezo para que Grace seja esperta o suficiente para ficar onde está.

Wade encontra um batedor ao lado da grelha. Em seguida, pega um prato da prateleira e uma frigideira do suporte. Olha à sua volta e dá tapinhas distraídos com o batedor na palma da mão.

— Tigelas, tigelas, tigelas. — Ele se agacha para conferir o armário aos seus pés. — Não.

Abre outro armário.

— Não está aqui.

Ele segue em direção ao próximo armário, e eu me dou conta de que, se chegar ao fim da fileira, vai encontrar…

Eu me abaixo na mesma hora, enfio as mãos debaixo da bancada, pego o primeiro objeto vagamente redondo que encontro e o estendo.

— Isso serve?

Wade se endireita e olha para o objeto nas minhas mãos. Eu também olho. É um escorredor.

— Brincadeira — consigo dizer. — Espera, eu sei que vi uma aqui embaixo.

Verifico de novo e, desta vez, dou sorte: bem à minha esquerda há uma pilha de tigelas de metal. Entrego uma para Wade e ele começa a bater os ovos.

— O segredo — diz ele — é o creme de leite. Eu cozinhava muito aqui, acredite se quiser. Não sou nenhum chef, mas sei me virar.

— Por algum motivo, achei que você fosse o dono — comento.

— Ah, não. A dona é Francie, minha esposa. — Ele mexe nos botões por alguns segundos antes de conseguir acender a boca do fogão. — Eu ajudo no que precisa.

— Vocês estão aqui há muito tempo?

Ele despeja os ovos na frigideira.

— Há pouco mais de vinte anos.

Sinto meu semblante se iluminar.

— Então você estava aqui quando aquela garota foi assassinada?

Ele contrai o braço; a frigideira espirra um pouco da mistura de ovos, que cai na boca do fogão.

Eu me encolho.

— Não deveria ter dito isso.

Ele limpa a mão na barra da camisa.

— Não, tudo bem, não me importo de falar sobre o assunto. É meio difícil não falar nos últimos tempos. Acho que é só essa palavra, sabe? *Assassinato*. É tão…

— Horripilante?

— … ruim para os negócios.

— Hum — digo. — Eu pensaria o contrário. Mas acho que depende do tipo de assassinato.

Wade não responde, então tenho que olhar para ele. Está paralisado... parado no lugar. Olhando fixo para mim. Provavelmente se perguntando se fui criada por lobos.

Limpo a garganta.

— Sinto muito, eu... Você a conhecia?

Ele passa a mão pela nuca algumas vezes.

— A Caitlyn? Sim, com certeza, todo mundo a conhecia. A família dela vinha à Kickout por anos. Ela praticamente cresceu aqui.

Tiro um momento para analisar o semblante dele. Wade não parece alguém triste — o rosto não está caído, as sobrancelhas não estão franzidas para cima —, mas é homem, então isso não me diz muita coisa. Recito uma das minhas expressões de solidariedade-padrão, por via das dúvidas.

— Deve ter sido muito difícil para você.

— Foi mais difícil para a Francie — diz ele. — A Caitlyn era como uma irmãzinha para ela.

Caitlyn. O nome dela era Caitlyn.

Olho para minhas mãos. Até o momento, eu não tinha pensado direito em como a situação é bizarra. O que Tony tem na cabeça para gravar esse filme no local do ocorrido, perto de todas as pessoas que mais sofreram? Com certeza ele poderia ter feito algumas tomadas iniciais aqui e o restante em um estúdio. É fácil forjar autenticidade.

Procuro me imaginar tendo que assistir a uma equipe de filmagem reconstruir a minha pior lembrança. Qual seria a sensação de estar de volta àquele acampamento? Ver uma atriz entrar naquela caverna? Será que ela usaria o mesmo tênis Keds azul-marinho com solas desgastadas? Será que esperariam um dia chuvoso? Esperariam a maré subir? Quais atores interpretariam os outros campistas? Qual atriz me interpretaria?

— A Liza se parece com ela? — pergunto. — Com a Caitlyn?

Ele passa os ovos para um prato e me entrega um garfo.

— É a cara dela.

As palavras pairam no ar, e eu observo com fascínio sombrio o bronzeado de Wade perder a cor.

Mas ele se recompõe depressa, pigarreia e limpa as mãos na calça.

— Bom, acho que vou deixar você à vontade. Tenho certeza de que a Francie deve estar atrás de mim.

— Obrigada, Wade.

— Sim, hum... *Bon appétit*.

Espero os passos de Wade se afastarem, e então, só para ter certeza, resolvo esperar mais um minuto.

Empurro o prato para longe.

Odeio ovos mexidos.

TREZE

—O Wade já foi — aviso.

Suzy sai do armário com um estardalhaço. Ela grunhe e fica na ponta dos pés, esticando os braços acima da cabeça. Ao descer, vira-se para mim e suspira.

— Só para constar, sou descendente de *coreanos*.

A porta da despensa se abre. Grace põe a cabeça para fora. Ela olha para a esquerda, olha para a direita. Então, joga um pote de pasta de amendoim e um pacote de pão para mim.

— Por conta da casa. — Ela se aproxima de Suzy e lhe dá uma cotovelada. — Cara, eu estava *prestes* a sair quando recebi sua mensagem.

De repente, consigo entender o que era a luz azul de antes.

— Vocês estão com seus smartphones?

— Não conta para ninguém — implora Grace. — Prometo que não estamos usando para tirar fotos dos cenários nem nada do tipo.

— Só precisamos dos celulares para pesquisa — diz Suzy.

— Para quê? Vocês não estão de férias?

A sintonia delas é tão grande que elas se entregam pelo esforço em *não* olhar uma para a outra, e agora preciso tomar uma decisão, porque já consegui o que eu queria: um pote gigante de pasta de amendoim perfeita, processada, cremosa. Essas garotas não são minhas amigas, o comportamento delas não é da minha conta e essas luzes fluorescentes estão começando a me irritar.

Mas…

Acho que essa é uma daquelas perguntas incômodas que vão me atormentar. Tipo quando estamos conversando com alguém que acabou de cortar o cabelo, mas tem uma mecha que está maior do que as outras, e não conseguimos ouvir nada do que a pessoa está dizendo porque não dá para pensar em mais nada a não ser no quanto queremos arrancar de uma vez aquele pedaço de cabelo desigual. Claro, a pessoa pode até nos acusar de agressão, mas valeria a pena.

Ponho na bancada o pote de pasta de amendoim e o pão.

— O que vocês estão aprontando? — pergunto. — Tem alguma coisa a ver com o Gavin, não tem?

Grace morde o lábio.

— Pode confiar em mim — digo.

Suzy olha para o teto.

— É verdade ou não é que eu me livrei do Wade por vocês?

— *Tá bom* — diz Suzy. — Mas, se você dedurar a gente, lembre-se daqueles cozinheiros que eu mencionei.

— Ameaça física desproporcional devidamente registrada.

— Estamos trabalhando para o Gavin — diz ela.

— Mas, tipo, a gente não pega café para ele — explica Grace.

— Nem lavamos a roupa dele.

— Nem tiramos todos os M&M's verdes do pacote porque artistas *de verdade* não…

Levanto a mão.

— Já entendi. Vocês não são assistentes dele. Então ele está pagando vocês para fazerem o quê?

Elas se entreolham e sorriem. Quando respondem, a frase sai em uníssono.

— Somos detetives.

Sinto embrulho no estômago.

Grace continua.

— Ele quer que a gente o inocente.

— Bom, não *ele* — diz Suzy. — O personagem dele.

— Não tenho certeza de que ele entende a distinção.

Deixo o tronco desabar sobre a bancada.

— Então… o Gavin está interpretando o assassino.

Suzy faz uma careta.

— Quer dizer, óbvio.

— Mas ele não acha que o cara de fato cometeu o crime?

— Isso — diz Grace.

Levo um instante para absorver a informação… Estou chocada de verdade por saber que Gavin quer interpretar um homem *inocente*.

— E o que vocês duas acham? — pergunto.

— A gente não acha — responde Suzy. — A gente sabe. As circunstâncias são, na melhor das hipóteses, circunstanciais.

Que Deus me ajude.

— Se vocês vão ser "detetives" — comento devagar —, deveriam saber que a maioria das evidências são circunstanciais. Impressões digitais são circunstanciais. DNA é circunstancial. Respingos de sangue são circunstanciais.

— Ah — diz Grace. — Então acho que eles também não têm evidências circunstanciais.

Suzy me lança um olhar especulativo.

— Como é que você sabe de tudo isso? Você não é advogada.

— Editei três episódios de *Suits*.

Suzy se inclina para sussurrar no ouvido de Grace, que assente, e elas se viram para me encarar, de braços dados.

— Você deveria ajudar a gente — dizem elas.

Dou um passo grande para trás.

— Não foram episódios muito bons.

— Sim, mas você é bem mais legal do que qualquer outra pessoa que a gente conheceu, e aposto que sabe um monte de coisas úteis — diz Grace. Em seguida, cutuca Suzy. — Pesquisa ela no Google.

Suzy tira um iPhone do bolso.

— Qual é seu sobrenome?

Semicerro os olhos.

— Não é da sua conta.

Ela bufa.

— Até parece que isso um dia já me impediu.

Cerca de dez segundos depois, ela passa o celular para Grace e aponta para algo na tela.

Grace solta um suspiro.

— Uau.

— Né? — diz Suzy.

— O quê? — pergunto.

— Você conhece Amy Evans? — diz Grace. — Somos *obcecadas*. Vimos o último filme dela, tipo, oito vezes.

— Agora você *precisa* ajudar a gente — acrescenta Suzy.

— Só porque eu já trabalhei com a Amy?

— Ela não contrataria uma porcaria.

Esfrego o nariz.

— Vocês ficariam surpresas.

Suzy guarda o celular no bolso.

— Então você topa?

Hesito.

— Já tenho meu próprio trabalho a fazer, sabe…

Suzy se inclina para a frente e bate as mãos na bancada.

— É isso aí… Você também faz parte disso. Bom, o Gavin disse que o Tony tem certeza absoluta de que Billy Lyle é culpado. Tipo, ponto-final. Caso encerrado. Sei lá o que mais. Você quer mesmo o seu nome em um filme que vai arruinar a vida de um homem inocente… pela segunda vez?

Espera… *Billy Lyle*? De onde é que conheço esse nome? Acho que eu não teria lido sobre o caso, eu estava no ensino fundamental na época. Será que vi uma lista de elenco por aí? Será que vi alguma coisa na sala de edição?

Então, de repente, me lembro.

— O capitão do barco?

Grace arqueia as sobrancelhas.

— Você conhece o Billy?

— Foi ele que me trouxe para a ilha.

Ela sorri.

— Então você sabe que ele é um cara legal.

— Não sei se essa é a palavra *exata* que eu usaria.

— Sei que a princípio ele parece meio esquisito — diz Suzy, mexendo nas faixas ao redor do pulso —, mas, quando o conhecemos melhor… Bom, tá, ele continua sendo bem esquisito, mas, eu juro, ele jamais machucaria ninguém. Ele é um amor. Já o vi parar tudo para tirar uma barata do caminho.

— Não sei, não — comento. — Aposto que vários assassinos gostam de insetos.

— O Billy *não* é um assassino — diz Grace.

— Então por que todo mundo está tão certo de que ele cometeu esse crime? Vocês tinham que ter visto como aqueles caras o estavam tratando hoje.

— Porque ele é diferente! Porque ele deixa as pessoas desconfortáveis. As pessoas olham para ele e pensam que ele é, tipo, *errado*.

Merda.

Pego o pote de pasta de amendoim, abro a tampa e tiro uma quantidade generosa com o dedo. Enfio o dedo na boca e o esmago entre a língua e o palato para poder extrair o máximo de doçura possível antes que a pasta derreta. Só desse jeito minha mãe conseguia me fazer comer alguma proteína quando eu era criança. Eu preferia da marca Skippy na época, mas meu gosto foi se ampliando ao longo dos anos. Agora eu também como da Jif e da Peter Pan.

Essa é a pior ou a melhor ideia do mundo?

Obviamente é a primeira opção, né? Altas chances de eu colocar meu emprego em risco para ajudar uma dupla de adolescentes a brincar de Nancy Drew. Pior ideia.

Por outro lado, a questão de Nancy Drew é que os adultos não são muito bons em resolver mistérios. E se essas garotas de fato souberem algo que Tony não sabe? E se ele estiver mesmo seguindo o caminho errado aqui? E se essa for nossa única chance de impedi-lo?

Seria então... a melhor ideia?

Engulo a pasta de amendoim e limpo a boca com o dorso da mão.

Em seguida, me viro para Grace e Suzy.

— Tá bem. Me contem tudo que vocês sabem.

— É uma configuração bem clássica — diz Suzy, espalmando as mãos na bancada. — Caitlyn Kelly, uma garota rica da Filadélfia, vem para a ilha Kickout todo verão com a família. Em algum momento, ela se apaixona por um cara bonito que trabalha no hotel. Bem *Dirty Dancing*, só que sem a dança.

— Nem abortos ilegais — observa Grace.

— Nem Patrick Swayze — reconhece Suzy.

Afundo o rosto nas mãos, de repente me sentindo exausta.

— Então não tem nada a ver com *Dirty Dancing*, na verdade.

Suzy ignora meu comentário e segue com a história.

— Mas aí, plot twist, um dia... tipo, do nada... o cadáver da Caitlyn aparece na praia e ninguém sabe como foi parar lá. Ninguém sabe ao certo como ela morreu. E ninguém faz ideia de por que *alguém* iria querer matá-la. Todo mundo amava essa garota, né?

Pego o pacote de pão.

— Depois que a pessoa morre, todo mundo ama.

— Passa um tempo e começam a espalhar por aí que o garoto estranho e isolado que trabalhava na garagem náutica era totalmente obcecado por ela. A polícia revista o barco dele e encontra colagens de serial killers, fotos tiradas sem consentimento, tudo que você puder imaginar. Todo mundo na Kickout tem certeza de que ele é o assassino. — Ela faz uma pausa. — Estou falando do Billy.

— Eu imaginei, mas obrigada por esclarecer. — Pego uma fatia de pão e a corto ao meio. — Por que ele não foi preso?

— Ele foi — diz Grace —, mas não conseguiram entrar com o processo. Não havia provas o suficiente. O Billy, como a maioria das pessoas reclusas, não tinha um álibi.

Corto o pão ao meio de novo.

— É o único bom motivo para ir a uma festa.

— Mas eles também não conseguiram provar que ele estava perto da Caitlyn na hora da morte. E, sim, ela pode *até* ter sido morta com um dos remos da garagem náutica, mas, ao que parece, traumatismo craniano pode ser causado por *várias coisas*. Parece também que a polícia errou feio nos procedimentos. Portanto, no fim das contas, não conseguiram apresentar um caso contra ele. Não no tribunal, pelo menos.

— Quem *você* acha que fez isso? — pergunto. — Supondo que não tenha sido o Billy.

— Bom — diz Grace —, toda a família da Caitlyn foi descartada, então as apostas mais seguras são no namorado.

Tiro os olhos da minha pilha de pão.

— Por quê?

Suzy franze as sobrancelhas.

— Ele é o *namorado*.

— E o que aconteceu com ele?

— Ainda estamos investigando. Tem trezentas pessoas nesta ilha e nenhuma delas quer falar com a gente sobre nada além do Billy.

— Na verdade, a gente começou a anotar — diz Grace. — E ver quanto tempo leva para um morador local nos dizer que foi o Billy. O tempo médio é de doze segundos. Nós dizemos "Caitlyn", e eles dizem "Billy". É mais ou menos como brincar de gato mia, mas, sabe, para condenar uma pessoa.

— Então vocês sabem *alguma coisa* sobre esse namorado?

Grace faz que não.

— Só que o nome dele era Tom.

— E não existe nenhum outro suspeito?

Suzy faz um gesto de indecisão.

— Quer dizer, mais ou menos... Tem a avó da Francie. Ela era uma espécie de estrela do cinema das antigas. Casou-se com o herdeiro do hotel.

— Ah, sim — digo. — *Rebecca*.

— Não, Violet. Ela e a Caitlyn eram próximas... Ela foi a última pessoa a ver a Caitlyn viva. Estavam ensaiando no cinema na noite em que a Caitlyn foi assassinada. Acho que a Caitlyn queria ser atriz ou algo do tipo. Mas, segundo a Violet, a Caitlyn voltou para o quarto no horário de sempre. E a Violet nunca foi considerada suspeita.

— Como vocês sabem de tudo isso?

Suzy se estica e rouba um pouco de pasta de amendoim.

— Internet. Também roubamos um roteiro de filmagem da bolsa da Anjali... Credo, que treco nojento. Como é que você come isso?

Franzo a testa ao ver a marca que Suzy deixou na pasta de amendoim.

— A Anjali me disse que todo mundo amava a Violet. Será que estariam encobrindo algo por ela? Tipo, uma conspiração?

Grace e Suzy arregalam os olhos.

— Hum — diz Suzy. — Não é uma má ideia.

— Sei lá — intervém Grace. — Você acha mesmo que uma vovó poderia ter feito isso?

Estendo a mão.

— Suzy, me dá seu celular.

— Você não vai ligar para a minha avó, vai?

— Só... me dá.

Ela desbloqueia a tela e me passa o aparelho. Digito três palavras-chave no Google e o devolvo.

Ela olha para baixo e lê o primeiro resultado da pesquisa em voz alta.

— Dezessete senhorinhas que na verdade foram assassinas indescritivelmente brutais.

— Ainda parece improvável — insiste Grace. — A Violet é *baixinha*. E o legista deixou claro que não tinha como uma mulher do tamanho dela ter causado aquele tipo de traumatismo craniano.

— E os outros hóspedes do hotel?

— Também foram descartados.

Apoio o queixo na palma da mão.

— Então é isso? Não existe nenhuma teoria louca e bizarra? Tipo o verdadeiro assassino ser, sei lá... o Papai Noel? Uma coruja? Christopher Walken?

— Não — diz Suzy. — Na verdade, só existem duas opções. Ou o Billy a matou porque estava apaixonado por ela e ela o rejeitou, ou o namorado a matou porque estava apaixonado por ela e ela o rejeitou. É a mesma história desde que o mundo é mundo.

Pego outra porção de pasta de amendoim e a giro na boca. Tudo isso me parece muito trivial. Talvez Tony esteja, como disseram as garotas, tentando provar a culpa de Billy. Mas qual é a história? Um estúdio de fato investiria milhões de dólares em um filme que nos dá uma resposta óbvia? Eu com certeza não faria isso. Talvez eu seja apenas ingênua. Talvez dizer às pessoas que elas estavam certas o tempo todo dê muito dinheiro.

Ter um roteiro realmente seria bem útil.

— Tá — digo. — O que vocês precisam de mim?

Grace abre um sorriso tão largo que quase divide o rosto dela.

— Bom, agora estamos tentando ter acesso ao verdadeiro relatório policial...

Deixo as mãos caírem na bancada.

— Só para deixar claro, em hipótese alguma vou invadir uma delegacia.

— ... mas, *enquanto isso*, talvez você pudesse, sabe, descobrir se o Tony tem algum tipo de pesquisa própria. Quer dizer, ele deve ter contratado detetives e verificadores de informações e tudo mais, né?

— Sim, claro, vou ver o que consigo descobrir. — Cruzo os braços e observo as duas. — Mas tenho uma condição.

— Tem a ver com pasta de amendoim? — pergunta Grace.

— De agora em diante, fiquem longe do Billy, pode ser? Só por precaução. Não vamos ser Janet Leigh em *Psicose*... Vamos ser John Gavin em *Psicose*.

Suzy balança a cabeça.

— Só entendi metade da referência.

Eu me inclino por cima da mesa e ponho o dedo no dorso da mão dela. Quero ter certeza absoluta de que ela está prestando atenção no que vou dizer a seguir.

— Estou falando sério. Tomem cuidado, tá bom? A última coisa que este lugar precisa é de mais uma garota morta.

SUZY KOH: Então, o que fez você achar que poderia ser detetive?

MARISSA DAHL: O que fez *você* achar que poderia ser detetive?

GRACE PORTILLO: Pesado. Mas justo.

SUZY KOH: Você ainda tem que responder.

MARISSA DAHL: [*suspiro*] Se for pensar bem, um editor — isto é, um editor de *filmes* — não é tão diferente de um detetive. Os dois recebem uma coleção incompleta de informações e têm a tarefa de formar uma narrativa coerente.

SUZY KOH: Quase poderíamos dizer… que todo filme é um quebra-cabeça, na verdade.

MARISSA DAHL: Suzy. Está citando Walter Murch para mim?

GRACE PORTILLO: Walter Murch, para quem não conhece, é um aclamado editor e designer de som…

SUZY KOH: E apicultor!

GRACE PORTILLO: … que ganhou três Oscars…

SUZY KOH: … por *Apocalypse Now* e *O paciente inglês*. O cara é versátil.

SUZY KOH: É claro que não, foi só algo que eu encontrei enquanto estava pesquisando memes para o nosso Instagram.

MARISSA DAHL: [*inaudível*]

SUZY KOH: Tem mais uma que eu gostei… espera… aqui está. "Toda a eloquência do cinema…"

MARISSA DAHL: "… é alcançada na sala de edição." Sim. Mesmo cara.

SUZY KOH: Legal. Ele trabalhou em algum filme que eu conheça?

MARISSA DAHL: Acho que por hoje é só.

CATORZE

Assim que volto ao meu quarto, apago as luzes principais, tiro a colcha e caio de cara no colchão. Jogo as pernas para fora da cama e as balanço para cima e para baixo enquanto minhas canelas batem no colchão num ritmo constante, criando uma sensação viva e efervescente nos meus ossos que vai subindo até o topo do meu crânio.

Inspiro.

Expiro.

E sigo fazendo isso até meu corpo liberar a tensão que vem segurando por — em uma estimativa aproximada — trinta e seis horas.

Quando volto a me sentir eu mesma, pego os produtos de higiene e o pijama e vou até o banheiro. Tomo banho, passo o fio dental, escovo os dentes, passo o fio dental de novo. Lavo o rosto, penteio o cabelo, dou uma olhada debaixo das unhas para garantir que não deixei passar nada, esfrego-as com uma escova de unhas mesmo assim. Visto o pijama. Vou para a cama.

Ajusto o rádio-relógio para que emita um chiado suave e fecho os olhos. Debaixo das cobertas, esfrego os pés. Direito no esquerdo, esquerdo no direito.

Faço tudo isso todas as noites, sem exceção.

É bonitinho quando algumas pessoas fazem isso. Tipo... Lembra aquele discurso no filme *Alta fidelidade*? Não aquele sobre o que você gosta e como você é — esse é péssimo —, estou falando de depois, quando John Cusack enfim percebe o quanto pisou na bola com a atriz dinamarquesa que teve muito mais o que fazer em *Mifune* do que devia.

O discurso se chama "Top cinco coisas de que sinto falta na Laura".

"Número cinco", diz John, "ela faz uma coisa na cama quando não consegue dormir. Ela meio que geme e depois esfrega os pés um número igual de vezes. Isso me mata."

Adoraria receber um décimo da tolerância comportamental que um homem concede por padrão a uma escandinava de pernas compridas…

Faz um ano desde a última vez que passei a noite com alguém e dois desde que eu estive a fim de verdade. O cara mais recente era um barista que tentava ganhar a vida como comediante. Não gostei muito dele, mas ele riu de uma das minhas piadas, e eu estava solitária o suficiente para me sentir lisonjeada, então me convenci a ir adiante.

Ele perguntou se podia passar a noite, e eu disse que sim — porque é isso que Amy, minha terapeuta e minha mãe sempre me falam para fazer: dar uma chance às pessoas, porque quem sabe? Pode ser que elas nos surpreendam.

Mas notei a forma como ele me olhava enquanto eu fazia minha rotina noturna, por isso não fiquei nem um pouco surpresa quando as perguntas seguintes que ouvi foram: "Você tem mesmo que ouvir esse barulho horrível?", "Precisa ficar tão frio?", "Por que você tem um saco de pancada em cima da cama?", e "Você tem mesmo que ficar fazendo esse negócio com os pés?".

Quando o mandei embora, ele anunciou que só tinha ido para a minha casa porque estava tentando conseguir um teste com Amy.

Depois, ele me disse que eu fui a pior transa da vida dele.

Aposto que, daqui a cinco anos, vai ser um grande astro.

Eu também não gostei exatamente da experiência. Tocar a pessoa errada… Bem, tenho dificuldade de explicar a sensação. A melhor descrição que consigo imaginar é que existe uma colmeia no meu peito e a maioria das pessoas incomoda as abelhas. Quanto mais se aproximam, pior é — e o contato direto faz com que elas saiam em enxame. Dá para sentir a agitação delas até agora, no nó da minha clavícula, atrás dos meus tríceps, no tendão do lado direito do meu pescoço. Só de pensar em voltar para a cama com aquele cara, as abelhas se agitam sob a minha pele.

O amor é algo esplendoroso. A ansiedade, suponho, é uma criatura de muitas pernas.

Suspiro e viro de costas. Eu deveria pensar em outra coisa — algo alegre, algo edificante.

Assassinato serve.

Com cuidado, permito que o pensamento que venho reprimindo invada minha mente. Alguém matou Caitlyn Kelly. Esse alguém nunca foi pego. Portanto, há uma grande chance de que o assassino esteja vendo um bando de bobalhões de Hollywood recriar meticulosamente o que foi seu maior triunfo ou seu pior erro. Pode ser até que trabalhe até hoje neste hotel. É possível que eu já o tenha conhecido.

Com que frequência isso acontece? Quantas vezes na vida já conhecemos um assassino? Cumprimentamos um assassino? Dormimos com um assassino?

Considero pesquisar no Google, mas desisto.

Passo as mãos pelas coxas e ajeito os ombros. Nem sempre é fácil dormir em uma cama nova, mas acho que estou cansada o bastante para conseguir.

Foi um longo dia.

Estou bem feliz que acabou.

Tum.

Abro os olhos. Eu me sento na cama.

Tum.

Tem alguém na porta? A esta hora? Mas não é uma batida. Está mais para…

Tum.

Meu Deus, tem alguém tentando entrar?

Saio de debaixo das cobertas às pressas. O que eu faço? Devo dizer alguma coisa? Devo perguntar quem é? Será que é mais inteligente mostrar que estou aqui ou fingir que não estou? Quer dizer… Acho que a resposta depende se estão tentando me matar, né?

Dou uma sacudida rápida nas mãos, depois outra. E outra.

Deve ser apenas um membro da equipe voltando para o quarto — bêbado, talvez. E esbarrou sem querer na minha porta.

Tum.

Esbarrou sem querer na minha porta quatro vezes seguidas.

Merda. Sigo de fininho até a porta, fico na ponta dos pés e estico o pescoço até conseguir espiar pelo olho mágico. Não vejo nada. Será que a pessoa foi embora? Também não ouço nada. Será que foi imaginação minha?

Confiro se a trava de segurança está presa e abro a porta devagar.

Dou de cara com a culpada.

— Você.

A gata pisca uma vez, preguiçosa, e volta a se concentrar na bandeja de serviço de quarto abandonada ao lado da porta de frente para a minha. Está tentando com todas as forças enfiar o focinho debaixo de uma tampa de aço inoxidável, mas só consegue bater a bandeja na parede.

Tum.

— Se eu tirar a tampa, você para de fazer esse barulho? — pergunto.

Tum.

Abro a porta e vou para o corredor. Quando estou prestes a me abaixar, a porta do outro lado também se abre. Congelo, com a mão pairando sobre os restos de comida de outra pessoa, e olho para o rosto de uma das jovens estrelas mais brilhantes de Hollywood.

Como a maioria das atrizes brancas, Liza May é surpreendentemente magra, o corpo dela é uma linha reta da axila até o tornozelo. Ela está de regata e calça de ioga, com o cabelo preso num rabo de cavalo bagunçado. Se estou sentindo inveja no momento, não é por ela ser mais bonita, ou mais sexy, ou mais talentosa do que eu. Não. Eu a odeio — só um pouco — porque lá no fundo sei que ela nunca vai ser criticada por andar com calça de ioga. Ela pode vestir o que quiser. Liza é o tipo de pessoa que no máximo está despojada, jamais malvestida.

— Não fui eu, foi a gata — digo, com toda a minha eloquência.

— Ah — diz ela depois de um instante, também perplexa. — Ela é... sua?

— Acho que mora aqui. Eu a vi no saguão hoje à noite, quando fiz o check-in.

Ela levanta a cabeça.

— Você é a nova editora?

Dou um passo para trás e limpo a mão na calça do pijama.

— Aconteceu uma reunião geral sobre mim ou algo do tipo?

Ela fecha a porta atrás de si e olha para os lados. Então, inclina-se para a frente e diz:

— Você deveria pedir demissão.

Recuo.

— Mas acabei de chegar.

Ela põe a mão no meu ombro e o choque é tão grande que nem tento me desvencilhar.

— Sério mesmo — diz. — De mulher pra mulher: é melhor você não se envolver com isso. Eu daria o fora daqui num piscar de olhos, se achasse que podia. — Ela pausa. — Fizeram você assinar alguma coisa?

Faço que sim, sem palavras.

Ela deixa a mão cair na lateral do corpo.

— Merda. Bom... não importa, é para isso que temos advogados, né? Quebre o contrato. Volte para Los Angeles. Pode me agradecer depois.

— Espera, eu não...

Mas é tarde demais. Ela já voltou para o quarto. Quase a sigo, para perguntar que história é essa — afinal, ela não pode simplesmente dizer algo assim e *ir embora* —, mas o som do trinco se fechando é inconfundível.

Após um momento, a gata se aproxima e começa a ir e voltar ao redor dos meus tornozelos.

— É, isso foi perturbador.

Ela ergue o queixo e dá um miado agudo.

— Não, não acho que a Liza tenha ajudado.

Ela mia de novo, insistente.

— Tá bom. Mas vou ter que pedir para que você se empanturre a sós, como todos fizemos.

Pego o prato.

Não existe a menor possibilidade de eu conseguir dormir agora, então, de volta ao quarto, enquanto a gata devora com alegria um pedaço de bife meio comido, pego meu computador.

Imagino que, lá na frente, seria uma vergonha descobrir que a resposta estava na internet o tempo todo, então entro no Google e digito: "Quem matou Caitlyn Kelly?"

A primeira coisa que descubro é que Caitlyn teve duplo azar: não só foi assassinada, mas foi assassinada em 1994, só duas semanas depois de Ron Goldman e Nicole Brown Simpson. Naquela época, ainda não tínhamos tanta prática em manter múltiplos assassinatos midiáticos no consciente coletivo. Até o *Philadelphia Inquirer* só reservou espaço para um resumo quase esquelético:

CAITLYN KELLY, 19, FILHA DO EMPRESÁRIO MICHAEL KELLY, DA FILADÉLFIA, FOI ENCONTRADA MORTA NA ÚLTIMA SEXTA-FEIRA, NO TERRENO DE UM HOTEL DE LUXO NA ILHA KICKOUT, UM FAMOSO DESTINO DE FÉRIAS OITO QUILÔMETROS A LESTE DE LEWES, DELAWARE.

Acho que, naquele verão, só quem tivesse feito algo realmente especial ganharia destaque nas notícias. Ao clicar em mais alguns links, noto que todos os detalhes do caso de Caitlyn são comuns. Ela estava em idade universitária, então não era nova o suficiente para ser algo chocante de fato; cursava faculdade de teatro, então os "e se?" relacionados ao futuro dela não eram muito impressionantes; morreu de um traumatismo corriqueiro.

Deve ter sido bonita — afinal, estamos fazendo um filme sobre ela. Mas talvez isso não importasse tanto antes das redes sociais.

Ainda assim, não consigo acreditar que não haja mais informações na internet. Será que o pessoal do *true crime* não conhece esse caso? Talvez seja esse o motivo de tantos termos de confidencialidade. Deve ser o único assassinato sobre o qual ainda não existe um podcast.

A gata pula na cama e esfrega o canto da boca na borda do meu laptop.

Fico imaginando...

Volto à barra de pesquisa e digito duas palavras novas:

Anton Rees.

Em geral, tento não fazer pesquisas na internet sobre as pessoas com quem trabalho. Prefiro fingir que eu, como pessoa física, não sustento o complexo industrial das celebridades. Mas essa é uma situação atípica, e Tony tem muitos fãs com atividade on-line extremamente intensa. Se seu culto de seguidores é grande o suficiente para manter ativos dois tópicos concorrentes no Reddit, imagino que deva haver *alguma* informação sobre o filme na internet.

Pressiono enter.

E me arrependo da decisão assim que os resultados aparecem.

Não são só os fãs que falam de Tony — todo mundo fala. Sua esposa famosérrima acaba de terminar com ele de maneira bem pública.

Passo rápido pelas primeiras histórias que aparecem. É basicamente o mesmo de sempre: relatos exagerados e indiretos com pontuações hiperbólicas. "A Annie está destruída!", dizem os amigos. "O Tony está devastado!", fontes informam. De acordo com um veículo, os dois já se reconciliaram e tentam conceber um filho improvável do ponto de vista biológico. Outro veículo relata que Annemieke está escondida na casa de verão do casal, nos arredores de Amsterdam. Vários blogs de fofoca alegam que ontem mesmo Tony foi visto beijando uma plantfluencer de vinte anos no estacionamento do Bristol Farms.

O detalhe menos plausível: representantes de ambas as partes estão oficialmente pedindo "privacidade durante este momento desafiador".

Continuo descendo a tela e passo mais ou menos pela mesma história diversas vezes. No fim da primeira página de resultados de pesquisa, há um link com título provocante de um jornal britânico que normalmente fico constrangida demais para ler, mas, como já abandonei todos os meus escrúpulos, não vejo motivo para não clicar nele também.

Que bom que cliquei — é a única matéria que menciona o filme:

"Tony está basicamente falido", revela um parente. "Ele sempre investiu dinheiro nos próprios filmes e, é claro, não tem problema nenhum quando são filmes indie bonitinhos, mas ele está investindo milhões nesse novo projeto e, um tempo depois, Annemieke se cansou. Ela lhe deu um ultimato: 'O filme ou eu.' Ele escolheu o filme."

Deixo o laptop de lado e pego a gata. Ajeito-a no meu peito, abaixo do queixo, para fingir que é só o peso dela me pressionando.

Uma coisa é trabalhar para um diretor conhecido por ser exigente. Outra bem diferente é trabalhar em um projeto com o qual ele se importa tanto. Se ele está disposto a deixar a esposa por esse filme, o que mais estaria disposto a fazer?

QUINZE

Quando Isaiah bate à minha porta, a sensação é de que eu tinha acabado de cochilar. Eu o encaro com olhos semicerrados e cílios ainda pegajosos de sono.

— Você não é de acordar cedo? — supõe ele.

Olho feio para as janelas, franzindo a testa para a luz que se infiltra pelas persianas.

— Não parece manhã — resmungo.

— Em Los Angeles ainda não é. A Anjali quer você lá embaixo para encontrar uma tal de Scripty...

Esfrego os olhos.

— Isso, é a supervisora de roteiro.

— Você consegue se arrumar em meia hora?

— Consigo me arrumar em metade desse tempo.

Ele assente.

— Estarei lá fora, caso precise de mim.

Caminho devagar até o banheiro. Uma das várias coisas que gosto em ser editora é que ninguém espera que eu vá trabalhar toda produzida, então minha rotina da manhã é igual à minha rotina noturna.

Tomar banho, passar fio dental, escovar os dentes, passar fio dental de novo, lavar o rosto, pentear o cabelo, olhar debaixo das unhas para garantir que não deixei passar nada, esfregá-las com uma escova de unhas mesmo assim, me vestir.

Hoje finalizo aplicando duas camadas de rímel, pois li que é a maneira mais fácil de parecer alguém "respeitável" (seja lá o que isso signifique), e passando o hidratante labial orgânico de 30 dólares que Amy me indicou. Parece que o ChapStick resseca os lábios. Não sei. Não percebo muita diferença, mas Amy sempre fica feliz quando me vê usando essas coisas.

Quinze minutos depois, chego ao corredor. Isaiah olha para o relógio com um gesto dramático.

— Achei que você nunca fosse terminar.

Dou de ombros, constrangida.

— Todas as minhas roupas de trabalho combinam, assim não preciso perder tempo pensando no que vestir.

Isaiah faz menção de dizer alguma coisa, mas muda de ideia.

Ele me leva até o saguão e me deixa na galeria comercial do hotel, que Anjali parece ter transformado em seu centro de comando. É uma sala grande, tem espaço suficiente para comportar um labirinto de compartimentos de computador, uma mesa de conferência de três metros e meio, uma área com bar e cozinha, e pelo menos vinte plantas artificiais — sem falar das dez ou mais assistentes de produção circulando pelo cômodo. O lugar tem cheiro de limpador de carpete e tinta quente.

Anjali me vê e me chama com um aceno. Ao lado dela há uma jovem negra praticamente grunhindo sob o peso de uma montanha de pastas e papéis. Assim que bate os olhos em mim, a mulher cambaleia e despeja o material na mesa de conferência. Uma pasta se abre e espalha papéis em um arco-íris de cores.

Ela resmunga algo baixinho, mas não faz qualquer menção de recolher tudo.

Torço a mão na barra da camisa.

Anjali aponta para nós duas, uma de cada vez.

— Marissa, Scritpy. Scripty, Marissa.

A mulher — a supervisora de roteiro — me dá um sorriso cansado.

— A Scripty vai mostrar o que já filmamos — diz Anjali. — O Tony quer que você esteja a par o mais rápido possível.

Scripty suspira.

— Claro que quer.

Anjali estica a mão atrás dela. Uma assistente de produção lhe passa uma folha de papel, que ela entrega para mim. É uma folha de chamada.

— Ele quer *vocês duas* no set...

Tomo um susto.

— O quê?

— ... às 16h.

Olho para baixo.

— Não seria melhor eu aproveitar meu tempo analisando as filmagens?

— Ainda estão consertando o projetor — diz Anjali. — Você só atrapalharia.

— Eu tenho um laptop, sabe? Com três portas USB.

Anjali sorri.

— Você é engraçada.

Ela me entrega alguma coisa e me gira pelos ombros até que eu fique de frente para a mesa de conferência. O que ela me deu foi uma lata de refrigerante.

Como ela sabia que só bebo Coca normal?

Scripty me espera com as mãos na cintura, olhando triste para o material espalhado pela mesa. Ela é bonita — muito —, tem corpo de bailarina, é alta, magra, musculosa e visivelmente graciosa: todos os limites do corpo parecem se afunilar em pontos delicados. Os cílios são tão espessos que aposto que ela poderia doar metade para crianças com câncer e, mesmo assim, estrelar um anúncio da Maybelline. Ao olhar em volta da sala, eu reparo, com uma sensação horrível e familiar dos tempos de escola, que, assim como Scripty — e Liza, Anjali, Carmen e Valentina —, as assistentes de produção pareciam ter saído de perfis aspiracionais do Instagram.

Só tem gente absurdamente bonita nessa equipe.

Eu deveria ter sentido que era dia de passar três camadas de rímel.

Mas eu deveria me *orgulhar* de trabalhar em uma produção com tantas mulheres na equipe. A menos que eu devesse me preocupar com a possibilidade de elas só terem sido contratadas para atender a certos padrões estéticos. Será? Não, é injusto presumir que pessoas bonitas não têm conteúdo. Modelos também são gente. Eu li isso em algum lugar.

Seria muito mais fácil se Amy estivesse aqui para me dizer o que eu deveria sentir.

Eu me jogo numa cadeira e me posiciono de frente para Scripty. Depois, levanto o queixo e tento não sentir inveja das maçãs do rosto dela.

— Meu nome de verdade é Kim — diz ela um tempo depois.

— Meu nome de verdade é Marissa.

Ficamos em silêncio. Olho para o lado e me esforço ao máximo para pensar.

— Então, você já trabalhou com o Tony antes?

Ela solta uma risada estranha que me dá arrepios.

— Não, é a primeira vez… e última.

Eu me endireito no assento.

— É tão ruim assim?

Ela esboça um sorriso mínimo.

— O Tony nunca contrata o mesmo supervisor de roteiro duas vezes. É uma das "características" dele.

— Todas as funções têm essa mesma rotatividade?

Kim inclina a cabeça, pensativa.

— Não, nem todo mundo está infeliz. Existe uma panelinha. Como, por exemplo, o Daisuke e o pessoal dele…

— É o diretor de fotografia?

— Isso, eles estão juntos há séculos. O mesmo vale para a Anjali.

— Espera… Sério?

Ela assente.

— Ela produziu os últimos cinco filmes dele, se não me engano.

— Mas eu nunca tinha ouvido falar dela… e passo metade da minha vida no IMDb.

— É porque ela só é creditada como assistente.

— Ah.

Olhamos para a mesa. Depois de um momento, pego meu refrigerante. Kim pigarreia.

— Enfim, ele e o Paul só fizeram, tipo, três filmes juntos, acho. Talvez você tenha uma grande responsabilidade pela frente, mas não chega a ser impossível.

Bebo um gole do refrigerante para ganhar tempo e formular a próxima pergunta que quero fazer. Em geral, trabalho perto demais do diretor para que a equipe se arrisque a me contar qualquer coisa. Mas, como sou nova, talvez Kim queira se abrir comigo…

— Não quero deixar você numa situação desconfortável — digo —, mas você sabe o que aconteceu? Ninguém me contou *por que* o Paul foi demitido.

Kim pega uma caneta e a gira nos dedos.

— Não sei bem o motivo. O Paul é uma figura meio excêntrica. Dorme durante o dia, trabalha a noite inteira, se comunica basicamente por Post-its.

— Ela aponta a caneta para um dos itens que jogou em cima da mesa, uma bolsa plástica cheia de quadrados amarelos fluorescentes. — Mas era bom no que fazia. Nunca ouvi o Tony falar mal dele.

Ela volta a girar a caneta, agora na direção oposta.

— Mas também nunca o ouvi falar bem. — Ela dá de ombros. — Não acho que ele tenha sido mandado embora por causa do desempenho no trabalho. Mesmo para o Tony, ainda é cedo no processo para um diretor e um editor discordarem.

Desvio o olhar da caneta.

— Então você não sabe o que aconteceu?

— Bom, não é como se o Paul pudesse me contar o lado dele da história… A menos que queira me enviar um Post-it pelo correio. — Ela alinha o roteiro e põe as mãos sobre a mesa. — Agora, a primeira coisa que deveríamos…

— Mas e se você tivesse que chutar?

Kim cede.

— Teve *uma* cena.

Deixo meus calcanhares balançarem debaixo da mesa enquanto a espero continuar.

Ela prende um cacho atrás da orelha e duas rugas se formam entre as sobrancelhas.

— A certa altura, comecei a classificar as cenas pelo número de Post-its que o Paul me dava. De um a cinco, provavelmente estava tudo certo com as filmagens. De cinco a dez, eu teria que voltar às minhas anotações. Mais do que isso, eu mandava o Tony conversar com ele… Não que ajudasse muito.

Depois de alguns instantes de silêncio, olho para ela.

— Está esperando que eu pergunte quantos Post-its ele te deu para essa cena ou está só prolongando o suspense?

Os cantos da boca de Kim se curvam para baixo.

— Quarenta e sete — diz ela. — Ele me deu quarenta e sete Post-its.

Ela tira um roteiro de filmagem da pilha e o entrega para mim. Passo o polegar pela borda e conto seis cores diferentes de papel, o que significa que estamos na quinta revisão. Uma visão familiar: Amy também gosta de fazer os roteiristas trabalharem até não poder mais.

— Abre na página sessenta — diz Kim.

EXT. PARQUE DE DIVERSÕES ENCHANTED WONDERS - DIA

O típico dia de verão que, anos depois, fará você questionar a própria memória, pois certamente nada real poderia ser tão perfeito, tão vital, tão rico em promessas sensuais, quando a brisa do mar é uma mão que percorre inquieta seu cabelo e, à sua volta, há sons de prazer e revelação, e a luz da tarde delineia a curva do pescoço de uma linda garota, e você não pode deixar de se perguntar como seria pôr a boca ali, se a pele dela teria gosto de sol, se o mundo teria gosto de sol.

Olho para Kim.
Ela suspira.
— Pois é.
— Quem escreveu isso?
— Nunca ouvi falar. Deve ser um romancista frustrado.

Folheio o roteiro e passo os olhos pelo que há mais adiante, encontrando blocos e mais blocos de texto. Cada cena é descrita com detalhes enfadonhos. O clima. A luz. O posicionamento. O corte das roupas de Caitlyn. O timbre da voz de Caitlyn. A forma dos lábios de Caitlyn.

Descrição, descrição, descrição.
Caitlyn, Caitlyn, Caitlyn.
— É impressão minha ou esse cara...
— Tem uma fixação? Não é impressão sua.
— Ele chegou a conhecê-la ou algo do tipo?
Ela faz que não.
— Os homens não falam assim sobre mulheres que conhecem de verdade.

Volto a me concentrar no roteiro e faço uma leitura dinâmica em busca da ação.

CAITLYN
[maliciosa, tímida e doce, tudo ao mesmo tempo]
Você demorou.

Atrás deles, ao longe, a montanha-russa começa o seu trajeto, subindo até o topo da primeira ladeira.

                            TOM
            Bem, esse tipo de coisa exige planejamento.
Leva tempo. Não se pode simplesmente convidar uma garota para sair
                    como se não tivesse importância.

A montanha-russa está perto do topo agora... O primeiro carro começa a contornar o pico...

                            CAITLYN
            Você está tentando me dizer que sou importante?

                            TOM
                    Mais que isso, talvez.

O carro da montanha-russa GRITA pela pista, passando por um LOOP VERTICAL DE 360 GRAUS e virando em uma CURVA MORTAL. Ele entra em cena atrás de Caitlyn e Tom — e é aqui que o espectador atento o vê, observando o casal radiante e feliz:

BILLY LYLE.

— ... é uma cena maldita — ouço Kim dizer. — Acho que a Liza não comia açúcar desde, tipo, 2013. Nós tínhamos um cuspidor debaixo da mesa, mas ela nunca encontrava o momento certo para se abaixar e cuspir o algodão-doce, então era impossível sincronizar a montanha-russa de uma tomada para outra. Além disso, demitiram o segundo assistente de direção no meio do dia, o que significa que não tínhamos ninguém que pudesse dirigir os figurantes, e a Anjali não conseguia impedir o Tony de assumir o controle e falar com eles... Agora, metade da ilha pode se sindicalizar pelo SAG.

Ela respira fundo.

— E nem cheguei a falar do descarrilamento.

Levanto a cabeça.

— O *quê*?

— Pois é. A montanha-russa saiu dos trilhos. Não foi nada sério… Ninguém chegou a se machucar, mas mesmo assim. O cara que chamamos para consertar nos contou que a montanha-russa tinha sido fechada em 1994 e o Tony surtou, porque esse tipo de erro não é aceitável para ele, sabe? Enfim, naquela noite, depois de assistir às gravações do dia, ele demitiu o Paul e metade do departamento de arte.

Deixei o roteiro cair em cima da mesa.

— É impressionante que ainda tenha restado gente da equipe. Quem mais saiu?

Kim tira um bloco de notas da bolsa, abre na terceira ou quarta página e passa o dedo pela margem.

— Uma assistente de adereços, um assistente de figurino e três técnicos de som.

— Não se esqueça da maquiadora — cochichou uma assistente ao passar por nós.

— Verdade — diz Kim com uma careta. — Penelope. Essa doeu.

Eu me encolho. *Desculpa, Sardas.*

Kim pega um lápis e risca alguma coisa.

— O que é isso? — pergunto.

— Estamos fazendo um bolão. Quem vai ser o próximo a ser mandado embora.

— Quem é o favorito nas apostas?

Ela hesita e, em seguida, se vira para mim. Eu me inclino para ler o primeiro nome na lista.

O azarado que vai ter que editar essa merda

Abro a boca.

— Isso é…

— É, a gente meio que presumiu que seria um homem. Falha nossa.

— É o que vocês acham? Que serei a próxima a rodar?

Kim analisa a lista com uma expressão sombria.

— Não, eu estou apostando no Gavin.

— Você não parece muito feliz com isso.

Ela suspira e guarda o bloco na bolsa.

— A Anjali gosta de fazer parecer que tem oito milhões de atores loucos para entrar nessa, mas, cá entre nós: o Gavin é o único que o estúdio aceitaria. Se ele for embora... *Puf!* Lá se vai nosso sinal verde.

— Está querendo me dizer que *Liza May* não consegue fazer esse filme acontecer sozinha?

Kim dá de ombros.

— Tem alguma coisa a ver com a China, sei lá.

— Mas ela ganhou um Oscar.

— E ele fez um feiticeiro gato uma vez. — Ela me lança um olhar impaciente. — Você trabalha em Hollywood. Eu não deveria ter que explicar isso.

DEZESSEIS

Quando deixo o roteiro de lado duas horas depois, uma coisa está clara: no universo desse filme, Billy Lyle era obcecado por Caitlyn Kelly, e ele a assassinou porque seus sentimentos não eram correspondidos. Não é a mais original das histórias, mas consigo trabalhar com ela.

Partindo do princípio de que eu vá ter a oportunidade, é claro. Ainda estou longe de entender por que Paul foi demitido, e não posso deixar de sentir que estou fadada a repetir os erros dele.

Despejo a sacola de Post-its na mesa à minha frente. Kim, graças a Deus, já teve a trabalheira de codificar cada Post-it de cada cena, só que as anotações não estão em ordem — e há várias *centenas* delas —, então levo alguns minutos para selecionar as quarenta e sete que se referem à cena do parque de diversões.

Quarenta e quatro referem-se a uma avalanche de preocupações com a continuidade — questões sobre posicionamento dos olhos, sobre penteados, sobre a competência básica do departamento de adereços. Noto uma boa dose de exagero nas palavras e na caligrafia de Paul — um hidrocor preto deixa uma impressão forte —, mas, tirando a quantidade de papel, não há nada fora do comum. Se Tony quiser insistir na precisão factual, necessariamente haverá um número imenso de detalhes para acompanhar.

No entanto, acho as três últimas notas mais interessantes.

Toco em cada uma delas.

O que você está procurando?

O que está vendo?

O que está deixando de ver?

Não são perguntas que se faça a um supervisor de roteiro. São perguntas que devem ser feitas a si mesmo — no meio da noite, no meio de um projeto, sentindo um embrulho no estômago como se tivesse tentado subir um degrau que não existe, como se tivesse se dado conta de que deixou o gás ligado, como se tivesse acabado de se lembrar daquela vez na faculdade em que confundiu *O último imperador* com *Império do sol*. São perguntas nascidas do estresse e da incerteza.

Ou seja, são perguntas que eu me faço o tempo todo. Só não costumo anotá-las.

Tento me convencer de que é natural se preocupar tanto — que, na verdade, é essa preocupação que me torna boa no que faço, que minha maior fraqueza de fato *é* a minha maior força, como os livros de autoajuda vivem tentando me dizer.

Talvez um dia eu acredite.

Pego a caneta e tento girá-la.

A julgar por esse monte de papel amarelo, Paul também se preocupa com as coisas. Ok, tudo bem. Mas por que ele está focando tanto *essa* cena? É provável que nem entre no…

A caneta voa para o outro lado da sala e quica na lateral de uma lixeira de metal.

Essa cena não vai nem entrar no filme.

Não do jeito que está. Não agora que Tony já sabe que a montanha-russa não estava funcionando na época do assassinato. Tony é um homem que está disposto a demitir uma chefe de departamento por causa de sardas. Não existe a menor possibilidade de ele deixar um anacronismo entrar na edição final. E, depois de três filmes juntos, Paul saberia disso.

Então por que ele estava se descabelando por causa de filmagens inutilizáveis?

Como alguém acaba sendo demitido por causa de filmagens inutilizáveis?

Olho para as notas espalhadas à minha frente e sinto os ombros caírem. Sou boa em me comunicar com imagens, não com palavras.

Se quero ter alguma chance de entender isso, vou ter que ligar para Paul.

Encosto a testa na mesa. Esse é o tipo de manobra diplomática de bastidores que eu costumo delegar para Amy. Nem sei por onde começar. Não posso simplesmente pedir o número de Paul para Tony. O que eu diria? *Oi, Tony, estava aqui pensando se você não poderia me pôr em contato com seu ex-colaborador, porque estou confusa com essa cena que você com certeza vai cortar e, além disso, tenho umas perguntas bem indiscretas sobre seu nível de babaquice controladora.*

Não, Tony não. Amy também não vai poder ajudar. Ela nem sequer conhece outros editores. E Josh… não. Não vou ligar para Josh.

Será possível? *Nell* é mesmo minha melhor opção?

Pego o número dela no meu laptop e me dirijo para o canto mais silencioso da sala, me espremendo entre um filodendro falso e uma figueira-lira falsa.

— Me diz que eles não demitiram você.

É assim que ela me atende, e fico tão chocada por ela ter atendido o próprio telefone que demoro um momento para responder.

— Talvez amanhã — consigo dizer.

— Do que você precisa?

Prendo o celular entre o queixo e o ombro.

— Queria que você me ajudasse a encontrar o cara que estava aqui antes de mim… Preciso falar com ele.

Não me dou ao trabalho de explicar mais, e confio que Nell não vai insistir. Se tem uma coisa que eu sempre apreciei em Nell é que ela é alérgica a qualquer coisa que atrase o processo. O oposto de mim.

— Claro, sem problemas. Paul Collins, né?

— Isso.

Eu a ouço digitar no teclado. A porta se abre com um rangido e ela grita: "Ei, Arnie, você conhece um tal de Paul Collins? Não… não o cantor, esse é *Phil* Collins, seu trouxa. Por que eu estaria te perguntando isso?" Uma pausa. "Sério? Merda."

Então, ela volta a falar comigo.

— Desculpa, querida. Más notícias. Ele é representado pela Vera Madigan, o que é uma pena, porque a) ela é uma péssima profissional, e b) não estamos nos falando depois de um pequeno incidente no Spirit Awards que foi cem por cento culpa dela. Tenho certeza de que posso conseguir o número dele, mas vou ter que perguntar para outras pessoas, aí retorno depois.

— Seria ótimo — digo —, só que, se você descobrir alguma coisa, não me liga. Me manda um e-mail.

— Não duvido que a Anjali tenha a senha do seu Gmail, mas tudo bem, acho.

— Obrigada, Nell.

— Ei, Marissa...

— Sim?

— Não faz cagada. Essas pessoas não estão para brincadeira.

— Juro que estou me esforçando muito para não fazer.

Encerro a ligação e encaro o celular por um momento. Em seguida, abro e fecho o aparelho mais algumas vezes só para garantir — dez vezes, porque... Por que não?

Dou uma olhada na folha de chamada que Anjali me deu, atrás de alguém em quem talvez eu possa confiar, mas não reconheço nenhum nome. Só um editor poderia trabalhar há quase doze anos em Hollywood e conhecer tão pouca gente.

Então, a quem posso perguntar? Precisa ser alguém discreto. Alguém que guardaria papéis antigos. Uma pessoa que não se importaria com o que Tony pensa dela...

A resposta é tão óbvia que sinto raiva de mim mesma por não ter pensado nela antes.

Chamo uma assistente de produção.

— Você sabe onde o Tony está?

Ela mexe no iPad.

— Parece que ele está nas quadras de squash com o Daisuke, ajustando a estrutura.

— Nas quadras de squash... Elas ficam do outro lado do hotel, né? Tipo, bem longe?

Ela pisca os olhos, confusa.

— Acho que sim.

— Será que você poderia me fazer um favorzão?

Ela olha para Anjali e dá um passo na minha direção.

— Talvez?

— Você poderia pedir para alguém ligar para o meu celular de produção e me avisar caso a agenda do Tony para a tarde mude?

— Quer que eu tente marcar uma reunião?

— Não, só me avisa se... Sabe? Se as coisas mudarem.

Ela se inclina na minha direção.

— Está querendo que eu te avise caso ele apareça, para que você possa garantir que ele não te pegue fazendo algo que você não deveria estar fazendo?

Eu também me inclino.

— Pode ser?

Ela revira os olhos e faz uma anotação no iPad.

— Para ser sincera, isso é, tipo, noventa por cento do meu trabalho.

Agradeço com um sorriso, pego a mochila e vou para o saguão. Tento não dar na cara que estou correndo enquanto saio pela entrada principal e atravesso o caminho de acesso em direção ao estacionamento.

Para ir até os motoristas.

Exceto pelas vezes em que peguei carona com Amy para o set, nunca tive muita razão para interagir com o pessoal do transporte, então sei tanto sobre motoristas quanto Isaiah sabe sobre diretores de fotografia.

Ou seja, só algumas piadas.

Como a gente sabe qual garoto no parquinho é filho do motorista?

É o que fica sentado olhando todas as outras crianças brincarem.

Há mais umas quinhentas piadas, mas são todas parecidas: motoristas não fazem nada, rá, rá!

Não que você vá me ouvir dizer algo do tipo em voz alta. Não num dos sets de Amy, *jamais*. Ela defende os motoristas com unhas e dentes. E se orgulha disso, na verdade. "Eles só têm uma coisa para fazer, mas fazem com perfeição", ela me disse certa vez, com um olhar determinado. "É tudo um mar de rosas até você ter que trabalhar num transporte precarizado."

Assim que saio do meio das árvores e chego ao estacionamento que está sendo usado como acampamento-base, a primeira coisa que passa pela minha cabeça é que talvez Amy esteja exagerando para compensar a culpa que sente pelo próprio privilégio branco de classe média alta, porque, com base no que vejo à minha frente, as piadas não parecem longe da realidade. A equipe está perto dos caminhões, como senhores do local, e eles têm uma estrutura impressionante: uma tenda portátil, uma TV, um ventilador, duas poltronas, um sofá e um *frigobar*.

Além disso, todos também estão com smartphones.

Um homem de calça cargo e camisa dos Dodgers se levanta e protege os olhos com as mãos enquanto observa minha chegada.

— Salve, salve — diz.

Hesitante, levanto a mão e percebo, tarde demais, que deveria ter preparado alguma coisa para dizer.

— Oi?

Paro a alguns metros de distância. O homem me analisa.

— Editora nova? — arrisca ele.

Eu suspiro.

— Sou o Chuck. — Então, apontando para os outros motoristas, acrescenta: — Tim, Big Bob, Little Bob, Mindy.

— Marissa — respondo, apontando para mim mesma, por algum motivo.

Encostado no caminhão mais próximo, Tim toma um gole da lata de Coca diet com um semblante tranquilo.

— Nunca vimos um editor em plena luz do dia — diz ele. — Eu meio que achava que vocês dormissem em caixões.

Remexo nas alças da mochila até pensar numa resposta característica:

— Hã?

Tim mostra os dentes caninos, faz uma garra com a mão livre e sibila.

Inclino a cabeça. O que está acontecendo? Ele está se fingindo de gato?

Antes que eu possa perguntar, Chuck estende a mão e alguém — nem consigo ver quem, acontece num piscar de olhos — joga para ele uma lata de refrigerante. Coca normal. Ele a abre e toma um grande gole.

— Como podemos ajudar? Precisa ir a algum lugar ou alguém te disse que temos a única conexão de DirecTV da ilha?

— Só estou tentando encontrar algumas informações de contato — digo. — Queria fazer algumas perguntas ao último editor sobre o material que ele deixou para trás.

Chuck bebe mais um gole do refrigerante.

— A Valentina deve ter tudo isso arquivado.

Big Bob levanta a mão.

— Eu pergunto para você.

Mindy dá um tapa no ombro dele.

— Deixa de ser nojento.

— Prefiro não incomodá-la — digo.

Chuck passa o polegar pela lateral da lata, pensativo.

— Então você prefere incomodar *a gente*, é isso?

Ops. Não pensativo. Irritado.

— Não, não quis dizer isso. Eu...

— Ah, você achou que seríamos burros demais para perguntar qual é sua intenção?

Arqueio tanto as sobrancelhas que elas quase se confundem com o cabelo.

— O quê? *Não*. Perguntei a vocês porque o Tony não poderia demiti-los mesmo se vocês dirigissem o caminhão pelo saguão do hotel.

Uma pausa se segue, e, em seguida, um grunhido coletivo de concordância.

— Tá bom — diz Chuck. — Podemos ajudar... assim que você nos disser por quê.

— Só estou pedindo um número de telefone.

— De um jeito absurdamente suspeito e indireto.

Com isso, jogo as mãos para o alto.

— Tá bom! Estou desrespeitando as regras, ok? Não posso fazer perguntas sobre o Paul. Vocês com certeza podem se meter em encrenca por me ajudar. Mas, se eu não der um jeito de falar com ele, tenho medo de perder meu emprego. Se perder meu emprego, vou ter que voltar para Los Angeles e, se tiver que voltar para Los Angeles, vou ter que encarar o fato de que minha melhor amiga está indo morar com meu inimigo mortal-barra-crush vergonhoso, o que significa que provavelmente nunca mais vou vê-la fora do trabalho. Sem contar que seria um constrangimento profissional imenso.

Chuck me olha fixo enquanto recupero o fôlego.

— Quanta coisa — comenta ele.

Recolho as mãos para as laterais do corpo, onde posso vê-las. De fato, foi coisa demais. Odeio quando isso acontece do nada. Tipo, num minuto você está tentando atualizar o seu modem de internet e, no seguinte... *bum*, está contando para a Myrtle da provedora como é difícil encontrar absorventes internos com aplicador de papelão e, a cada segundo que se passa, fica mais claro que Myrtle não está feliz, que não era para aquilo que ela estava ali, mas você não consegue evitar, o que está por vir virá de qualquer jeito, é como a maré, a gravidade ou os últimos estágios do trabalho de parto, porque fazia uma semana que você não conversava com ninguém a não ser sua mãe.

— Os últimos dias foram longos — consigo dizer.

Chuck vira a cabeça em direção ao único homem que ainda não tinha falado nada, um gigante barbudo com um boné do time de beisebol Padres.

— Little Bob — diz ele. — Pasta.

Little Bob se levanta e se arrasta até o trailer. Instantes depois, volta com uma pasta roxa grande, que enfia nas minhas mãos.

Arrumo um lugar no sofá e equilibro a pasta nos joelhos. Dentro dela, encontro toda a papelada recebida do escritório de produção, revisões *e* originais, organizada com muito esmero. Tinha até as abas personalizadas para os separadores.

Olho de relance para Chuck.

— O Little Bob ama papelaria — comenta.

Little Bob enfia as mãos nos bolsos e balança nos calcanhares.

— Estava em promoção — murmura.

A lista telefônica fica na parte de trás. Tiro um caderno da minha bolsa e começo a copiar o número de Paul.

— Já que estou aqui — digo —, talvez vocês possam me ajudar com outra coisa. A filmagem no parque de diversões…

Os cinco grunhem em uníssono.

Meu lápis para onde está.

— Então vocês sabem do que eu estou falando?

— Uma sorte ninguém ter se machucado — resmunga Big Bob.

— Desastre total — concorda Mindy.

Chuck amassa a lata de refrigerante e a joga na lixeira mais próxima.

— A montanha-russa nunca deveria ter sido ligada, para início de conversa.

— E aí, o que foi que aconteceu? — pergunto, guardando meu caderno. — Foi um acidente?

Chuck me lança um olhar esquisito.

— E o que mais seria?

O tom dele é tão incrédulo que eu não sei como responder. Será que estou tão errada em me perguntar se há algo mais acontecendo aqui? Estou propensa demais a ver intenção onde não existe? Talvez. Talvez seja um reflexo defensivo

— se eu pensar demais no fato de que muito do que acontece na tela é fruto de soluções frenéticas de última hora, a ideia de que sabemos o que estamos fazendo perde mesmo a força.

Solto meu rabo de cavalo e o prendo de novo, irritada comigo mesma.

Por outro lado, talvez eu não esteja exagerando. Talvez *eu* seja a voz da razão. No meu primeiro dia no set, houve uma falha grave na iluminação, e agora descubro que uma montanha-russa saiu dos trilhos? São dois acidentes a mais do que em qualquer produção na qual já trabalhei e, agora que penso a respeito, é absurdamente estranho que todos da equipe tenham ficado tranquilos com isso.

— Não foi culpa de ninguém — diz Chuck, seguindo meu raciocínio. — A montanha-russa já estava quebrada fazia anos. O mecânico com quem conversei disse que um garoto perdeu uma perna lá antes do fechamento do parque.

Balanço a cabeça, confusa.

— Então por que tanta gente foi demitida?

Tim tosse na própria manga.

— É, bom... A Mindy sabe mais sobre isso.

Mindy leva as mãos à cintura.

— O que você está insinuando, Tim?

Os quatro homens olham para o céu com cara de paisagem.

— Seus *babacas*. Vocês são piores do que os meus irmãos. — Ela se vira para mim. — Eu tive um crush. Um crushzinho de nada. — Aproxima o polegar e o indicador. — Condizente com um homem minúsculo.

Franzo a testa.

— Achei que o Paul tivesse tipo um metro e noventa.

— Não... *Ryan*. O segundo assistente de direção.

— E por que *ele* foi demitido?

— Porque torce para os Angels? — diz Big Bob.

— Porque fuma cigarro ultralight? — diz Tim.

— Porque era um *bosta*? — diz Little Bob, surpreendendo a todos... inclusive a mim.

— A gente sabe o que ele fez — responde Mindy, lançando outro olhar irritado para os colegas. — Naquele dia, um dos figurantes invadiu um trailer e, em vez de chamar os seguranças ou de agir como um ser humano razoável, o Ryan bancou o machão alfa e deu uma surra no cara.

Levo a mão à garganta.

— Meu Deus. O figurante ficou bem? Ele processou?

— Não sei... Acho que não... A Anjali estava determinada a abafar o caso. Tenho certeza de que pagou para ele ficar quieto.

— Provavelmente o dobro se não contasse para o Tony — comenta Big Bob em um tom sombrio.

— O Tony não sabe? — pergunto.

Big Bob dá de ombros.

— *A gente* que não vai contar para ele.

Devolvo a pasta a Little Bob.

— Obrigada.

Ele olha para o chão e murmura:

— Disponha.

Chuck se aproxima.

— Olha, se precisar de mais alguma coisa, é só falar com a gente, tá? Se quer saber minha opinião, essa filmagem está fedendo desde o início. Quanto mais cedo acabar, melhor para todo mundo.

Faço que sim, agradecida.

— Agradeço mesmo.

Tim se inclina e vai até a churrasqueira que eles montaram entre as poltronas. Então, ergue um espeto gigante.

— Quer levar para a viagem? Não tem alho, prometo.

— Como é que você sabe que eu não gosto de alho? — Logo depois entendo: — Ah, porque sou uma vampira.

Ele abre um sorriso.

— Na mosca.

CHUCK KOSINSKI: Caso alguém esteja se perguntando, essa aqui é *minha* piada favorita: qual foi a última coisa que Jesus disse aos motoristas?
GRACE PORTILLO: Não sei, o quê?
CHUCK KOSINSKI: Não façam nada até eu voltar.

DEZESSETE

Digito o número de Paul com dedos trêmulos. Não porque estou com medo do que vou descobrir, mas porque odeio fazer ligações sem aviso prévio — não importa o quanto eu precise de uma resposta. Quando ouço a voz do outro lado da linha, quase desmaio de alívio.

Sua chamada está sendo encaminhada para a caixa de mensagens...

É como música para meus ouvidos.

Deixo uma mensagem curta.

— Oi, Paul, aqui quem fala é Marissa Dahl, a editora que substituiu você no novo projeto do Tony Rees. Queria saber se você teria um tempinho para conversar sobre a edição que você já tinha feito e talvez sobre algumas das filmagens que tenho aqui. Além disso, estava me perguntando se você está bem, porque parece que as coisas estavam meio tensas no final... Também tem algumas coisas que eu não consigo entender, então, se você puder me retornar nesse número, seria ótimo. Sei que está superocupado e não tem muito tempo e provavelmente quer se livrar de toda essa produção, mas eu agradeceria muito se você entrasse em contato. Quando puder. Se for conveniente. Muito obrigada. Repetindo, aqui é Marissa Dahl... É, como em Roald Dahl. É. Tá. Espero que você esteja bem.

Desligo e massageio as têmporas. Espero nunca mais ter que falar com outra pessoa.

Sinto alguém me pegar pelo pulso e me arrastar para dentro do arbusto.

— Mas que...

— *Shh*, Marissa, sou eu.

Afasto um galho dos olhos e me vejo olhando feio para o rosto magro de Gavin.

— Você não pode sair pegando as pessoas assim, Gavin. Não estamos numa aula de teatro, tá? O que você quer?

— Algo notavelmente em falta no set até agora...

Ele faz uma pausa.

— ... inteligência.

Caramba. Provavelmente ele cronometra até os movimentos intestinais para causar um efeito dramático.

— Não sei por que você viria atrás de mim por causa *disso* — retruco.

Ele dá de ombros.

— Você é a editora. Editores sempre sabem das coisas.

— Eu cheguei *ontem*.

— Além do mais, as meninas me disseram que recrutaram você. Então... achei que talvez quisesse ver o Billy comigo.

— Como assim... agora?

Ele olha para o relógio.

— É, agora. Lá na praia. Não vai demorar, prometo. Tenho que estar na maquiagem daqui a uma hora.

— Está com medo de ir sozinho ou algo do tipo?

— Não, de jeito nenhum. Mas já faz seis semanas que ando me encontrando com o Billy e ele ainda não quer me contar sobre a noite em que a Caitlyn morreu. Estava aqui pensando se talvez ele ficasse mais à vontade com você.

— Comigo? Por quê?

Ele faz mais uma pausa.

Uma pausa deliberada.

Uma pausa *muito* deliberada.

Ah, pelo amor de Deus, ele só vai continuar depois que eu insistir, né?

Cerro os punhos e fito seus olhos. São azul-claros e brilhantes, como uma flor silvestre, um lago nas Montanhas Rochosas canadenses ou o pôster de *Réquiem para um sonho*. E, como se trata de um homem que passou metade da vida posando para closes extremos, o olhar dele é firme.

— *Fala logo*, Gavin.

— Você lembra ele.

Meu próprio olhar vacila, atraído pelo objeto colorido mais próximo que não seja o rosto dele. Sua camisa — vermelha —, uma camisa de futebol, acho. Está escrito *Fly Emirates*.

Quem me dera estar num avião, eu penso.

— Por que você acha isso?

— Bom, vocês dois vivem em seu próprio mundinho, né? — Gavin faz um gesto vago e circular perto da têmpora: uma tentativa, imagino, de ilustrar o argumento. Não é tanto a insinuação que me ofende, é mais a imprecisão.

— É o mesmo mundo que o seu. Eu só o percebo de um jeito diferente.

— Eu não quis dizer…

— Eu sei o que você quis dizer — digo em voz baixa.

Ele faz menção de tocar meu cotovelo, mas muda de ideia.

— Marissa… você não quer saber o que aconteceu?

Uma pergunta absurda. Claro que eu quero saber. Quero saber de *tudo*. Com as seguintes exceções:

1. O que meu irmão fez com o top esportivo que roubou de mim aos doze anos.
2. Quantas vezes eu já fiz minha mãe chorar.
3. O que as pessoas falam de mim pelas costas.
4. Insetos que sentimos, mas não vemos.
5. De onde veio o primeiro motor a jato em *Donnie Darko*, porque não tem como a resposta não ser irritante.

Uma pergunta muito melhor é: até onde estou disposta a ir por essa informação? Às vezes, admito, vou longe demais. Não leio apenas um livro, leio todos. Não clico em apenas um link, saio clicando em um link atrás do outro até ficar vesga, a bateria morrer e eu saber que vou ter que limpar o cache na manhã seguinte, porque fui parar em lugares muito, muito obscuros. Não mando apenas um e-mail — eu ligo.

Outras vezes, não tenho nem paciência para esperar o IMDb carregar em uma rede lenta.

— Se alguém me flagrar com você — digo a Gavin —, posso perder meu emprego.

— E você não acha isso suspeito? Você já trabalhou em um filme em que o diretor pediu algo do tipo?

— Não, mas também nunca trabalhei num filme em que o ator principal tentou me levar para uma reunião clandestina com um suposto assassino. Você fez isso com o Paul também?

Ele me lança um olhar incrédulo.

— Paul? Ah, não. Ele não tinha tempo para mim. Estava ocupado demais mijando em potes na sala de projeção.

O galho escapa dos meus dedos e bate na minha testa.

— Foi por *isso* que ele foi demitido?

— Não, claro que não, acabei de inventar isso. Você parecia estar precisando de umas risadas.

— Potes de xixi não têm graça.

O sorriso dele desaparece.

— Nada disso tem graça. Sabia que quase espancaram o Billy até a morte?

— Não se atreva a manipular meu emocional.

Ele ignora meu comentário e dá um passo à frente.

— Quando o promotor se recusou a processar, um grupo de caras foi até o cais para confrontar o Billy. Exigiram que ele confessasse. Como ele não fez isso, os caras tentaram uma forma de persuasão mais… física.

Respiro fundo.

— Ele se machucou muito?

— Passou uns meses entrando e saindo do hospital. Teve que fazer cirurgia plástica, reconstrução dental, tudo. Levou anos até voltar a andar direito.

— Processaram alguém pelo ataque?

— Oficialmente, ninguém sabe quem é o responsável pela agressão. Ninguém contou quem foi. Nem mesmo o Billy.

— E extraoficialmente?

— Foi o namorado da Caitlyn e um grupo de amigos dele.

Deixo escapar um sussurro:

— Caramba, Gavin.

Ele se aproxima mais, aproveitando a oportunidade.

— Todo mundo na ilha acha que o Billy é o culpado. Inclusive o Tony. Não chegam nem a considerar alternativas.

Então, seu rosto ganha uma expressão que eu nunca tinha visto, nem uma vez sequer, nem em três filmes de material bruto.

É assim que ele fica quando está implorando por ajuda.

— *Por favor.*

— Ah, tá bom — respondo, passando por ele e saindo do arbusto. — Eu vou.

— Mudei de ideia, não vou mais.

Estamos parados no calçadão velho e desgastado que corta a praia deserta, de frente para um afloramento rochoso que se estende por mais ou menos dez metros mar adentro.

Infelizmente para mim, o calçadão não contorna a rocha. Não passa por cima da rocha.

Passa *por dentro* da rocha.

— O quê? Por quê? — pergunta Gavin. — Você tem medo de cavernas?

— Não, claro que não. Só prefiro não nadar, explorar cavernas ou assistir a *Abismo do medo*.

Eu não tenho medo de cavernas.

Tenho *pavor* de cavernas.

No verão depois do meu quinto ano, minha mãe decidiu me mandar para uma colônia de férias que uma amiga da igreja tinha recomendado. Ela foi bem-intencionada. Achava que me faria bem tomar um pouco de sol, me exercitar e talvez fazer amizades. Essa última parte era, é claro, puro idealismo, no entanto, esse sempre foi o maior ponto fraco da minha mãe: a fé inabalável em nós.

O lugar ficava algumas horas a sudoeste de Urbana, não muito longe de St. Louis, e devia ser um bom acampamento, ao menos no que se refere a esse tipo de atividade. Quando não estávamos cantando, nadando ou contando histórias, caminhávamos, escalávamos ou aprendíamos a cuidar de cavalos. Não era chique. A comida era chili com cachorro-quente ou cachorro-quente com chili e as telas que ficavam nas janelas tinham tantos furos que alguém até poderia pensar por que era mantida ali. Só que eu gostava de cachorro-quente, embora não fosse lá muito fã de chili, e os mosquitos me deixavam em paz. Não fiz nenhum amigo, mas as crianças não eram maldosas comigo, e poderiam ter sido. Fiquei grata por isso.

O passeio para as cavernas tinha sido planejado com muita antecedência, porém eles não contavam com a enchente repentina. E, mesmo assim, não teria sido um problema se eu não estivesse sozinha.

Só que eu estava.

Como sempre.

E fiquei presa.

Estava escuro, havia muita água e eu estava sozinha. Totalmente sozinha. Sozinha enquanto a água subia. Sozinha enquanto tentava escapar. Sozinha enquanto não conseguia escapar.

Sozinha enquanto me esticava em direção ao teto, desesperada, em busca daquela última porção de ar.

Sozinha, por fim, quando perdi a consciência.

Foi um supervisor que me tirou de lá, me contaram. Que fez as manobras de ressuscitação. Que manteve meu coração batendo.

O lado bom foi que a minha mãe nunca mais tentou me fazer ir a um acampamento.

Enfio as mãos nos bolsos.

— Tem certeza de que não podemos encontrar o Billy em outro lugar?

— Tarde demais para isso — diz ele, tirando uma lanterna do bolso. — Mas não se preocupe. Não vou deixar nenhum canibal pegar você.

Olho para a entrada da caverna com a mão no peito e odeio a imagem que devo estar passando, mas sou incapaz de evitar.

Gavin suspira.

— Olha, o que me diz, se você vier comigo, prometo que vou me esforçar muito para não olhar para a câmera só para atrapalhar a cena, que tal?

Mordo o lábio. Traumas adolescentes à parte, isso é bem tentador.

— *E* vou prestar atenção na continuidade, para variar.

— Você? Sério?

Ele leva a mão ao coração.

— Vou fazer anotações e tudo.

Semicerro os olhos.

— Se você errar, não vou te encobrir.

Gavin abre um sorriso, claramente percebendo a vitória.

— Sim, claro, como você quiser.

Ele dá meia-volta e segue para a caverna enquanto o feixe estreito da lanterna oscila à sua frente.

Passo o dorso da mão na boca e o sigo pelo arco. A caverna é escura. O ar é denso — não como a neblina é densa ou como o silêncio é denso, está mais para como a cabeça fica quando nós tentamos imaginar um espaço quadridimensional. Como se houvesse uma resposta a que nunca vamos conseguir chegar.

— Esse lugar não é propenso a enchentes repentinas nem nada disso, é? — pergunto enquanto a voz sobe pelo menos uma oitava.

— Claro que não — responde Gavin. — Só enche de água do mar duas vezes por dia. Mas não se preocupe, ainda faltam horas.

Ele nos guia até uma fenda de dois metros e meio de altura que se curva através de uma rocha em forma de cimitarra, estreitando-se até se tornar uma ponta afiada no meio do caminho até o teto.

— Vamos passar por aí? — pergunto fracamente.

— Vai ficar tudo bem — reforça ele. Caso esteja atuando, é um dos melhores trabalhos que já fez na vida. Quase chego a acreditar.

Cerro os dentes e entro na fenda. É apertada, porém sou pequena o suficiente para passar sem esforço e só travo duas vezes no caminho. A primeira vez é quando Gavin me encoraja a seguir em frente; a segunda, quando ele me dá uma cutucada nas costelas.

Depois de mais ou menos seis metros, o corredor se abre em uma gruta, fresca, azul e silenciosa, refletida lá no teto. Na parede oposta, uma abertura estreita leva ao mar e, se eu me agachar e inclinar o pescoço, consigo ver um pedaço do céu. À minha direita, há um poste de madeira para atracar; amarrado ao poste, um barco a remo para duas pessoas. Olho do barco até a plataforma baixa e comprida que percorre a parede da gruta. Na outra ponta, sentado de pernas cruzadas em uma pedra larga, vejo Billy Lyle.

Gavin vai até lá e se agacha ao lado de Billy, numa postura que lhe é familiar.

— Billy — diz Gavin —, essa é a mulher de quem eu falei. A editora. A gente queria poder fazer mais algumas perguntas para o filme.

Ele me olha e arregala os olhos.

— Eu te conheço.

Gavin arqueia as sobrancelhas.

— Isso é novidade.

— Fui passageira dele outra noite — explico. — Ele me trouxe de Lewes para cá.

Billy pisca e encara meu ombro.

— Sinto muito que você tenha presenciado aquilo.

Gavin olha de Billy para mim.

— Presenciado o quê?

— Três caras tentaram forçar a entrada no barco — conto. Volto o olhar para Billy. — Sinto muito não ter feito mais.

Ele balança a cabeça.

— Não tinha nada que você pudesse ter feito.

— Então você sabe — diz Gavin com uma expressão intensa. — Você viu com seus próprios olhos. Como todo mundo nesta ilha está contra o Billy. E o Tony não é diferente.

Gavin estende o braço para dar ênfase e ilumina sem querer a rocha em que estamos sentados, revelando uma mistura de pichações de comentários adolescentes petulantes e sentimentos românticos absurdos que eu nunca me sentiria compelida a dizer em voz alta, muito menos registrar para a posteridade geológica.

E piadas pornográficas também.

Sem cu não tem curtição

Carpe Rapidiem

Pênis Pênis Pênis Pênis hahaha

Mas o que mais vejo são nomes de casais.

Joe e Stacy. Peter e Julie. Victor e Danielle. Victor e Katie. Victor e Lucy.

— Você também vinha aqui? — eu me ouço perguntar. — Com a Caitlyn?

Um músculo se contrai na mandíbula de Billy.

— Não. Caitlyn e eu éramos só amigos.

— Mas, tipo, só amigos ou *só amigos*?

Ele levanta a cabeça.

— O quê?

— Você não estava apaixonado por ela?

Ele faz uma careta.

— Quantas vezes eu tenho que dizer? Ser amigo dela foi a melhor coisa que já me aconteceu. Não era nenhum tipo de prêmio de consolação.

Respondo com um murmúrio solidário.

— É, eu sei, é um clichê bem ruim.

— Mas eu não tenho como ganhar, de qualquer maneira — diz ele. — Nem sei qual é a história mais improvável. Que a Caitlyn pudesse me amar como namorado… ou que pudesse me amar como amigo. Na maior parte das vezes, acho que é a segunda opção. E sabe de uma coisa? Acho que isso os assusta mais. Porque se alguém como ela podia ser amiga de alguém como eu, qual é a desculpa deles?

Franzo a testa.

— Como assim, "alguém como você"?

— Não sei, alguém que… — Billy olha para o próprio peito e estende as mãos. — Alguém que simplesmente não consegue acertar.

Se tem uma coisa que já ouvi várias vezes na vida, de todas as pessoas que eu amo, é que não há nada de errado comigo.

Da minha mãe, quando ninguém veio à festa de aniversário de dez anos que eu nem queria, pra início de conversa: "Não tem *nada* de errado com você!"

Da minha professora do segundo ano, após ter me passado para uma mesa no canto mais afastado da sala: "Não tem nada de *errado* com você!"

De Amy, quando outro primeiro encontro que eu tive foi um fracasso: "Não tem nada de errado com *você*!"

Variações cada vez mais contraproducentes de um tema fundamentalmente falso, o tipo de declaração que, quando repetida, tende a comunicar o exato oposto do significado literal.

Não se preocupe!

Eu estou bem!

Ela é só uma colega de trabalho!

Esse tipo de coisa.

Meu pai é o único que não se dá ao trabalho de fingir. "Seu irmão é popular o bastante por vocês dois", ele me disse depois da minha festa de aniversário de onze anos tão malsucedida quanto a anterior. Em seguida, pôs a mão no topo da minha cabeça durante três segundos — o máximo de afeição física que já demonstrou por mim antes ou depois dessa ocasião — e voltou para o laboratório.

Do ponto de vista racional, consigo apreciar o que todos tentam me dizer e às vezes talvez até chegue perto de acreditar, mas o que guardo no coração é isto: mesmo fazendo tudo que os livros, as aulas e os colunistas me dizem, mesmo treinando tanto a ponto de existir uma boa chance de eu acertar na resposta — o contra-argumento certo, a referência certa, o gif animado certo —, as pessoas ainda percebem que há algo fora de lugar. Como um mosaico branco com um único azulejo creme. Um letreiro com 0 em vez de O. Um discurso de Oscar mecânico proferido por Anne Hathaway. Você não consegue, logo de cara, descobrir o que exatamente incomoda tanto, entretanto, quanto mais olha, mais certeza tem de que não gosta.

Quanto mais perto estiver de ter razão, mais perturbador é para as pessoas que têm certeza de que você está errado.

Mas não acho que seja isso que Billy quer ouvir agora, então limpo a garganta, em busca de algo mais reconfortante para dizer.

— Sabe... minha amiga Amy sempre diz: "Se você já vai perder o jogo de qualquer maneira, por que seguir as regras deles?"

Billy esboça um sorriso discreto.

— A Caitlyn também me dizia algo do tipo.

Abro um sorriso.

— Ela também roubava frases de *Jogos de guerra*?

Ele abaixa a cabeça.

— Quer... ver uma foto?

— Claro.

Ele abre a carteira e tira uma daquelas fotos de escola que recebíamos em folhas para supostamente assinar e trocar com os amigos. A foto em si é horrível. As luzes são amareladas demais e o ângulo, baixo demais; a pele de Caitlyn parece pálida e a posição da câmera destaca uma leve papada embaixo do queixo. Mas o sorriso dela é largo, radiante e feliz o bastante para que meu cérebro não consiga deixar de pensar na palavra "bonita".

Gavin espia por cima do meu ombro.

— Todo mundo diz que ela é parecida com a Liza, mas eu não acho.

Viro a foto de lado e reflito.

— Não sei. Eu diria que ela se parece mais com Annemieke Janssen.

Gavin cantarola.

— Talvez meio Charlize Theron?

Devolvo a foto a Billy.

— Ela era linda — digo com sinceridade.

Ele a guarda na carteira com cuidado.

— Eu não a matei.

Eu me encosto na parede e fecho os dedos ao redor de uma saliência na rocha. Por algum motivo, estou inclinada a acreditar nele, mas será que acredito porque ele é crível? Será que acredito porque ele é convincente? Ou será que acredito porque, por acaso, temos algo em comum?

— Você já pensou em falar disso com o Tony? — pergunto.

Gavin balança a cabeça.

— O Tony diz que prejudicaria o processo. Passei semanas implorando, só que não adiantou. Algum tempo depois, tentei levar o Billy escondido para o meu trailer, pensando que talvez pudesse embuscar o Tony com uma reunião… eu acreditava mesmo que, se ele visse o rosto do Billy, repensaria as coisas, sabe?

Olho para Billy. Ele está com o rosto virado, batendo dois dedos na têmpora.

— Mas aí — continua Gavin —, enquanto eu estava no set, um assistente de direção o encontrou, achou que fosse um invasor e quebrou metade da mandíbula dele. Foi então que a Anjali chamou os caras da Delta Force… para garantir que o Billy não volte a chegar perto do set.

— Tenho quase certeza de que são ex-SEALs — murmuro.

— E a polícia não está disponível de verdade, então as únicas pessoas do nosso lado são as meninas… e agora você, imagino. Mas, a menos que haja uma grande mudança, temos um impasse.

Mordo o lábio, pensativa.

— Você poderia pedir demissão.

— E isso resolveria o quê, exatamente?

— O estúdio não vai fazer o filme sem você. Se você pedir demissão… tudo isso acaba.

Gavin balança a cabeça.

— Não, as pessoas da ilha ainda vão achar que ele é o culpado.

— Sim, mas pelo menos as coisas não vão *piorar*.

— E o Tony daria um jeito de seguir sem mim, ele arrumaria uma solução. Ele faria a equipe de efeitos especiais produzir uma fantasia de Gavin Davies e mandaria a Anjali interpretar o papel.

Eu me viro para Billy.

— Ainda não ouvi o que *você* quer fazer.

Billy apoia a bochecha no ombro e olha para a água, para o barquinho que desce e sobe com a maré.

A resposta é tão familiar para mim que me surpreendo ao ouvir aquele som saindo dos lábios de outra pessoa.

— Só quero que me deixem em paz.

DEZOITO

Gavin e eu voltamos separados ao hotel. Ele opta por fazer a entrada grandiosa de sempre pela porta da frente. Enquanto todo mundo está ocupado olhando para Gavin, aproveito para entrar de fininho pelo terraço, me escondendo atrás de uma coluna para fugir de uma assistente de produção. Sinto um sorriso se formar no rosto e quase chego a tropeçar nos próprios pés ao pensar no que isso implica: que estou começando a gostar de todo esse mistério.

O prazer dura pouco, substituído segundos depois por um embrulho no estômago.

Estou repetindo o que já fiz antes. Estou me convencendo de que sou importante — que eu importo. Que posso ter um papel-chave no que está por vir. Que sou Sarah Connor. Luke Skywalker. Kung-Fu Panda. Que posso até parecer uma desastrada inconsequente *agora*, mas, espere só, meu futuro reserva uma daquelas montagens de treinamento dos filmes.

É muito fácil pensar que posso ser a heroína dessa história.

Quando, na verdade, não devo ter sequer uma fala.

Corro de volta ao quarto para me arrumar e depois me apresso para o local das filmagens de hoje. Quando começo a achar que vou conseguir chegar a tempo...

— Sai da frente!

Alguém enfia a mão na minha frente; eu me espremo na parede para evitá-la e deixo meu roteiro cair no chão enquanto Daisuke passa correndo por mim, com um medidor de luz na mão e uma série de contrarregras e eletricistas logo atrás. Ele abre as portas da quadra de squash com todo o prazer de um vilão que revela um dispositivo do juízo final.

Olho para ele e esfrego o nariz.

Ele parece bem mais legal do que a maioria dos diretores de fotografia.

Eu me abaixo para pegar o roteiro. Quando o levanto, um pedaço de papel amarelo voa até o chão: um Post-it rebelde.

Pego a anotação e a viro. É uma sequência de números rabiscada na caligrafia agora familiar de Paul.

Ao contrário das outras anotações que Kim me deu, não há uma indicação impressa no fundo referenciando a cena. Deve ser uma nota que Paul deixou para si mesmo.

Abro caminho até a quadra de squash e sigo em direção às cadeiras vazias no canto mais afastado, em frente à central de monitores (que hoje só tem dois monitores montados de forma precária). Em seguida, me sento e analiso a nota nas minhas mãos.

Um pacote embrulhado em papel-alumínio cai no meu colo.

Levanto a cabeça e vejo Suzy e Grace se acomodando nos assentos atrás de mim.

— Do jeitinho que você gosta — sussurra Grace. — Nojento e ultraprocessado.

Abro uma pontinha do papel-alumínio e dou uma olhada no que tem ali dentro. Um sanduíche. Mal consigo agradecer antes de começar a devorá-lo. É a primeira coisa que como hoje.

As garotas se inclinam para a frente e apoiam os braços nos encostos das cadeiras de cada lado meu.

— Achei que vocês não pudessem chegar perto dos atores — comento com a boca cheia de pasta de amendoim.

— Não podemos mesmo — concorda Suzy.

— O que é isso? — pergunta Grace, apontando para o Post-it.

— Não faço ideia. Será que por acaso vocês sabem o que significa?

— Posso pesquisar. Espera. — Suzy desaparece dentro do moletom (consultando o celular, sem dúvida). Depois de um momento, a cabeça volta a aparecer. — É um número de telefone internacional — diz ela.

Encaro o papel com olhos semicerrados.

— Não reconheço o código do país.

— Segundo o Google, é a Holanda.

Dou uma mordida no sanduíche. Mastigo. Engulo.

— Hum.

— Hum o quê? — pergunta Grace.

— Provavelmente não é nada — digo. — Quer dizer, a Holanda tem o quê, vinte milhões de habitantes?

Suzy volta a se esconder dentro do moletom.

— Dezessete ponto três — responde ela com a voz abafada.

Dezessete milhões, duzentas mil novecentas e noventa e nove pessoas que *não são* a futura ex-esposa de Anton Rees. Além disso, Paul está na indústria há muito tempo. Ele deve conhecer muita gente na Holanda. Tipo Jan de Bont. Ou Eddie van Halen.

Acho que estou tirando conclusões precipitadas.

O que Paul iria querer com Annemieke, de qualquer maneira? Ela não está no...

— Ouvimos dizer que você se encontrou com o Billy — comenta Grace.

— Como vocês... Esquece, é óbvio que vocês sabem de tudo. Sim, é verdade. Vocês não me disseram que ele e a Caitlyn eram amigos.

— Bom... Essa é a versão *dele*.

Eu me viro na cadeira.

— Vocês não acreditam?

Suzy dá de ombros.

— Não é o que eles sempre dizem?

— As pessoas de fato mentem sobre ter amigos?

— Com certeza mentem para si mesmas.

Olho para as duas. Estão coladas do ombro ao joelho, a afeição entre elas é tão forte que quase brilha ao redor delas, como um escudo defletor ou aquela gosma rosa de *Os caça-fantasmas II*. É bem fácil para as duas. Chego a pensar, não pela primeira vez, que minha infância pode ter me deixado com certas lacunas na compreensão social.

— Vocês só se conhecem há, o quê, quatro semanas? — pergunto.

Suzy reflete um pouco.

— Um pouco mais do que isso. Desde o feriado do Memorial Day.

— Mas vocês parecem se conhecer há mais tempo.

Elas se entreolham.

— É uma daquelas situações — diz Suzy.

— "Situações"?

Ela faz um gesto vago com a mão.

— É.

— Então teve um momento? Em que vocês entenderam? Que estavam destinadas a ficar juntas?

— Quer dizer, você sabe como é... ter uma melhor amiga — diz Grace. — Né?

Hesito.

— Claro.

Elas trocam outro olhar expressivo que dura para sempre.

Suzy se inclina e abraça a cadeira à sua frente.

— Alguns dias depois que chegamos aqui, estávamos vagando atrás do hotel, explorando algumas das praias, as rochas e... essas coisas.

— Vocês estavam atrás de pistas, certo?

Ela franze o nariz.

— Quer ouvir a história ou não?

Suspiro e faço um gesto para que ela continue.

— Enfim, o sol estava se pondo, e sabíamos que o pai da Grace ia ficar uma fera se ficássemos fora até mais tarde, por isso decidimos desistir e voltar. Mas, àquela altura, a luz estava, tipo... Sabe o final da tarde, quando fica tudo suave e dourado, como um filtro de Instagram?

— *Golden hour?*

— Isso. E a Grace tinha uma música incrível no celular que eu nunca tinha ouvido, então sentamos juntas numa pedra, eu com um fone de ouvido e ela com o outro, e ficamos olhando o mar e ouvindo essa música, e tudo estava tão tranquilo que o tempo meio que, sei lá, parou ou algo assim.

Grace me lança um olhar.

— A música que ela está falando é enorme, sem dúvida contribuiu para o efeito.

Suzy lhe dá uma cotovelada nas costelas.

— Eu estava sendo poética, sua idiota. O que estou tentando explicar é que, com a Grace, eu meio que posso simplesmente… ser.

Ela dá outra cotovelada em Grace, só para garantir.

Eu me recosto, mergulhando em pensamentos. Amy e eu já tivemos momentos que aprecio, momentos de conexão, como quando ficamos presas num assunto por horas e aí ela faz uma sugestão que desperta algo em mim que desperta algo nela e, de repente, as ideias vêm com tudo, uma atrás da outra, como mãos se empilhando até culminar num grito de equipe. Por fim, terminamos sem fôlego, rindo, juntas.

Mas será que já tivemos isso fora da sala de edição? Se tivemos, não me lembro — e, se não me lembro, parece improvável que tenha existido.

Esse é o tipo de coisa que não se esquece, né?

Se eu estivesse com Grace e Suzy naquele dia, teria passado a tarde reclamando do cheiro do mar e da areia nos meus sapatos. E teria recusado a música, porque os fones de ouvido nunca encaixam direito, e, por mais que encaixassem, eu ainda teria recusado, pois sou contra compartilhar objetos que são inseridos em orifícios corporais — não que nós fôssemos chegar a esse ponto, porque Grace teria dito algo inofensivo, como "Nossa, que pôr do sol bonito", e eu não teria conseguido deixar de informá-las que, para dizer a verdade, o sol ainda não se pôs, está a cerca de seis graus acima do horizonte, o que reduz a proporção de iluminação e dispersa a luz azul, de tal forma que ficamos com a luz dourada difusa tão característica daquela hora do dia, e, ei, sabe o que a gente poderia fazer em vez disso? Rever *Cinzas no paraíso*.

E isso teria sido o fim.

Ninguém quer compartilhar fones de ouvido com esse tipo de garota.

— É bem parecido com amor à primeira vista — comento.

— Acho que sim — diz Suzy. — Só que com amor de amigos.

— Talvez fosse assim com Billy e Caitlyn também.

Eu me viro de novo, inquieta, embora não saiba dizer por quê.

As filmagens hoje acontecem na maior das três quadras de squash do hotel, que no momento abriga o cenário do quarto de infância de Billy e da sala de interrogatório da polícia de Lewes. Agora, a câmera foca a sala de interrogatório, que consiste em uma mesa de metal, duas cadeiras e tábuas de compensado pintadas de azul industrial. Gavin está sentado à mesa, usando jeans e uma camiseta preta. A equipe de maquiagem fez alguma coisa com a cor da base para que ele ficasse ainda mais pálido do que o normal. Ele fala direto para a câmera, repetidas vezes, até eu ouvir as falas tantas vezes que todas as palavras começam a perder o sentido.

"Eu jamais faria isso."

"Eu não seria capaz."

"Não entendo."

"Eu a amava."

No fim de cada tomada, Tony não pede nenhuma mudança e não dá feedback. Nem chega a sair de trás da câmera.

Ele se limita a dizer: "De novo, do início."

"De novo, do início."

"De novo, do início."

Talvez essas palavras também percam o significado, porque, na tomada 32, Gavin põe a palma das mãos na mesa, olha para a ponta dos dedos e sai do roteiro.

— Ser amigo dela foi a melhor coisa que já me aconteceu — diz ele. — Não foi nenhum tipo de prêmio de consolação.

Tony levanta a cabeça.

— Corta! Gavin… que porra é essa?

Gavin não mexe o corpo, mas ergue os olhos para encontrar os de Tony.

— Pensei em oferecer algumas opções.

Tony abre e fecha a mão na lateral do corpo.

— Scripty, por favor, passe para o Gavin a fala *correta*.

Kim se aproxima às pressas com o roteiro na mão e lê de forma mecânica:

— "Será que você não sabe como é querer algo que nunca pode ter?"

Tony assente de modo brusco.

— Isso, obrigado. Ok, pessoal, vamos recomeçar, por favor.

Gavin alonga o pescoço e ajusta o ângulo da cadeira. Uma maquiadora entra no set para retocar a testa dele.

Cinco minutos depois, acontece de novo.

— Sabe o que a Caitlyn vive me dizendo? — diz Gavin de olhos fechados, enquanto o corpo se movimenta um pouco, de um lado para outro. — Ela diz... ela diz: "Billy? Se você já vai perder o jogo de qualquer maneira, não se dê ao trabalho de seguir as regras deles."

— Ele está citando *Jogos de guerra*? — sussurra Suzy.

— Gavin — murmura Tony. — Esse é o segundo aviso.

— Que foi? — diz Gavin com os olhos arregalados. — Só estou dizendo o que me parece certo no momento.

Tony fala ainda mais baixo.

— Se eu quisesse trabalhar num teatro de improvisação, compraria um. Agora, por favor... Ainda estamos gravando.

Gavin assente.

— Tá bom, tá bom. Só um segundo. — Ele toma um gole d'água e estala os dedos. Então, olha direto para mim... e dá uma piscadela.

Em um piscar de olhos, Gavin some e é substituído pelo personagem dele, um rapaz assustado, confuso e cada vez mais desanimado. Dilata as narinas e levanta o queixo; as mãos se entrelaçam.

— É o mesmo mundo que o seu — diz ele, olhando fixo para o outro lado da mesa. — Eu só o percebo de um jeito diferente.

Um walkie-talkie atinge o cenário atrás da cabeça de Gavin.

Por vários segundos silenciosos e intermináveis, todos encaram a marca quadrada deixada pelo objeto. Em seguida, como se fôssemos um só, seguimos a trajetória de volta à mão ainda estendida de Tony.

É Gavin que quebra o silêncio. Ele fica de pé, levanta a camisa e começa a soltar o microfone.

— Não vou trabalhar nessas condições.

Anjali chega correndo e o segura pelo pulso.

— Gavin, para.

Ele se desvencilha dela.

— Não quero ouvir suas baboseiras, Anjali. Eu sei que você percebe. Sei que você *sabe*. E, qualquer que seja a mágica que você já tenha feito no passado, não vai acontecer aqui. Isso é uma porra de um show de horrores.

Anjali faz uma careta.

— Mesmo assim, de acordo com os termos do seu contrato, esse show de horrores tem que continuar.

Tony se interpõe entre os dois, segura os ombros de Anjali e a afasta de Gavin.

— Perdoe a Anjali — diz ele. — Alguém certa vez disse que ela é engraçada e ela nunca superou.

— *Você* me disse isso — rebate Anjali.

— E me arrependo desde então. — Tony se volta para Gavin com uma expressão suave. — O que acha que estamos fazendo aqui, exatamente? Você acha que isso é fantasia? Acha que é faz de conta? Acha que os fatos não importam?

Gavin dá uma risada.

— Desde quando você se importa com *fatos*?

Tony passa o indicador pela beirada da mesa e depois bate nela com os nós dos dedos.

— Sabia que esse é o mesmo modelo usado na delegacia daqui em 1994? É o mesmo design, mesmo material, mesmo acabamento. Fiz o departamento de arte revirar o país até encontrar um igualzinho. Esse modelo veio de um bazar nos arredores de Buffalo, a quase oitocentos quilômetros daqui. Agora, por que acha que fiz isso, Gavin? É porque sou desleixado? É porque sou descuidado? É porque não me importo com os *fatos*? — Ele se inclina para a frente. — Ou será que fiz isso porque ninguém se importa mais com esse filme do que eu? Ou porque ninguém sabe mais sobre esse caso do que eu? Ou porque mais ninguém tem capacidade de criar uma visão nem *cinquenta por cento* mais vital do que a minha... que dirá executá-la?

Gavin passa um bom tempo refletindo.

Em seguida, balança a cabeça.

— Acho que você fez isso porque é um babaca controlador.

Tony deixa as mãos caírem nas laterais do corpo, abandonando qualquer pretensão de civilidade.

— Vai se foder, Gavin.

— Foi mal, chefe, certas coisas nem *eu* faço por dinheiro.

Gavin, que nunca perde a oportunidade de uma saída dramática, passa pela câmera e sai pela porta a passos largos.

DEZENOVE

O técnico de som é o primeiro a se recuperar.

— Então, acho que não precisamos mais captar o som ambiente...

Tony murmura algo ininteligível e vai até a central de monitores.

Anjali se vira e observa o recinto com olhos semicerrados.

— Se alguma coisa daqui aparecer no YouTube, eu contrato Bob Mueller em pessoa para descobrir quem foi.

Grace se inclina para a frente.

— É isso, então? O filme foi cancelado?

Balanço a cabeça.

— Não, o pessoal do cinema ameaça pedir demissão o tempo todo.

— *Desse* jeito?

Olho para o que sobrou do walkie-talkie.

— Bom... Normalmente são os atores que jogam coisas. Na minha experiência, pelo menos.

Suzy desaba na cadeira.

— Eu *não quero* voltar para Nova Jersey.

— Tenho certeza de que não vai chegar a esse ponto.

Ambas emitem sons idênticos de incredulidade.

Puxo a mochila para o colo e a abraço enquanto observo a equipe desmontar os equipamentos.

— Afinal — comento, distante —, desde quando Hollywood decepcionou alguém?

A julgar pelo rugido inebriado que ouço ao entrar no saguão, percebo que Grace e Suzy não são as únicas preocupadas com o destino do filme. Cubro os ouvidos com as mãos e olho para o bar superlotado.

Como foi que chegaram até aqui tão rápido?

Vejo Daisuke, Kim e Carmen, a maquiadora; vejo Chuck, Tim, Mindy e os dois Bobs; vejo Kim, Eileen e Valentina. E todos estão fazendo de tudo para gastar os subsídios diários do jeito que Deus e Oliver Reed gostariam.

Até a equipe do hotel parece entrar no clima. Na recepção, Wade termina de beber uma caneca de cerveja. Ao lado dele, Francie saboreia um uísque.

É comum beber no fim do expediente, porém essa reunião tem toda a intensidade maníaca de uma farra pré-apocalíptica. Só de olhar para essas pessoas já dá para saber: vai rolar sexo sem proteção no hotel esta noite.

Para ser sincera, talvez fosse melhor para mim se Gavin desistisse mesmo. Mas não posso dizer isso às pessoas daqui. Para muitas delas, esse filme é a grande oportunidade de suas vidas. É o primeiro papel com falas, é o primeiro trabalho sindicalizado, é o primeiro crédito em estúdio. A vida delas vai *mudar* depois disso. Mas, se o filme for cancelado, vão estar de volta à estaca zero. Ao velho apartamento. Ao velho carro. À velha vida. Terão que contar a todos os amigos, familiares e pessoas com quem estavam tentando transar que, não, na verdade não deu certo, eles ainda não conseguiram, só que está tudo bem, sério, é assim que funciona, as coisas são assim mesmo, não se preocupe... haverá outra chance!

Não importa que, lá no fundo, provavelmente saibam que isso não vai acontecer.

É isso que está em jogo quando se trabalha nessa indústria, se você se importa de verdade com o que faz. Não é muito bem uma questão de vida ou morte, mas não está longe disso. Somos como Dâmocles, só que a culpa é toda nossa: este banquete específico não tem lugares marcados.

Tento não pensar muito no que teria acontecido comigo se eu não tivesse sido bem-sucedida — se não tivesse conhecido Amy —, se tivesse que voltar para Illinois e arrumar um emprego no mundo real. Se é que eu *conseguiria* arrumar um emprego no mundo real. Só sou boa fazendo filmes. Sempre fui boa só nisso. Com meu currículo, provavelmente eu teria acabado de volta ao Carmike Beverly 18. Hoje em dia pertence a uma rede de cinemas. Só digital. Precisam apenas de gente para fazer pipoca.

É isso aí que me aguarda se eu fizer besteira nesse trabalho. Milho, sal e cobertura artificial sabor manteiga.

Eu me arrasto até o elevador. Aperto o botão do meu andar e me encolho no canto, mordendo o lábio e batendo os pés. Quando as portas começam a se fechar, a gata entra, tranquilíssima. Ela esfrega a cara na minha calça jeans.

— Você precisa de um nome — digo a ela depois de um tempo. — Não vou chamar você de "Gata". Odeio aquele filme.

Ouço um ruído inquisitivo, parecido com o de um pássaro.

Olho para ela de cabeça erguida.

— Não faz sentido Audrey e George terminarem juntos. E, se o final é ruim, não dá para confiar em nada do que veio antes.

Ela se enrosca entre as minhas panturrilhas e começa a rodear meus tornozelos.

Amy sempre quis um animal de estimação, porém eu argumentava que não tínhamos tempo, dinheiro ou rotinas de limpeza suficientes. Mas talvez eu estivesse errada. Até que poderia ser legal ter uma criaturinha como essa para cuidar. Aposto que eu poderia treiná-la para fazer xixi nos sapatos de Josh.

Quando chego ao meu andar, ela me segue, andando em silêncio ao meu lado.

Reviro minhas coisas em busca da chave do quarto, prestes a fazer a curva, quando ouço a voz de Anjali.

— Vamos, Liza, eu sei que você está aí.

Paro na mesma hora. Anjali está com uma das mãos na cintura e a outra apoiada na porta de Liza. Aos pés, mais uma bandeja cheia de pratos e guardanapos.

Dou um passo rápido para trás e me escondo.

Depois de uma pausa, Anjali bate na porta com a palma da mão.

— Não vou sair daqui até você falar comigo. Não posso fazer nada se não falar comigo.

Dou uma espiada do canto. Estou bem perto do meu quarto — a uns seis metros de distância? Talvez eu possa me aproximar se for discreta e ficar colada na parede, avançando bem, bem devagar.

— Se você não abrir essa porta, Liza, vou contar ao TMZ o que aconteceu com a sua chinchila. Agora me deixa entrar.

Dou mais um passo. E mais um.

Absurdamente devagar. *Imperceptivelmente* devagar.

A gata passa correndo por mim e vai até Anjali, gorjeando uma saudação.

Vira-casaca.

Anjali olha para mim com o rosto tenso e as belas sobrancelhas grossas franzidas.

— O que está fazendo aqui? — pergunta, arregalando os olhos.

Aponto para minha porta.

— Só estou indo para o meu quarto.

— Você não viu a Liza por acaso, viu?

— Algum problema?

Ela abre a boca, surpresa, e deixa escapar uma risada.

— Ah, não, tudo está perfeito. Simplesmente *formidável*.

Dou um passo em direção à minha porta, mas paro. Não acho que Anjali goste muito de mim, só que está claramente chateada, e aquela parte do meu cérebro — a que tem certeza de que sou a causa de todo o sofrimento humano — está berrando para que eu faça algo para ela se sentir melhor.

— O Gavin vai voltar — digo. — Ele desiste o tempo todo… Deve achar que faz parte do processo dele.

Ela abre um sorriso forçado.

— Foda-se o processo dele.

Bom, eu tentei.

Destranco a porta e deixo a gata entrar primeiro. Jogo a bolsa na cama e descalço os sapatos. Retiro as almofadas do sofazinho e me estico nele. A gata se acomoda nas minhas coxas e começa a amassar pãozinho na minha barriga, ronronando com as garras se prendendo e puxando o algodão da camisa.

Aconchego a cabeça no estofado e olho para o teto. De alguma forma, sinto que sei menos sobre o filme do que quando cheguei. Não dá para entender nada; é tudo omissão e insinuação. E talvez Tony esteja certo, talvez uma resposta valha mais se a descobrimos por conta própria. Mas eu não me importaria de ter uma ou outra dica concreta.

A gata ronrona tão alto que demoro um instante para perceber que meu celular está tocando.

Levanto os quadris e tiro o aparelho do bolso de trás.

— Aqui é Marissa.

— Oi, aqui é Paul Collins retornando sua ligação.

Minhas pálpebras tremem de alívio. Finalmente.

— Sim, Paul, muito obrigada por retornar, eu estava só...

— Não posso te contar nada.

Passo a gata para a outra ponta do sofá e me sento, pondo os pés no chão.

— Como é?

— Não tenho permissão para falar com você. Digo, legalmente.

— E aí você me *ligou* para dizer isso?

— Sim. — Uma pausa. — Podemos falar de outras coisas, só não sobre o filme.

Aperto o dorso do nariz.

— Isso fica só entre a gente, prometo. Não estou interessada em segredos, fofocas, dramas ou qualquer coisa do tipo. Sou uma pessoa muito chata que só está tentando fazer o próprio trabalho... e esperava que você pudesse me ajudar.

— Você também deveria saber que estou gravando essa ligação.

Encaro o celular, incrédula.

— É uma pergunta bem simples.

— Estamos falando de Tony Rees. Não existem perguntas simples.

— Ele é só um homem, não uma prova de filosofia.

Paul dá uma risada sombria.

— Tenta dizer isso a ele.

Afundo as unhas na palma da mão.

— Olha, não estou tentando ser difícil. Eu agradeceria muito se você me dissesse por que ele te demitiu, para que eu possa evitar que aconteça comigo.

— Bem que eu gostaria, mas os advogados deles iriam me *aniquilar*. Arrancariam meu couro, não deixariam pedra sobre pedra, o pacote completo.

Eu me jogo no estofado do sofá.

— Não existe *nada* que você possa me contar? Estou desesperada por informações aqui.

Ele demora tanto a responder que começo a temer que tenha desligado.

Então, Paul suspira.

— Só... vai ver o filme, ok? Tudo de que você precisa está lá. Você só tem que procurar.

— Is...

A chamada é encerrada.

— ... so é irritantemente enigmático — concluo.

Em seguida, me viro de costas e chuto o ar, frustrada. *Caramba*. Tudo neste mundo seria oito milhões de vezes mais fácil se a gente falasse o que pensa e fizesse o que fala, e, claro, talvez tivéssemos que sacrificar o drama, a comédia, a ironia e o suspense, mas, verdade seja dita, o tempo que economizaríamos talvez valesse a pena.

Ergo o tronco, apoiada nos cotovelos. A gata está ali, empoleirada no braço do sofá, lambendo a pata da frente e esfregando-a na cabeça.

— O que acha que eu deveria fazer agora? — pergunto.

Ela fecha os olhos e coça a orelha esquerda.

— É. Também gosto mais disso do que da minha ideia.

Eu me sento e pego os tênis. Qual foi mesmo aquela baboseira que Nell disse àquele executivo? Que não existe ninguém melhor em assistir a filmagens e entender exatamente o que o diretor quer dizer?

Acho que vale a pena descobrir se isso é mesmo verdade.

Supondo que eu consiga encontrar as filmagens, é claro.

Estou no andar inferior do hotel, rodeada por um carpete verde estampado, e *acho* que devo virar à esquerda, direita, esquerda.

Mas talvez seja direita, esquerda, direita.

Eu *sabia* que estava fadada a me perder aqui embaixo.

Pegar um elevador diferente foi meu primeiro erro. Mas eu não queria ter que passar pelo saguão — e se eu tivesse que *falar* com alguém? —, então usei o elevador de serviço perto da máquina de gelo, imaginando que me levaria mais ou menos ao mesmo lugar.

O que de fato aconteceu.

E esse é o problema.

É impossível distinguir qualquer coisa por aqui, e, sem uma placa ou um assistente de produção para me guiar, não consigo saber para onde estou indo — ou de onde eu vim.

Só me resta fazer uma coisa.

Amarro de novo o rabo de cavalo, faço um rápido *uni, duni, tê* e me viro decidida para a esquerda.

Cinco minutos depois, chego a uma porta no final de um corredor e sinto vontade de comemorar. Só pode ser aqui: as portas são de bronze e vidro, com vidraças em forma de diamante. As maçanetas — sim, me lembro bem delas. Luas crescentes. É isso mesmo, com certeza.

Abro a porta e me vejo no meio de um vapor denso e pungente.

Com certeza errei.

Cubro o nariz com a mão, mas é tarde demais, já senti o cheiro: o odor embolorado de sândalo e, por baixo, um aroma doce e enjoativo de rosa em pó. Eau de Guarda-Roupa da Vovó.

Estou no *spa*.

Abano a mão na frente do rosto para limpar o ar, mesmo sabendo que é inútil. Entre as sobrancelhas, já sinto a pressão que anuncia uma dor de cabeça.

Como o estrago já foi feito, avanço timidamente em direção ao centro do cômodo. Lá, encontro uma pequena fonte circular repleta de pétalas de rosa e iluminada por meia dúzia de velas flutuantes. Na beirada da bacia há um isqueiro vermelho e um pires com dois cigarros apagados. A poucos metros, um brilho prateado: um balde de gelo cujo conteúdo já havia derretido muito tempo atrás. Ao lado, uma garrafa de champanhe aberta, largada no chão.

Dou a volta devagar. Ao redor do cômodo vejo uma série de alcovas, cada uma delas mobiliada com espreguiçadeiras de teca, uma pilha de toalhas brancas e grossas e cortinas de veludo vermelho numa haste de bronze trabalhada. As cinco primeiras estão vazias, porém a sexta, se o brilho da luz das velas por baixo da cortina servir de indício, está mais do que ocupada.

Cacete.

Não entro em pânico... Não exatamente. Não seria a primeira vez que eu interromperia um casal em flagrante. Em um set de filmagem, quase todo mundo se pega — ainda mais nos fins de semana, perto da piscina —, mas, contanto que todo mundo esteja ali por livre e espontânea vontade e que ninguém tente me envolver, não ligo.

Dito isso, não quero interromper alguém que nunca conheci.

Ou, pior ainda, alguém que *já* conheci.

Recuo em direção à entrada, atenta onde piso e tentando não fazer o óbvio e acabar derrubando o balde de gelo.

Um murmúrio masculino bem baixinho é seguido pelo que temo muito ser um riso.

Acelero o passo.

A cortina de veludo se mexe e vejo a mão de alguém segurando a borda.

Estou mais perto de uma das alcovas do que da porta, por isso corro para trás de uma coluna segundos antes de a cortina se abrir. Ponho a mão nos olhos tarde demais: parece que nossa atriz principal é modesta o suficiente para usar um roupão, mas não o bastante para fechá-lo.

As solas dos pés dela fazem um som de sucção enquanto ela passa pelo piso úmido. Eu me encosto na parede. Não acho que vá conseguir me ver, mas não posso correr o risco. Agora, estou comprometida. Uma vez que se entra de cabeça numa farsa francesa, não tem mais volta. Essas são as regras. Tenho que me esconder dos peladões até que eles saiam ou eu morra, o que acontecer primeiro.

— Merda — diz Liza. — Acabou o champanhe.

Ouço mais um murmúrio baixo em resposta.

— Também acabou — afirma.

Desta vez, não ouço nada, porém ele deve ter dito *alguma coisa*, porque ela abafa uma risada.

— Sim — diz Liza —, acho que *isso* é um recurso sustentável.

Com isso, a cortina se abre toda e os anéis metálicos raspam na haste.

Admito, parte de mim quer olhar e descobrir quem está ali com Liza, contudo já invadi a privacidade dela o suficiente.

Um momento depois, a cortina se fecha de novo, e tenho certeza de que não quero ficar pela área para ouvir o que vai acontecer a seguir. Dou a volta pela coluna, contorno toda a extensão da sala e saio de fininho pela porta.

Tenho que fazer uma pausa no corredor para limpar os pulmões. Já imaginei várias vezes o inferno como uma série de velas perfumadas; aquela sala poderia ser o nono círculo.

Enxugo uma gota de umidade da testa e avalio minhas opções. Suspeito que a maioria das pessoas encararia os últimos vinte minutos como um sinal e daria a noite por encerrada. Voltaria para o quarto. Abriria uma garrafa de vodca. Prepararia um banho de espuma. Assistiria a qualquer série de prestígio que a internet hoje considerasse *necessária*.

Mas eu não bebo. Banho de espuma me dá alergia. E quer saber? Está na hora de alguém se posicionar contra toda essa TV de qualidade.

Vou descobrir como se chega ao cinema, custe o que custar.

Decidida, atravesso o corredor, refazendo meus passos.

Direita, esquerda, direita... esquerda, direita.

Aqui.

Assim que destranco a porta do cinema, me sinto dez vezes mais calma. Talvez seja por isso que Paul nunca saía da sala de projeção.

Talvez este seja o único lugar em que ele também se sentia em casa.

Tranco a porta atrás de mim e vou até a sala de projeção, eufórica com a perspectiva de ter o lugar só para mim. Enfio as chaves no bolso da mochila, passo rápido pela porta com cortinas e sigo no mesmo ritmo pelo corredor dos fundos. Na base da escada caracol, eu paro. Estou sozinha e não há ninguém por perto para me ouvir — nem isolamento acústico nesta parte do corredor. Se não me engano, cada degrau vai produzir um som bem satisfatório se eu pisar com força suficiente.

Nos primeiros degraus vou pulando no ritmo da *Quinta sinfonia* de Beethoven.

Na quarta nota, a escada treme com violência. Estendo os braços para não perder o equilíbrio, enroscando a mão esquerda no cordão da lâmpada. Dou um puxão forte para me soltar e a lâmpada se apaga na mesma hora.

A noite só melhora.

Olho para trás, para o corredor — ou o que eu acho que é o corredor. Está tão escuro agora que até meus olhos têm dificuldade de diferenciar. Acho que o melhor é continuar. Há uma luminária na sala de projeção. Talvez haja também um cabo de extensão. Seguro o corrimão com as mãos e subo os degraus que faltam.

Dentro da sala de projeção está ainda mais escuro, mas sou impaciente demais para esperar os olhos se ajustarem, por isso pego o celular. Só preciso de um pouco de luz para me guiar até a mesa...

Então alguém envolve meu pulso com a mão e o puxa para a frente, e a mão não é minha: é forte, estranha e cruel, torce meu braço e...

Meu *Deus*, que dor.

O celular é arrancado de mim. A mão para nas minhas costas por um segundo antes de me empurrar bruscamente para a frente. Faço um cálculo rápido e inclino o corpo para a direita, alterando minha trajetória o suficiente para evitar que eu caia de queixo em cima do Autowind. Meu braço acerta a borda do disco de alumínio durante minha queda; ele perfura minha pele e arranca um pouco de sangue.

Desabo no chão com tanta força que meus dentes batem, fazendo um barulho bem parecido com uma noz se partindo. Por um momento, não consigo me mexer, atordoada pela dor e pela indecisão. Nunca estive numa situação assim. Não tenho um roteiro. Não tenho um plano. Por que não tenho um plano? O que devo fazer? Amy saberia o que fazer. *Amy, o que eu faço?*

Mas não é Amy que me dá a resposta.

É Uma.

Uma Thurman encara o próprio pé. Semicerra os olhos. "Mexa o dedão."

Tradução: *Mexa-se, Marissa.*

Fico de joelhos e uso o braço bom para me arrastar até o outro lado do projetor.

Por algum motivo, o intruso recuou para o canto da sala, perto da área de edição.

Será que está tentando roubar alguma coisa? Quebrar alguma coisa? O que quer que esteja fazendo, eu não deveria perder tempo pensando a respeito.

Eu me agacho e me atrapalho com o zíper da mochila. Deve haver alguma coisa ali dentro que eu possa usar de arma. Laptop, não. Mouse, não. Refrigerante, fone de ouvido, bateria, bloco de notas... *Não, não, não, não.* Por favor, até Jimmy Stewart tinha um flash. Então, lá no fundo da mochila, finalmente encontro. Minha única opção plausível.

Eu me encosto na parede e a seguro na frente do rosto.

Alguma coisa cai no chão e, no segundo que levo para me perguntar o que é — *por favor, que não seja o monitor 4K ColorEdge* —, quase não ouço o som: alguém respirando com dificuldade. Depois, alguém arrastando os sapatos no carpete. O intruso está avançando com passos desajeitados e cambaleantes, como algum tipo de criatura animada. Por mais que eu não saiba o seu tamanho, de uma coisa tenho certeza absoluta: a pessoa é mais alta do que eu.

E está se aproximando.

Prendo a respiração e ponho o dedo na ponta do meu frasco reserva de limpa-telas.

Mas o próximo som que ouço não é um rosnado, nem um grunhido, nem uma boca esmagando o meu rosto. É um estrondo metálico e brilhante, porque — *ah, graças a Deus* — o invasor está indo embora. Correndo escada abaixo. Estabanado. O ritmo é estranho, desigual. Se eu não soubesse das coisas, acharia até que tem três pés.

Com certeza não tem nada a ver com Beethoven.

Ele já se foi há muito tempo quando o último eco se esvai.

GRACE PORTILLO: Você já tinha passado por uma situação assim antes?

MARISSA DAHL: Hum, não, essa foi a primeira vez que me vi presa num cômodo pequeno com um desconhecido potencialmente violento.

GRACE PORTILLO: Como foi?

MARISSA DAHL: Já tive noites melhores.

SUZY KOH: Mas você já deve ter visto, tipo, oito milhões de filmes em que isso acontece, né?

MARISSA DAHL: Sim, esse número parece exato.

SUZY KOH: Você sabe o que eu quero dizer.

MARISSA DAHL: Caso você esteja perguntando se assistir repetidas vezes a *Duro de matar*, *Rebeldes e heróis* e *A força em alerta* todo ano de alguma forma me preparou mental ou fisicamente para a experiência de ter que achar uma saída de um espaço fechado porque alguém queria me ferir, pode ter certeza de que a resposta é não.

VINTE

E então, silêncio — de certa forma.
    Porque, mesmo que eu conseguisse regular minha respiração, o sangue que corre na minha cabeça ainda seria mais alto do que qualquer oceano. Só que *não consigo* regular minha respiração, então também tem isso, e não é exatamente um fluxo suave de ar, como o vento entre as árvores. Não, minha respiração está ruidosa e distante, como se eu fosse uma mergulhadora, alguém passando um trote ou Tom Hardy em *O Cavaleiro das Trevas ressurge*.

Ou Tom Hardy em *Estrada da fúria*.

Ou Tom Hardy em *Dunkirk*.

Também ouço um farfalhar — meu cabelo roçando a placa acústica de um lado para outro — e, à minha direita, um ruído áspero e desagradável. Olho para baixo. Estou arranhando o carpete com as unhas, repetidas vezes.

Depois de um instante, um minuto ou talvez uma hora, consigo me levantar. Claro, tenho que estender a mão imediatamente para me equilibrar, mas estou bem. Estou bem! Eu vou ficar bem.

Mais ou menos bem.

Em partes.

Meu braço está sangrando por causa da queda, é fato. Imagino que vá doer bastante quando a adrenalina passar.

Pego meu cardigã na mochila. É um dos meus favoritos — comprido, preto, macio, com mangas que não irritam os pulsos —, contudo agora ele ganhou um propósito maior. Enrolo-o no sangramento do braço da melhor maneira possível, amarro com um nó simples e uso a boca para ajudar a apertá-lo. Pego a mochila com o outro braço e, por fim, consigo sair da sala e seguir para as escadas, tateando tudo pelo caminho.

Não confio nas minhas pernas nem na minha sorte, então desço de bunda enquanto os dentes se chocam a cada impacto. Ao chegar ao térreo, avanço aos poucos, estendendo a ponta dos dedos à minha frente até tocar a parede fria de concreto. Sigo ao longo dela pela direita, deslizando a mão pela superfície. Pouco depois, vejo a fresta estreita de luz sob a porta do saguão. Seguro a maçaneta com a mão trêmula, apoio o ombro e empurro.

Ela se abre talvez uns dois centímetros.

Encaro a porta sem acreditar no que está acontecendo. Meu agressor usou o cadeado para me trancar aqui enquanto fugia. Agora, estou presa. Tarde da noite. Numa ala remota do hotel. Sangrando. Sem celular.

Esfrego o espaço entre as clavículas. Quando tenho uma crise de ansiedade, começa na garganta, e está dando para sentir agora. Por enquanto, é só um formigamento, um fiapo de medo, a mais leve sugestão: *Ah, oi, a propósito, não é nada de mais, mas imaginei que talvez você quisesse saber que o mundo está acabando.*

Não vou conseguir controlar por muito mais tempo. Não se ficar sentada aqui.

Preciso descobrir outra saída.

Subo correndo os degraus e entro na sala de projeção. Ando com cuidado até a área de edição, passando por cima de caixas e cabos, esmagando plástico duro e cacos de vidro. Meus dedos encontram a borda da mesa e tateiam a superfície em busca da luminária, que foi derrubada, mas espero que a lâmpada esteja intacta.

Por favor acenda por favor acenda por favor acenda.

Não acende.

Tudo bem. Não tem problema. Com certeza não é minha única opção. Deixo as mãos explorarem a mesa. Parece que ainda há dois monitores aqui. Basta ligar o computador. Deve produzir luz o suficiente para enxergar.

Levo a mão para baixo da mesa, em direção ao gabinete do PC...

Mas só encontro cabos, pendurados no vazio.

Eu desabaria na cadeira elegante se soubesse onde ela está.

Então, a ficha cai. *Esse* foi o som de algo se arrastando que eu ouvi. Quem quer que tenha estado aqui — quem quer que tenha me atacado — levou o computador. O invasor roubou o filme.

O filme...

Dou um pulo para ficar de pé. *É isso.*

Cambaleio pela sala até chegar ao projetor. Pode até não ser o modelo com o qual estou acostumada, mas consigo me virar. Encontro o painel de controle e passo os dedos pela área. O botão de iniciar é sempre maior do que os outros, então deve estar mais ou menos... *ali.* Aperto. Nada. Aperto de novo, com mais força.

Mais uma vez, nada.

Fecho os olhos, cerro os dentes e relembro meu passo a passo do Carmike Beverly 18.

Na terceira vez, me dou conta.

Claro: *os interruptores principais.*

Chego a mão para a direita. Ali estão eles. Prendo a respiração... e os aciono.

Dentro do compartimento, a lâmpada de xenônio se acende e lança um brilho quase doloroso. Energia. Eu tenho energia.

Aperto o botão de iniciar de novo e, desta vez, o projetor começa a funcionar. Após um segundo, os três discos gigantes do Autowind entram em movimento.

Meus olhos automaticamente verificam a passagem do filme, acompanhando-o da bobina ao projetor e recitando por reflexo o nome de cada um dos mecanismos, do mais peculiar ao técnico e depois ao sublime. O cérebro, a dançarina, a árvore. O leitor de som, a placa de projeção, a janela de enquadramento.

E então...

Levo a mão ao interruptor do obturador e abro a lente.

O filme.

Na tela, *Rebecca* ganha vida.

Por um instante, esqueço o que estou fazendo.

Meu Deus, como Laurence Olivier era bonito. Mesmo com aquele bigode.

Reúno o que me resta de juízo e vasculho o chão da sala de projeção. Localizo meu celular encostado na parede, embaixo da mesa de lanches.

Eu me agacho para pegá-lo, abro a tela e...

Sem sinal. *Claro* que está sem sinal. Por que teria sinal? Será que não aprendi nada com thrillers ruins de baixo orçamento?

Tiro o projetor digital da minha frente e, com um grunhido, consigo abrir um pouco a porta direita do projetor. Estico o braço para fora, em direção à sala de cinema, e olho para o visor do celular com olhos semicerrados. Ainda sem sinal.

Começo a andar de um lado para outro na sala de projeção até que percebo o quanto minhas pernas estão trêmulas e decido me sentar no sofá. Apoio o braço em cima do peito; está começando a doer de um jeito que não vou conseguir ignorar por muito tempo. Pressiono a palma da mão no cardigã amarrado. Não está encharcado — não vou morrer de hemorragia —, mas não acho que seja sensato esperar aqui as dez horas ou mais até alguém me encontrar.

Se eu tiver sorte.

E se o invasor ainda estiver por aí? E se encontrar outra pessoa e machucá-la mais do que me machucou? E se eu pudesse tê-lo impedido?

E se ele mudar de ideia? E se ele voltar, sabendo que ainda estou aqui? Presa. Ferida.

Indefesa.

Não, tenho que escapar.

Só consigo pensar em uma saída: a abertura do projetor. Eu me aproximo para examiná-la, passando a mão boa pela moldura. Não é tão grande quanto eu gostaria, porém acho que, se encolher os ombros e a barriga, talvez dê para atravessar. Inclino a cabeça para fora e olho para baixo. São cerca de dois metros até o chão. Viável, se eu tomar cuidado com a aterrissagem.

Uso a manta horrível do sofá para levar minha mochila até o chão da sala de cinema, depois subo na borda da abertura. Dobro os joelhos no peito e giro até conseguir esticar as pernas para o outro lado. Vou me arrastando até quase não conseguir me agarrar à borda.

Respiro fundo, tremendo.

Na tela, Judith Anderson segura o braço de Joan Fontaine.

Acho que conheço essa cena...

"*Vá em frente. Pule. Ele nunca te amou, então por que continuar vivendo?*"

Fecho os olhos. Vou mesmo fazer isso? Vou mesmo fazer isso.

"*Pule e será o fim de tudo.*"

Eu me deixo escorregar.

Caio de mau jeito com o tornozelo esquerdo, mas não tenho tempo para ficar me lamentando.

Pego a mochila e manco até a porta mais próxima que dá para o saguão.

Espera...

Não posso ir por aqui, vou acabar me perdendo de novo. E o invasor esperaria que eu usasse aquela porta. Pode ser que esteja me observando.

Preciso de outra opção. Cerro a mão e bato na coxa.

Marissa... pense!

Tem que haver uma saída de emergência. Sem dúvida este estado tem *algumas* normas de construção. Se eu conseguir sair, posso dar a volta até o saguão. Não vou me perder se puder ver o céu.

Manco até a frente do cinema e ilumino as cortinas com o visor aceso do meu celular. Uma das cortinas vermelhas tem uma costura extra no meio, e levanto minha mão trêmula para afastá-la.

Atrás dela há uma porta.

Fico tão aliviada que nem penso em conferir o que há do outro lado antes de passar por ela, e de repente me vejo à beira do oceano, sob a luz fraca de uma lua crescente, com ondas batendo nas rochas e borrifando gotas em mim.

A porta range atrás de mim. Eu me viro às pressas e corro para segurá-la antes que se feche, mas não sou rápida o bastante. Acabo me atrapalhando para pegar as chaves que Anjali me deu — reparo, com um distanciamento quase científico, que minhas mãos estão tremendo —, entretanto nenhuma delas serve na fechadura. Não tem como voltar atrás.

Eu me viro e analiso meu entorno. Estou no topo de uma escada de ferro enferrujada — desta vez, não é uma escada caracol, e sim uma verdadeira saída de emergência, como as que se vê em *Serpico* ou *Amor, sublime amor*. Ela leva a uma passarela metálica que — tento visualizar a disposição do hotel — eu *acho* que deve me levar até a praia. Mas não tenho certeza. A arquitetura deste lugar desafia a lógica dedutiva.

Não que minha opinião tenha alguma importância. A não ser que eu queira nadar, esta passarela é o único caminho a seguir.

Desço os degraus com cautela, segurando o celular na mão ruim e usando a luz do visor da melhor maneira possível. Mantenho a mão boa no corrimão à direita — a passarela está escorregadia só Deus sabe por quê: limo do mar, cocô de peixe e décadas de manutenção precária. O corrimão à esquerda é inútil: balança se eu me aproximo demais, parece estar a um empurrão de despencar no oceano.

Arrisco olhar para a água, uns seis metros abaixo. Uma queda desta altura, naquelas rochas...

Eu me obrigo a manter os olhos nos pés.

Enfim, chego a um velho calçadão estreito de madeira que mal se ergue sobre a superfície da água. Cada vez que uma onda arrebenta, as tábuas desaparecem sob a maré escura e turbulenta. Depois, lentamente, elas ressurgem — e voltam a ser engolidas.

Está tudo bem. Está tudo bem. Tudo está tranquilo.

Antes que eu possa pensar demais no que estou fazendo, guardo meus sapatos e as meias na mochila e dobro a bainha da calça jeans. Mergulho um pé na água, estremecendo com a sensação — disso e de tudo mais. A água, a madeira, o sal, as algas, o absurdo.

Não há corrimão aqui (*está tudo bem!*), então, quando a próxima onda chega, abro mais as pernas e me apoio com as mãos nos joelhos. Depois, espero a espuma se dissipar para ver o caminho. O progresso é lento.

Passo, passo, *espera*. Passo, passo, *espera*.

Só aí vejo o que está à frente, o que tinha deixado de ver porque estava ocupada demais pensando nos meus pés, na água e no meu braço. Paro de repente. Se não me engano, acabo de encontrar a entrada dos fundos da caverna para a qual Gavin me trouxe mais cedo. Desta vez, estou sozinha.

Completamente sozinha.

Dou um passo hesitante para a frente e espio lá dentro. Escuridão e mais escuridão.

Eu me curvo e vomito um tanto de bile aquosa.

A terapia cognitivo-comportamental só funciona até certo ponto, pelo visto.

Estendo o celular na frente do corpo e tento usar a luz para ver melhor os arredores. Algumas pessoas podem não querer olhar nos cantos de uma caverna, com medo do que vão encontrar, preferindo fingir que não há nada ali. De minha parte, quero saber o que evitar. Da próxima vez que a morte vier ao meu encontro, eu gostaria de estar preparada.

Agora, no entanto, só consigo ver trinta centímetros adiante, se muito.

(Está *tudo bem*.)

Endireito os ombros, controlo a respiração e estendo a mão. A parede da caverna é lisa ao toque. Vou subindo os dedos até encontrar a borda áspera que marca a linha d'água.

Está a uns três centímetros acima da minha cabeça.

E, se alguma coisa acontecer comigo aqui dentro, ninguém vai me encontrar.

Engulo outra onda de bile e sigo em frente, deslizando o pé conforme avanço para ter certeza de que não vou tropeçar na borda do calçadão. Cerca de dez metros adentro, a parede some. Avanço devagar, com os dedos bem abertos e a palma para fora, em busca de sinais de brisa. Talvez essa seja a saída.

Espere...

Fico completamente imóvel e escuto com atenção — com tanta atenção quanto no meu primeiro dia na escola de cinema, com tanta atenção quanto no dia em que Amy me falou sobre Josh, com tanta atenção quanto na ocasião em que minha mãe me disse como fazer amigos —, porém só escuto as ondas lá fora, batendo nas rochas.

Por um segundo, eu poderia ter jurado que...

No passo seguinte, tropeço com o dedo do pé em uma tábua irregular e caio, batendo de mãos e joelhos no chão. Baixo a cabeça enquanto absorvo a dor. Meu braço grita; meu tornozelo lateja. Minha calça jeans, encharcada de água salgada, gruda nos joelhos recém-ralados. Mas preciso me levantar. Preciso prosseguir. A água está ficando mais funda e o mar, mais barulhento, e será que eu tenho *tanta* certeza assim de que não há ninguém atrás de mim?

Uma brisa bagunça meus cabelos.

Pelo menos eu acho que é uma brisa.

Ah, esquece.

Eu me levanto às pressas e saio correndo.

Emerjo no ar da noite, mas não paro para saboreá-lo. Sigo em frente, não paro de correr, sinto as pernas, os cotovelos e o coração acelerado. Vou me arrastando até chegar a uma duna, longe da água, em direção ao hotel. As estrelas são quase invisíveis por trás de uma névoa de nuvens leves, mas, após a escuridão da caverna, elas parecem incrivelmente brilhantes. A vista é surpreendente. É como se eu fosse uma coruja, uma mutante ou uma serial killer com óculos de visão noturna, seguindo Jodie Foster em um porão.

É bem possível que eu precise de um médico.

Passo correndo pela estação de salva-vidas, desviando de uma pilha de guarda-sóis fechados e de uma espreguiçadeira que alguém se esqueceu de guardar. A visão da cadeira desperta uma lembrança tão vívida que quase dá para vê-la à minha frente: a alça de uma roupa de banho laranja, uma mecha de cabelo loiro, um braço pálido estendido.

Então, eu tropeço e caio de joelhos na areia.

Não era uma lembrança.

Levanto a cabeça. Na cadeira à minha frente vejo um tornozelo esguio ligado a uma panturrilha fina.

Conheço aquela perna.

— Liza? — sussurro.

Ela não se mexe. Talvez esteja dormindo — ou tenha caído no sono para fazer passar o efeito de alguma coisa.

— *Liza* — tento de novo.

Nada ainda. Eu me levanto e tiro a areia da calça jeans. Levo a mão ao ombro dela...

E então vejo seu rosto.

Reconheço na mesma hora que, desta vez, ela está morta de verdade.

Liza não é tão boa atriz assim.

SUZY KOH: Como foi a sensação de encontrar um cadáver?

MARISSA DAHL: Não é uma experiência que eu gostaria de repetir.

GRACE PORTILLO: Foi assustador?

MARISSA DAHL: Era um cadáver. Um ser humano morto. Uma pessoa que, horas antes, estava andando, falando, rindo e, sei lá, provavelmente reclamando de alguma coisa banal. Alguém com mãe, pai, irmãs e dezenas de amigos. Uma pessoa, Grace. Ela era uma pessoa de verdade. E morreu. E eu estava lá. Assustador não é a palavra certa para definir o que foi aquilo. Assustador é algo que a gente busca. Assustador é divertido. Nada daquilo foi divertido.

VINTE E UM

Passei a vida inteira imaginando os piores cenários possíveis. Toda vez que estou numa plataforma de metrô, penso como seria fácil alguém me empurrar na frente de um trem. Quando vejo a bola de uma criança rolando em direção ao meio-fio, não posso evitar imaginar um corpinho sendo fechado num saco preto. Certa vez, Amy e eu estávamos no nosso antigo pátio, e ela inclinou o rosto em direção ao sol, sorriu e falou, sei lá, alguma coisa sobre como é ótimo viver no sul da Califórnia, e eu segui os olhos dela e pensei: *Só faltam cinco bilhões de anos para aquele troço queimar este planeta até transformá-lo em cinzas.*

Mães extremamente ansiosas, pessoas que pesquisam sintomas na internet, caras que andam com cartazes que dizem O FIM ESTÁ PRÓXIMO, gente que considera o filme *Premonição* jornalismo de serviço. Esse é meu tipo de gente.

Mesmo assim...

Não estou preparada para isso.

Minhas mãos pairam sobre o rosto de Liza, incertas. Inúteis. Eu não... eu não sei bem o que fazer. Devo verificar o pulso? Não... ela está morta, é evidente. Isso é um corpo. Um cadáver. Ela não vai voltar. Ponto-final. Não tem como voltar atrás.

Engulo em seco o pânico que me invade a garganta, com gosto de água salobra, e me obrigo a olhar por cima do ombro, examinando toda a extensão da praia em busca de alguém, qualquer pessoa, mas todo mundo está lá dentro, né? Todo mundo ainda está lá dentro, bebendo, fofocando, flertando e pensando que a pior coisa no mundo é perder um *trabalho*.

Puta merda, o que eu faço?

Levo a mão ao peito. Estou arfando. Então por que sinto falta de ar?

Eu deveria entrar. Deveria buscar ajuda. Mas não posso deixá-la sozinha, não desse jeito. E se houver... e se houver algo que eu possa fazer? E se houver alguém vindo atrás dela?

Puta merda, o que eu faço?

Sempre achei um exagero quando as pessoas gritavam nos filmes, contudo agora entendo. Às vezes, é só isso que resta.

Se ao menos alguém pudesse me ouvir...

A única opção em que consigo pensar é ligar para alguém... mas para quem? Só sei três números de cor, e nenhum deles conseguiria...

Quase começo a rir quando percebo o que esqueci. Talvez eu realmente tenha dado uma risada, sei lá, nada no meu corpo parece estar no meu corpo, está tudo flutuando atrás de mim, como um balão amarrado ao pulso de uma criança. Se eu tivesse lido essa cena em um roteiro, teria revirado os olhos. Teria mandado um print para Amy. Teria dito que foi nisso que deu cem anos de representação distorcida, pois que mulher que se preze se esqueceria de algo *assim*?

Disco o quarto número que sei de cor.

— *Emergência, de que precisa?*

É neste exato momento que me dou conta de que Liza não está apenas morta.

— *Alô? Tem alguém aí?*

Ela está no personagem.

— *Alô?*

Alguém a vestiu com as roupas de Caitlyn.

Pela segunda vez na noite, eu vomito.

O atendente me pede para não sair do lugar, avisa que vão chegar em breve, mas concluí que é uma péssima ideia. Liza não está apenas morta; ela foi assassinada. Preciso ir ao saguão. Às luzes. Às *testemunhas*. Limpo o rosto na manga e começo a atravessar a areia.

Caminhar está bem mais difícil do que o normal. Preciso lutar por cada indício de entrada sensorial: preciso forçar a vista para manter o hotel em foco; preciso me esforçar para ouvir algo além do zumbido nos ouvidos; preciso pisar forte para sentir o chão sob os pés, mas nada disso ajuda muito.

Talvez o atendente tivesse razão.

Uso a mão boa para me agarrar a qualquer superfície ao alcance, para me equilibrar, para seguir em frente, e ainda assim caio duas vezes antes de conseguir chegar à entrada do hotel.

Fico parada ali, nos degraus, encostada numa coluna. É o melhor que posso fazer.

É aqui que as coisas começam a ficar confusas.

Duas viaturas policiais param bem na minha frente, junto com um veículo quadrado e prateado que pode ser um food truck ou um caminhão de bombeiros.

Provavelmente a última opção.

Provavelmente.

Um borrão de rostos, um coro de vozes dizendo "senhora".

Estendo o braço em direção à praia e os policiais saem correndo.

Eu me apoio na coluna.

Acho que vou esperar aqui, então.

Ainda vejo a ponta da cadeira de Liza.

Atrás de mim, a porta se abre com um estrondo. Quem quer que seja, a pessoa corre para a praia também.

Um instante depois, outra pessoa grita.

Acho que é outra pessoa, pelo menos.

Um sedã azul com a frente amassada sobe o caminho de acesso ao hotel. O veículo tem uma daquelas sirenes magnéticas que policiais de filmes colocam no teto dos carros antes de fazer algo excepcionalmente perigoso na hora do rush.

Parece também haver "Chaveiro 24 horas" pintado na porta do passageiro.

Esfrego os olhos. O que mesmo eu disse ao atendente?

A porta do motorista se abre e um enorme homem pálido luta para sair de dentro, com membros desajeitados e incertos, como se estivesse saindo de uma crisálida, e não de um Corolla amassado. Aponto para a praia também, porém ele me ignora.

Em vez disso, ele se agacha à minha frente e tira algo de uma bolsa preta.

— É um braço — digo.

Ele me lança um olhar incisivo.

— Não uma fechadura — acrescento, caso não tenha ficado claro.

Ele olha para o carro e depois para mim, e a ruga entre as sobrancelhas desaparece.

— Sou paramédico — diz.

— Ah. — Eu me endireito. — Já assistiu a *Vivendo no limite*?

Ele examina meu rosto e percebo que não me incomodo em observá-lo de volta. O homem tem boca larga, nariz torto e adoráveis orelhas grandes. Bons traços. Traços de alguém confiável. Esse cara com certeza não era popular no ensino médio.

— Consegue olhar para mim? — pergunta ele.

— Eu *estou* olhando para você.

— Não, preciso ver seus olhos.

Cerro os dentes e levanto o queixo.

— Está tonta? — pergunta ele. — Enjoada?

Respiro fundo para me acalmar.

— Não bati a cabeça, se é isso que quer saber.

— Ótimo. Posso tocar seu braço agora?

Faço que sim.

Ele desamarra o cardigã e gira meu braço com delicadeza para poder olhar melhor. A ferida não é tão profunda quanto eu achava, mas se estende por todo o antebraço, do pulso ao cotovelo. Quase me pego admirando a curva do machucado, sabendo que se ajustaria direitinho à curva do Autowind, como se fosse um pingente de coração partido encaixando-se ao seu par.

Ele se vira para pegar a bolsa.

De repente, um braço desliza por baixo dos meus joelhos e outro me envolve pelas costas. Antes que eu perceba o que está acontecendo, sou tirada do chão.

O paramédico se levanta.

— O que é isso?

Inclino a cabeça para trás para ver quem me pegou no colo. Ah. É Isaiah.

— Você está bem? — murmura ele.

É uma pergunta tão espetacularmente inútil que só consigo balançar a cabeça, sem acreditar.

Anjali surge no topo da escada, acompanhada de dois homens impassíveis que não reconheço.

— Leve-a para dentro — diz ela. — Chamei um médico de verdade.

O paramédico passa a mão grande pelo cabelo desgrenhado.

— Olha, senhora, eu não sei quem você…

Não chego a ouvir o resto, pois estou sendo carregada escada acima, para dentro do hotel, passando pelo saguão e pelo bar ainda cheio e quase silencioso agora. Isaiah me leva para a sala de conferências e me acomoda em uma das cadeiras altas e macias.

Sem pensar, uso a mão boa para girar a cadeira e… *ah*… como é bom.

Isaiah segura o braço da cadeira e me para.

— A polícia vai querer falar com você. Você vai ter que se recompor.

Levo a mão para baixo da coxa e cravo as pontas dos dedos no couro sintético.

— Você a viu?

Uma pausa.

— Vi.

— Então não foi imaginação minha?

Mais uma pausa.

— Não foi.

A primeira coisa que o médico "de verdade" de Anjali faz é apertar meu maxilar até abrir a boca e pôr um narcótico debaixo da minha língua.

— Não se mexa — diz ele com severidade.

Nunca imaginei que um desconhecido enfiando os dedos enluvados na minha boca sem permissão pudesse ser a parte menos ruim de uma noite... Vivendo e aprendendo, acho.

Minha cabeça pende para o lado.

Tenho uma vaga noção de haver gente discutindo no saguão.

Acho que estão se aproximando.

— *Eu não vou ficar recebendo ordens de um caipira burro...*

A porta se abre de supetão. Anjali entra aos tropeços, com um semblante ultrajado. Assim que recupera o equilíbrio, ela dá meia-volta e tenta sair de novo...

A porta se fecha na cara dela.

— Pegaram meu celular — diz Anjali, parecendo atônita. — Pegaram meu *celular*.

Deixo escapar uma risada inapropriada.

— Também fizeram você assinar um termo de confidencialidade?

Antes que Anjali possa responder, ouço outra onda de vozes do outro lado da porta.

Desta vez, é Valentina quem entra de repente. Ela examina a sala, murmura alguma coisa em russo e volta às pressas para o saguão.

A porta se fecha de novo.

Anjali pigarreia.

— Alguma chance de um de vocês ter entendido isso?

— A tradução literal — diz Isaiah — é algo do tipo "escavar merda".

Anjali e eu o encaramos.

— Significa "cacete".

— Mas é claro que você fala russo — diz Anjali, não em tom de acusação.

Ficamos em silêncio. O único som no recinto é o da linha preta atravessando a carne do meu braço. Qualquer que seja o remédio que o médico me deu, está funcionando: eu sinto a agulha subindo pela pele, a linha passando pelo buraco, o nó juntando a ferida, mas nada disso me incomoda. Pelo contrário, o ritmo constante do médico chega a ser calmante, tranquilizador.

Dentro, fora, fecha. Dentro, fora, fecha.

É um bom padrão.

Isaiah tira o casaco e cobre meus ombros.

— Você está tremendo — comenta.

Olho para baixo e me surpreendo ao ver que ele tem razão. Estou nojenta também: coberta de sangue, suor, água do mar e sabe-se lá mais o quê. Seguro a camisa entre o polegar e o indicador e a afasto da pele. O tecido faz um som molhado ao se descolar.

Assim como o som dos pés de Liza naquele azulejo.

Liza.

Outra risada ameaça escapar, então aperto os lábios, na esperança de conseguir detê-la.

Que raios estamos fazendo aqui, sentados de braços cruzados?

Liza *morreu*.

Desta vez, não percebo a porta se abrindo. É como se Gavin tivesse surgido do nada, com as mãos enfiadas nos bolsos, tão pálido e acabado que ninguém imaginaria que existe tanta gente disposta a pagar para vê-lo. Tony e Valentina estão logo atrás dele, apenas um pouco mais apresentáveis.

Anjali grunhe.

— Gavin, volte para o quarto.

Ele força um sorriso.

— Desculpa, mamãe, você não está mais no comando.

Ele se joga na cadeira mais próxima; Tony e Valentina sentam-se ao lado de Anjali.

— A polícia nos pediu para esperar aqui — diz Tony com a voz tão grave que sinto vontade de me encolher. Ele repara no meu braço. — Nossa, o que aconteceu?

— Ela está bem — diz o médico.

— Acredito que eu tenha perguntado a *ela*.

Abro a boca para responder, mas por onde começo? Será que devo começar pela sala de projeção ou começo antes, pelo corredor? Pelo spa? Ou vou direto para a parte do cadáver?

Eu sei, eu sei. Uma editora que não sabe contar uma história. Rá, rá.

Só que isso é diferente. Quando edito um filme, eu controlo o fluxo de informações. Posso avançar, retroceder, dar zoom. Posso pausar, sair da sala, reabastecer meu copo de Coca. Posso levar o tempo que for preciso para peneirar tudo que estou vendo, ouvindo e sentindo, para encontrar as pistas, as reviravoltas, os heróis, os vilões, e então — só então — junto tudo em uma narrativa única. Quando tenho que fazer isso ao vivo, como agora, quando não posso contar com nada além de uma onda de sensações e lembranças — que estão sendo potencializadas pelo que começo a pensar que foram psicoestimulantes bem poderosos —, não sou exatamente capaz de transformar os acontecimentos da noite numa estrutura de três atos arrumadinha.

Ou de cinco atos, se estivermos falando de TV.

— Alguém roubou o filme — digo por fim. — O invasor me atacou, roubou o filme e, enquanto eu estava presa naquela sala de cinema e me perdendo em uma *caverna*, deve ter ido atrás da Liza e...

Eu me interrompo, pois não quero completar a frase em voz alta. Mas é um daqueles pensamentos que todos vão ouvir, quer você diga ou não, então tudo que fiz foi forçar os outros a pensarem nisso.

Imagine só. Eu, piorando as coisas.

É Anjali que quebra o silêncio.

— Você viu quem foi? Consegue descrever? Foi um homem mesmo?

Abro a boca, prestes a dizer para eles que as luzes estavam apagadas, que eu não consegui chegar até a lâmpada — e que, se não estivessem apagadas, ou se eu tivesse conseguido, talvez eu não estivesse aqui agora, porque, *sério*, quais são as chances de estarmos lidando com *dois* criminosos diferentes? E, se o homem matou Liza, poderia ter facilmente me matado também.

(Ora, vejam só. Parece que eu acho mesmo que foi um homem.)

Mas, antes que eu possa dizer alguma coisa, Isaiah põe a mão no meu ombro.

— Acho melhor você esperar para falar com a polícia — diz ele.

Anjali bufa.

— Ah, é? E o que eles vão fazer?

Abro a boca de novo; Isaiah aperta meu ombro.

Olho para ele.

— Por que você está me apertando?

Ele afasta a mão e esfrega a própria nuca.

— Eu só acho mesmo que você deveria esperar a polícia.

Eu me levanto da cadeira. Isaiah está escondendo alguma coisa, e talvez eu consiga entender o que ele quer dizer se puder olhar melhor para ele. Mas ele se vira antes.

— Isaiah? — pergunto.

Do outro lado da sala, Gavin suspira.

— Querida, você não entendeu? Ele não quer que você revele coisas demais. Quer que você fique quieta, para o caso de um de *nós* ser o assassino.

Depois disso, ninguém parece ter mais nada a dizer.

O médico aproveita a oportunidade para enfiar um segundo comprimido entre meus lábios. É um tipo muito diferente de remédio, claramente, porque, quando ele termina de me enfaixar, estou agitada e em estado de alerta. Além disso, por mais que não esteja livre de dor, estou mais ou menos indiferente à dor — graças a Deus, porque logo dou de cara com mais uma surpresa infeliz: o homem que tentou entrar à força no barco de Billy Lyle está agora tentando entrar à força nesta sala.

— Homens nos cais, homens nas portas — ele rosna para alguém fora de vista. — Ninguém sai desta ilha, ninguém sai deste hotel. Se eu vir alguém com uma câmera, vou jogar na *porra* do mar.

Nick. O nome dele é Nick. E ele devia estar *bem* bêbado naquela noite no barco de Billy, porque posso dizer de cara que, quando sóbrio, trata-se de um homem que idolatra precisão e ordem. A calça cáqui está passada; as mangas da camisa verde de malha estão ajustadas com precisão; a divisão do cabelo é tão retinha que, por um segundo, eu chego a me perguntar se é uma peruca. Se eu visse esse cara em um filme, presumiria que seu personagem estaria prestes a ter um colapso nervoso.

— Srta. Dahl? — diz ele. — Sou o detetive Decker, da polícia de Lewes, e este é o meu...

Ele levanta a cabeça e para de falar. Se está surpreso ou consternado de me encontrar ali com Isaiah, não sei dizer, e isso me deixa inquieta por dentro. Alguém com a tez dele deveria ser fácil de ler, mas não consigo ver nem o menor sinal de cor surgindo por baixo das sardas. Um leve tremor no canto da boca é o único outro sinal que atesta que ele nos reconheceu — e isso pode ser fruto da minha imaginação.

É um nível de controle que seria impressionante num ator. É muito perturbador em um civil.

— Este é meu parceiro, detetive Hanson — diz ele após um momento, apontando para um homem de cabelo castanho que reconheço como Polo Azul. (Hoje, a dita polo é roxa.) Nick olha para o meu braço e volta a se concentrar no meu rosto. — Temos algumas perguntas.

— Claro — respondo. — Vou ajudar como puder.

Ele se senta do outro lado da mesa; o parceiro serve um copo d'água e o estende na minha direção.

Nick pega um caderno e o abre.

— Foi você quem encontrou o corpo da srta. May e chamou a polícia, correto?

Faço que sim.

— Pode descrever os acontecimentos que levaram a essa descoberta?

Olho à minha volta.

— Como assim, *agora*?

Nick contrai os lábios.

— Não sabia que precisava marcar um horário.

— Não, só achei que você quisesse falar comigo a sós.

— É só uma entrevista preliminar, senhora. Se eu achar que estou perto de resolver o caso, com certeza vou pedir para todos se reunirem no vagão--restaurante para contar o desfecho. Isso basta?

Faço que sim, envergonhada.

Posso até estar mais alerta, mas ainda não sei por onde começar, por isso conto a ele a mesma coisa que contei aos outros. Todos ficam mais atentos quando menciono ter visto Liza no spa, mas, quando Nick questiona, todo mundo admite que não fazia ideia de que Liza tinha um caso.

Quando termino, Nick tira os olhos do caderno.

— *Roubaram* o filme?

— Não exatamente — diz Anjali. — Temos backup, óbvio.

— Mas a pessoa, quem quer que seja, tem acesso às imagens brutas — observo. — Se é que isso vale de alguma coisa.

Nick coça a nuca, pensativo.

— E você diz que não conseguiu ver bem o rosto do cara?

— Não. Na verdade, não tenho certeza se era um…

— Vocês estão perdendo tempo — intervém Anjali. — Já sei quem vocês deveriam procurar.

Se Anjali esperava que Nick reagisse com entusiasmo ou gratidão, deve estar muito decepcionada agora. Ele parece até um garçom que acaba de ser informado de que a mesa vai pedir tudo fora do cardápio. Nick se afunda na cadeira e deixa a caneta pairar sobre o caderno.

— Tá. Quem?

— Nosso último assistente de direção — diz Anjali. — Ele saiu sob circunstâncias não muito agradáveis.

Pela primeira vez desde que entrou na sala, Valentina tira o vape dos lábios.

— Não o *Chris* — diz ela.

— Não — responde Anjali —, o segundo assistente de direção.

— Phil?

— O *primeiro* segundo assistente.

Gavin enterra o rosto entre as mãos.

— *Ryan* — murmura ele. — Ela está falando do Ryan. *Porra*. Até eu sei disso.

Nick bate a caneta no caderno, visivelmente desinteressado.

— Sabe o sobrenome dele?

— Kassowitz — responde Anjali. — Ele era responsável por levar os atores aonde precisavam ir. Também se encarregava da comunicação com os figurantes. Mas não deu certo e, há algumas semanas, tivemos que dispensá-lo. Ele ficou pê da vida; a coisa foi feia. Tive que mandá-lo embora da ilha.

— Problemas? — pergunta Nick. — Pode ser mais específica?

Anjali morde o lábio e olha de soslaio para Tony.

— Bom... Ele meio que agrediu um figurante.

Tony se inclina para a frente.

— Você não me falou disso.

Anjali assente com um semblante de dor.

— Estamos tendo problemas no set desde que ele saiu... Pode ser coincidência, mas eu não queria arriscar. Foi por isso que trouxe o Isaiah e a equipe dele.

Nick olha para Isaiah.

— Você tem uma equipe?

— Eu comando uma pequena empresa de segurança particular — explica Isaiah. — Estou com cinco funcionários na ilha.

Nick arqueia uma sobrancelha.

— Provavelmente isso não vai ajudar na sua avaliação no Yelp, sabe?

— Assassinato não fazia parte do briefing.

— De fato. — Nick faz uma anotação no caderno. — Você sabe o paradeiro atual do sr. Kassowitz?

— Até ontem ao meio-dia, ele estava com a mãe nos arredores da Filadélfia.

— Você o considera uma ameaça?

— Considero todo mundo uma ameaça.

Nick pisca os olhos algumas vezes.

— Vou mandar meus homens investigarem. Mais algum nome que nós devêssemos conhecer?

Anjali dá uma risada que quase parece genuína.

— Quer dizer, o Tony já irritou tanta gente que devem ter criado uma página no Facebook só para isso.

Tony faz uma careta.

— Obrigado por isso, Anjali.

— Mais alguém que pareceu suspeito? — insiste Nick. — Alguém desconhecido?

Anjali balança a cabeça.

— Não que eu me lembre.

— Nada? Ninguém? — Nick lança um olhar incisivo. — Nem mesmo Billy Lyle?

— De jeito nenhum — diz ela.

— Então você nunca o viu dentro ou nos arredores do hotel? — pergunta Nick.

Anjali contrai a mandíbula.

— Não que eu saiba.

— Ou no set?

— Não que eu me lembre.

— Mas com certeza você já o *viu*.

Gavin bate na mesa.

— Pelo amor de Deus, cacete — diz ele. — O Billy não teve nada a ver com isso.

Nick se vira para Gavin pela primeira vez. O canto da boca dele se contrai e se curva para baixo com um brilho de desgosto.

— E como é que você sabe disso?

— Ele estava comigo. Eu o estava entrevistando. Para pesquisa.

— Bom, que notícia fascinante. — Nick vira uma nova página no caderno. — Vocês estavam no barco dele?

— Não. A gente se encontrou... — A boca de Gavin de repente amolece e um vinco se forma no meio do queixo. — A gente se encontrou na praia.

Nick assente.

— E vocês ficaram juntos até que horas?

Gavin suga o lábio inferior.

— Bom, não sei *exatamente*...

— Vou reformular a pergunta, então: você ainda estava com ele quando o corpo foi encontrado?

Gavin olha para as mãos.

— Não.

— Foi o que pensei.

Um oficial uniformizado entra na sala.

— Nick, você precisa ver isso.

Nick deixa o caderno de lado e passa a mão pelo cabelo.

— O que é? Me mostre.

O oficial contorna a mesa de conferência e entrega a ele um saquinho plástico com evidências. Estou perto o bastante para ver o que tem dentro: a foto escolar de Caitlyn. A mesma que Billy nos mostrou mais cedo.

Nick solta um assobio baixo.

— Onde encontrou isso?

— No barco dele — diz o oficial. — Mas sem sinal dele.

Nick olha para Anjali.

— Quero toda a sua equipe nos seus quartos, *agora*. Precisamos começar a revistar este hotel. Esse cara ainda está à solta e não vou deixá-lo escapar de novo.

VINTE E DOIS

— Por que você está fazendo isso de novo?
— Ela estava enrolada do jeito errado.
— Ela parece igual às suas outras calças.
— Não está *nada* parecida com minhas outras calças.
— Então por que você não arrumou antes?
— Para provar que alguém esteve aqui!

É possível que qualquer conversa agora pareça absurda, bizarra, inadequada, como um feed de uma conta corporativa no Twitter que se esqueceu de pausar os posts automáticos depois de uma tragédia nacional.

Ainda assim, não acredito que estou falando disso. Dar tanta importância para uma dobra de roupa parece um exagero.

Ficamos presos na sala de conferências por mais de uma hora enquanto a polícia fazia uma ronda pelo local. Quando nos avisaram que nossos quartos estavam liberados e que podíamos nos retirar, Isaiah anunciou que me acompanharia até meu quarto.

— Por um excesso de precaução — explicou.

Numa reviravolta surpreendente, Anjali concordou com ele.

— Você é a única testemunha ocular — falou vagamente. — Já vi filmes o suficiente para saber como a coisa funciona.

Absurdo, pensei naquele momento.

Ridículo, é o que penso agora.

Era de se imaginar que ver um cadáver de perto faria uma pessoa temer a morte de um jeito concreto e imediato — três horas atrás, era o que eu mesma teria dito —, porém, de alguma maneira, acabou causando o efeito oposto em mim. A noite de hoje foi a mais dramática da minha vida, e eu não passei de um detalhe secundário. Agora, a morte parece ainda mais algo que só acontece com outras pessoas.

Acho que é por isso que ainda me importo com dobra de roupa.

— Olha só — digo a Isaiah, pegando meu jeans extra para mostrar a ele. — Primeiro eu dobro a calça ao meio no comprimento, depois a enrolo da cintura para baixo.

— Ainda não estou entendendo o problema.

Aponto para a calça em questão.

— Eu sempre deixo o lado direito da calça para fora. Nessa, é o lado esquerdo que está para fora.

— Por que você as enrola desse jeito?

— Porque eu sou destra.

— O que isso tem a ver com suas calças?

— Sei lá, eu gosto das minhas calças assim! E, se não estiverem desse jeito, vou notar. Eu sei que não estão dobradas direito. É tipo um... — Aceno com a mão na direção do pescoço. — É tipo um aperto, sabe? Como se fosse um alarme silencioso. Tipo quando você está no aeroporto e vê uma mala abandonada e, por um lado, "se vir alguma coisa, avise", né? Mas e se você avisar e a Segurança Nacional pegar a bolsa, mas, no fim das contas, pertence a uma senhorinha simpática que tinha ido ao banheiro às pressas porque sofre de incontinência urinária, e ela ia voltar logo, sério, ia levar só um segundinho, mas agora ela está sendo interrogada pelo FBI e, olha só, você estragou a viagem dela... E, a propósito, ela tem hipertensão. Todo o estresse da situação faz com que ela tenha um derrame e morra e agora ela nunca vai poder segurar o neto no colo. — Respiro fundo. — *Ou* é mesmo uma bomba, só que você não diz nada porque não bate bem da cabeça e se preocupa demais com avós imaginárias e, como resultado, cento e cinquenta pessoas morrem de um jeito horrível. Você vai parar em todos os noticiários nacionais e vai viver em desgraça para sempre.

Isaiah absorve tudo que acabei de falar.

— Você pensa em tudo isso quando olha para uma calça?

— Penso nisso tudo o tempo todo — digo, enrolando a calça de novo e a guardando na mala.

Eu me acomodo na cadeira com uma careta. Deveria ter pedido ao médico para dar uma olhada nos meus joelhos, porém minha calça só sobe até a panturrilha, o que me obrigaria a tirá-la, e eu simplesmente não fui capaz. O sangue já secou agora, e dá para sentir que as cascas vão se romper quando eu trocar de roupa para dormir.

Talvez eu durma com a mesma roupa.

Talvez eu durma com a mesma roupa pelo resto da vida.

Abafo um bocejo com o dorso da mão.

— Por que estamos falando disso mesmo? — pergunto.

— Porque eu mesmo trouxe sua mala para cá. Se alguém mexeu na sua mala, então alguém esteve no quarto.

— Ah. Você está dizendo que talvez um assassino tenha a chave do meu quarto.

Paro um momento para absorver a ideia, em vão. Em vez disso, a ideia fica boiando na superfície dos meus pensamentos, teimosa e inegável, como aquela ilha de lixo no Oceano Índico. Uma acusação lenta de todos os erros terríveis que cometemos.

Eu me pergunto se também dá para ver meu pânico lá do espaço.

— Devo mudar de quarto? — pergunto, sem forças.

Isaiah reflete sobre a pergunta.

— Poderia.

— Também estou disposta a mudar de hotel.

— Existe outra opção — diz ele, caminhando até a entrada. — Porque não tem como ele entrar enquanto você estiver aqui… pelo menos não por essa porta. Por mais que ele tenha a chave, não vai conseguir passar por isso.

Ele gira o trinco e encaixa a trava de segurança.

— Eu também poderia ser convencida a ir embora do estado — observo.

— Mas vamos supor que ele acabe entrando. — Ele passa por mim e vai até a janela. — Vou garantir que não vá muito longe.

Isaiah fecha as cortinas e se atira no sofazinho, jogando longe duas das almofadas.

— De jeito nenhum — digo.

Ele estica os braços ao longo do encosto do sofá, os dedos pendem das laterais.

— A Anjali está certa — comenta ele. — Você precisa de proteção.

— Então você vai ter que dar outro jeito de fazer isso, porque não vai ficar de vigia enquanto eu durmo. Esse plano não existe. Isso é coisa de comédia romântica ruim.

Ele finge pensar no assunto.

— Qual ator você acha que faria o meu papel?

— Depende do orçamento. Provavelmente o Terry Crews. Para de me distrair. Por que você não pode colocar alguém do lado de fora da porta?

— E se ele não entrar pela porta?

— Quem, o Terry Crews?

— O assassino.

Respiro fundo.

— A gente precisa mesmo chamá-lo assim?

Ele me lança um olhar firme.

— É o que ele é.

Pressiono a testa com a palma da mão e solto um rugido de frustração. Como é que eu posso explicar isso de um jeito que não me faça parecer uma babaca? Em um dia ruim, o que preciso — tudo que preciso — é ficar sozinha. Meus pais entendiam isso. Amy entendia isso. Até a administração da minha faculdade entendia isso. No primeiro ano, fui uma das oito alunas da turma inteira a ganhar um quartinho individual — que todo mundo chamava de "individual psicótico". E não era uma piada muito divertida para se pensar à noite, deitada em meio a lençóis frescos de algodão, com as cortinas de blackout fechadas e a máquina de ruído branco configurada no modo "Harmonia da Floresta".

Não ligo se estou em perigo mortal. Eu preciso de um momento sozinha. Só consigo suportar estar perto dos outros se souber que a situação é temporária.

Isaiah está olhando para algo perto do meu quadril. Então, olho para baixo. Minha mão direita está torcendo furiosamente o passador de cinto. Desvencilho os dedos e passo o braço em volta da barriga.

— Eu deixo você desconfortável — diz ele depois de um instante.

— *Todo mundo* me deixa desconfortável.

Eu me sento na cama e tento não parecer chateada. Estou sendo controlada. E odeio ser controlada. Porque significa que não apenas estou sendo teimosa e desagradável, como também estou agindo de um jeito tão triste e patético que as pessoas se sentem mal por mim. Não consigo nem me revoltar como uma pessoa normal.

Fecho os olhos e tento pensar numa boa frase do tipo "desculpa por ter sido uma idiota", mas que também sinalize que estou falando sério.

Abro um dos olhos.

— Foi um dia longo.

Isaiah ri como se soubesse exatamente como cheguei a essa frase, e agora meu mau humor é incontrolável.

— Amanhã vai ser ainda mais — diz ele. — Vai por mim.

— Porque o choque vai passar, é isso? E aí tudo enfim vai parecer real?

— Ah, não, isso vai levar meses e meses. Só quis dizer que temos muito o que fazer se quisermos pegar o assassino da Liza.

Arregalo os olhos.

— O quê?

Ele abre um sorriso discreto.

— Você não achou que eu ia deixar essa investigação nas mãos do Percy Weasley lá embaixo, né? Eu não tenho três estrelas e meia no Yelp à toa, Marissa.

— Mas... eu?

— Sim, você vai ser minha parceira. Vai ser um... Como é que se diz? Um "trabalho a quatro mãos"?

— Eu queria de verdade que você parasse de tentar me distrair com gracinhas.

Ele se inclina até os olhos ficarem na altura dos meus.

— Estou falando sério. Quero que você me ajude a encontrar esse cara.

— Não — respondo.

Ele segue em frente como se não tivesse me ouvido.

— Eu tenho minha equipe, mas eles não entendem muito de filmes.

— Só estou aqui há um dia. Pede para o Tony ou para a Anjali.

Ele faz que não.

— Prefiro não envolver esses dois até ser absolutamente necessário.

Levo alguns segundos para processar aquela insinuação. Então, minha boca forma um O.

— Você acha que eles podem ter tido alguma coisa a ver com isso?

— Não vejo nenhum motivo para descartá-los.

— Nenhum tipo de lealdade mesmo, né? Não me admira que a Anjali te odeie.

— Espera, eu não diria que ela me *odeia*...

— Então ela *quer* transar com você?

Isaiah ri.

— Anjali? E *eu*?

— Que foi? Eu percebi um gracejo.

— Aquilo não foi nenhum gracejo. Foram só dois espertinhos falando um por cima do outro. A menos que eu esteja muito enganado, os interesses da Anjali são outros.

Curvo o lábio.

— Está falando do *Tony*?

— Não... Valentina.

— Olha aí. É por isso que sou a pessoa errada para esse papel. Não sei ler as pessoas, não na vida real. E, pelo visto, tenho algumas suposições extremamente heteronormativas para desconstruir.

Isaiah estende a mão e roça a ponta dos dedos no meu braço ferido.

— Marissa, você é a única pessoa que tenho certeza de que não teve nada a ver com isso.

— Consigo pensar em reviravoltas mais surpreendentes — comento. — Você já viu *Coração satânico*?

Ele suaviza o semblante.

— A questão é a seguinte: eu só tenho você.

Olho de relance para o rosto dele e, quando percebo o formato dos lábios, contenho um grunhido. Dá para ler a intenção ali.

— Não — respondo. — Não faz isso.

Ele respira fundo.

— *Não* diz isso.

Ele estende as mãos.

Eu cubro os ouvidos.

— *Me ajude, Obi-Wan Kenobi. Você é minha única esperança.*

Pego uma almofada e a jogo na cabeça dele.

— Chega de *gracinhas*. Estou falando sério. Eu sei que provavelmente você já viu centenas de cadáveres e isso é um mecanismo de defesa, e talvez seja um bom mecanismo de defesa, sei lá, quem sou eu para dizer? Mas não gosto, tá? Passei a vida toda me forçando a rir das piadas dos outros para que eles não percebessem que não sei manter uma conversa, e é tarde demais para mudar isso agora, por mais que eu não esteja mesmo, *de forma alguma*, a fim de me forçar a rir no momento. Parece errado. Eu me sinto errada. A Liza *morreu*. Então para de exigir isso de mim.

Ele recua.

— Tem razão. Força do hábito.

Contenho as lágrimas nos olhos.

— Eu vou te ajudar, tá? É claro que vou te ajudar. Mas não sei se vou ser muito útil. Não sou exatamente uma detetive inata.

Ele dá de ombros.

— Você ama filmes. Tenho certeza de que consegue pensar em alguns modelos para seguir.

Eu bufo.

— Não sou Nora Charles.

Ele semicerra os olhos para mim e inclina a cabeça.

— Não... eu estava pensando na Marge Gunderson.

Isso arranca uma risada sincera de mim, entretanto fecho a boca quase no mesmo instante porque, caramba, estava estampado na minha cara que eu fiquei surpresa. E se ele pensar que *eu* acho que ele não entende muito de cinema, que sou uma daquelas pessoas que vive dizendo: "Bom, se você entende tanto de *cinematografia*, então soletre *Koyaanisqatsi* sem pesquisar no Google", que sou esnobe, que acho que *Fargo* é uma espécie de filme cult sendo que, sejamos sinceros, é uma obra bem mainstream, quando a verdade é só que mal posso acreditar que alguém está brincando comigo e não tentando ser maldoso.

VINTE E TRÊS

O acordo a que chegamos é o seguinte: Isaiah pega com Wade a chave do quarto ao lado e eu concordo em deixar a porta que os conecta entreaberta. Por mais que a visão de uma porta aberta me incomode, não posso justificar comprar uma briga por uma coisa tão pequena. Daria um obituário terrível.

Marissa Dahl, 36, morreu esta semana, assassinada porque insistiu em fechar a porta.

Vou ter que me contentar em fechar a porta do banheiro uma ou duas vezes a mais.

Ligo o chuveiro e espero a água esquentar. Nunca me senti tão grata pela minha rotina como hoje à noite. Certa vez, uma das minhas professoras de inglês do ensino médio recomendou que decorássemos poesia, para o caso de ficarmos presos em um calabouço e precisarmos de algo para manter a sanidade. Embora eu suspeite que ela só estivesse sendo irônica — não deve ter sido fácil ensinar o período romântico para um bando de filhos de professores de engenharia —, na época acabei levando ao pé da letra. Até hoje, um único verso de Keats já é suficiente para me fazer suar frio e traçar um caminho até a saída mais próxima.

Mas agora… agora eu entendo. Porque a única coisa que me prende ao mundo real é o ritmo familiar que meu corpo já segue por conta própria, não importa quão desconhecidos sejam os pensamentos que o acompanham:

Tomar banho, passar o fio dental, escovar os dentes, passar o fio dental de novo — *eu não entendo* —, lavar o rosto, pentear o cabelo, dar uma olhada debaixo das unhas para garantir que não deixei passar nada — *por que alguém roubaria as filmagens se tudo tem backup?* —, esfregá-las com uma escova de unhas mesmo assim, vestir o pijama — *se o criminoso matou Liza, por que não me matou?* —, ir para a cama.

Ajusto o rádio-relógio para que emita um chiado suave e esfrego os pés. *John Cusack atravessa o rio Chicago. "Top cinco coisas que sinto falta na..."*

— Marissa... está acordada?

Eu me levanto de supetão, desorientada, braços estendidos para me segurar, apesar de estar incrivelmente segura em uma cama king size. Antes que eu possa fazer qualquer coisa além de respirar tão fundo que a garganta chega a arder, a lâmpada se acende.

São Grace e Suzy.

— *O que foi isso?* — explodo sem nem pensar.

As garotas se entreolham.

— Viemos ver como você está — diz Suzy.

— A gente soube o que aconteceu — acrescenta Grace.

— Então vocês invadiram meu quarto, não é mesmo... No meio da madrugada... E tem um assassino... Quer dizer, isso é tão... *Quem são vocês?*

Não consigo parar de gritar.

Grace se encolhe.

— Talvez a gente não tenha pensado direito nisso.

— Só queríamos ter certeza de que você estava bem — diz Suzy.

— E talvez a gente tenha agido por impulso...

— Mas, também, estávamos pensando...

Levanto a mão, me estico para desligar o rádio e paro um segundo para organizar meus pensamentos. Não são muitos, então não demoro.

— Como entraram aqui? — pergunto.

As duas olham para o teto.

— Bem... — diz Grace.

— Talvez a gente tenha pegado uma chave do pessoal da limpeza — comenta Suzy.

Contraio a mandíbula.

— E o trinco?

— Pegamos a chave disso também — diz Suzy.

— E a trava de segurança?

Grace ergue uma placa de "Não perturbe" e a sacode de leve.

— Usamos isso aqui para, tipo, abrir com jeitinho.

— Onde foi que aprenderam a fazer isso?

— No YouTube…

Coço a parte de trás da cabeça onde o rabo de cavalo se embolou no couro cabeludo.

— Mas que beleza de segurança…

Viro as pernas para fora da cama, me levanto e vou até a porta que leva ao outro quarto. Assim que ergo a mão, Isaiah abre a porta.

— Tudo bem? — pergunta ele em um tom casual.

Por um instante, só consigo gesticular bruscamente na direção de Grace e Suzy.

— Elas invadiram o quarto — consigo dizer por fim.

Isaiah semicerra os olhos para as garotas.

— Quanto tempo levaram?

— Mais ou menos vinte segundos — diz Suzy.

— Hum.

Ele vai até a porta e a abre. No corredor, flanqueando a porta do quarto de Liza (agora isolado com uma fita zebrada), vejo dois policiais uniformizados.

— Ocupados demais vigiando essa porta daí para ficar de olho nesta? — Isaiah pergunta a eles.

O oficial mais baixo dá de ombros.

— Elas disseram que era o quarto da mãe delas.

— Vocês não estranharam as duas andando por aí no meio da noite?

O mais alto aponta para Suzy.

— Ela disse que precisava de… coisas de garota.

Suzy abre um sorrisinho.

— O nome é *absorvente*, Greg.

Grace morde a unha do polegar e encara os próprios pés com intensidade.

Isaiah troca algumas palavras em voz baixa com os policiais antes de fechar a porta atrás de si.

— Vou mandar um dos meus homens ficar lá fora a partir de agora — ele me diz ao se aproximar.

— Você não acha que as garotas estão correndo perigo, acha?

— Até descobrirmos o que está acontecendo, acho que todos estão correndo perigo.

Sinto o calor do hálito dele na pele e dou um desajeitado meio passo para trás, me abaixando estranhamente para a esquerda e quase tropeçando nos meus pés enquanto recuo para o outro lado do quarto.

Olho de relance para as garotas, depois para Isaiah, e gesticulo entre eles meio sem jeito.

— Esse é o Isaiah — digo. — Ele também está fingindo ser detetive.

Isaiah tosse.

— *Fingindo?*

Suzy fecha a cara.

— *Também?*

— Elas estão investigando o assassinato de Caitlyn Kelly — explico. — Acham que Billy Lyle é inocente.

As garotas me observam atentas, com expressões faciais que meu próprio rosto conhece bem: elas querem entender se estou debochando delas. Não estou — por mais que não fosse ser difícil, se eu quisesse. Elas trocaram de roupa desde a última vez que as vi, e agora as duas usam roupas pretas que não combinam. Grace está usando um boné dos Yankees; as meias de Suzy têm estampa de caveirinhas.

— Qual é a graça? — pergunta Grace.

— Nada — digo com sinceridade. — Vocês estão andando sem supervisão por um hotel onde uma pessoa acabou de ser *assassinada*. Não vejo a mínima graça nisso. Não faço a menor ideia de qual seria a resposta apropriada neste momento, emocional ou não. Ligar para seus pais, provavelmente.

Grace dá um passo à frente e uma ruga triste se forma entre as sobrancelhas.

— Por favor, não faz isso.

Batuco um ritmo no quadril.

— Quantos anos vocês têm?

Grace engole em seco.

— Faço catorze agora em agosto.

Olho para Suzy.

— Faço catorze em agosto... do ano que vem.

Agora, de fato dou uma risada. Nessa idade, estava ocupada juntando dinheiro para comprar um CD player e me recusando a tomar banho no vestiário da escola depois da aula de educação física porque tinha visto *Carrie* vezes demais. Como seria me sentir tão confiante e tão corajosa com tão pouca idade? Qualquer idade. Será que elas nasceram assim ou foram aprendendo de alguma maneira? Com quem? É uma questão geracional? Será que podem me ensinar a ser assim?

— Já é idade o suficiente para saber que não se deve invadir o quarto de alguém — diz Isaiah.

Sim, também é um argumento muito importante e, agora que penso a respeito, estou *extremamente* aborrecida por elas terem invadido meu espaço, mas...

— Com certeza elas tinham um bom motivo — eu me ouço dizendo.

Elas desviam o olhar de Isaiah e se voltam para mim.

— Temos mesmo — diz Grace lentamente.

— Temos um *ótimo* motivo — emenda Suzy.

Esfrego o nariz com o dorso da mão.

— Prossigam — pede Isaiah.

Suzy se balança na ponta dos pés.

— A gente sabe que todo mundo anda dizendo que o Billy matou a Liza.

— Estão? — pergunto, pouco convincente.

Suzy revira os olhos.

— Ela foi morta do mesmo jeito que a Caitlyn, foi deixada no mesmo lugar e vestida com a mesma roupa. Claro que é isso que andam dizendo.

— Mas você não acredita — chuta Isaiah.

— Não faz sentido — diz ela.

— Concordo.

As duas piscam os olhos, surpresas.

— A Anjali acha que existe outro suspeito provável — explica Isaiah. — E não é Billy.

Puxo a manga de Isaiah.

— Você deveria estar contando isso a elas?

Ele me olha de relance.

— Meio que parece que elas vão acabar descobrindo, de um jeito ou de outro.

— A gente já sabe sobre o Ryan — diz Suzy, bem alto.

— Viu só? — murmura ele.

— … e, de qualquer maneira, é claramente uma pista falsa.

Isaiah ergue a cabeça. Encara as garotas de um jeito que as faz mexerem os pés e desviarem o olhar, e é só quando o lábio de Grace começa a tremer que ele suaviza o semblante. Ele suspira e se acomoda da melhor maneira possível na poltrona, apoiando os cotovelos nos joelhos.

— Ok — diz ele. — Sou todo ouvidos. Me digam por que essa investigação à qual dediquei tantas horas valiosas é inútil.

Suzy respira fundo.

— Para início de conversa, o Ryan só tinha nove anos quando a Caitlyn foi morta.

— E morava em San Diego — acrescenta Grace.

Uma pausa.

— Vocês acham que eu sou tão ruim assim nisso? — pergunta Isaiah, maravilhado.

Suzy pigarreia.

— Sim, bom, você também sabia que ele está há três dias sem sair do porão da mãe?

— O quê? Como vocês…

— Nossa amiga Quincy hackeou a conta da operadora da mãe do Ryan.

Isaiah arregala os olhos.

— Eu tenho uma equipe inteira tentando conseguir essa informação.

Grace estende a mão e dá um tapinha no ombro dele.

— Tenho certeza de que seriam mais rápidos se pudessem violar a lei também.

— Mas vocês ainda acham que estamos falando de um único assassino aqui, certo? — pergunto, me acomodando desajeitada na beirada da cama.

— Não — diz Isaiah. — Se a pessoa que matou a Caitlyn ainda estiver pela área… o que, na minha opinião, é bastante improvável… por que mataria de novo? Ainda mais agora, com tanta gente por perto.

— Um argumento razoável — observa Grace. — A menos que haja um motivo *bem* atraente.

Isaiah arqueia uma sobrancelha.

— Que seria...?

— *O filme* — diz Suzy. — A gente acha que tem alguma coisa nessa história. Uma pista. Um objeto de cena... ou uma fala, não sabemos. Mas é alguma coisa que a polícia deixou passar da primeira vez, e apostamos que aponta para a identidade do assassino da Caitlyn. Quer dizer... as coisas batem, né? Ele invadiu a sala de projeção para destruir as evidências e depois matou a Liza para garantir que o filme nunca fosse feito.

É uma solução tão certinha — e tão semelhante ao enredo de pelo menos dois filmes de que gosto muito — que me sinto meio mal de apontar o óbvio.

— Mas o invasor *não* destruiu as filmagens — observo devagar. — Destruiu só uma cópia. Devem existir pelo menos três backups separados. Estamos falando de uma produção de Hollywood de grande porte; tem um orçamento de *milhões* de dólares. Não somos estudantes de cinema.

Suzy franze a testa.

— Ah. Bom, quem quer que tenha matado a Caitlyn já deve estar bem velho agora. Talvez não saiba de tudo isso.

— Não sabe que existem... computadores?

Ela afunda no sofazinho e puxa uma almofada para o colo.

— Tudo bem, talvez o assassino só quisesse interromper a produção, então.

— Imagino que seja possível — concorda Isaiah.

Ela ergue o queixo.

— Porque ele sabe que, se o filme for lançado, a verdade vai vir à tona!

Isaiah massageia o pescoço e murmura algo para si mesmo que se parece muito com "que merda eu estou fazendo aqui".

— Na minha experiência — diz ele —, o que move as pessoas é a simples ganância ou grandes emoções... não uma grande conspiração. E, depois, uma pequena decisão ruim se transforma numa bola de neve cada vez maior.

Suzy e Grace protestam juntas.

— Mas que evidência...

— Nós não somos bebês...

— Eu sou um *profissional*...

Olho para os pés. Estão balançando, tornozelos juntos, enquanto os calcanhares vão batendo na estrutura da cama num ritmo constante e satisfatório. Depois de um momento, algo muda na minha mente, um ajuste discreto, mas necessário, como alinhar um quadro na parede.

— Por que a Anjali contratou você? — pergunto a Isaiah.

Isaiah hesita.

— Ela me contou que houve uma série de incidentes perturbadores e de interações inapropriadas no set. Havia um ex-funcionário em particular que ela queria que eu ficasse de olho: Ryan Kassowitz. Ela disse que tinha motivos para acreditar que alguns membros da produção poderiam estar correndo perigo.

— Tipo a Liza?

— Entre outros.

— Tipo eu? — pergunto em voz baixa.

— Eu sei — diz ele. — Falhei com você hoje. Falhei com a Liza hoje. Mas não posso fazer meu trabalho se meus clientes não são sinceros comigo... E estou começando a achar que o Tony e a Anjali têm escondido coisas de mim desde o primeiro dia. Chega das baboseiras deles. A partir de amanhã, vamos conseguir algumas respostas. — Ele olha para Suzy, depois para Grace, depois para mim. — Nós quatro vamos resolver isso.

SUZY KOH: Ok, tem muitos ouvintes mandando perguntas sobre isso, e a resposta é sim, a gente invadiu mesmo um quarto de hotel com uma placa de "Não perturbe".
GRACE PORTILLO: Foi facílimo.
SUZY KOH: Sério. Nunca mais vou ficar num quarto de hotel. [*pausa*] Quer dizer, a não ser que seja um bem maneiro.

VINTE E QUATRO

— Então, eu estava pensando nas Gêmeas Bobbsey — anuncia Isaiah ao passar pela porta que liga os quartos.

Depois que ele acompanhou as garotas de volta aos quartos delas ontem à noite, só consegui dormir por poucas horas, em um sono agitado, então não é de surpreender que eu não faça ideia do que ele quer dizer. Vasculho a mente em busca de um contexto até perceber que ele deve estar falando de Grace e Suzy.

— Mas elas não têm nada a ver uma com a outra.

— Sim — diz ele —, por isso que é uma…

— E não são *Gêmeos* Bobbsey, um menino e uma menina?

Isaiah suspira.

— Esquece o que eu disse. A questão é: acho que elas podem estar certas.

Não sei se eu ainda estou acordando ou se ele está tentando dar um toque de drama à conversa, mas, de qualquer maneira, estou sem paciência.

— Se vamos continuar nesse joguinho — falo —, você deveria saber que odeio muito quando as pessoas falam como se estivessem indo para um intervalo comercial. Por favor, desembucha.

Ele esfrega a nuca.

— Só quero dizer que estou disposto a considerar a possibilidade de que a morte da Liza tenha, de fato, algo a ver com o assassinato da Caitlyn.

— Por que você não falou isso logo de cara? — pergunto, pendurando a mochila nos ombros de forma desajeitada. — Por que teve que fazer toda aquela piadinha dos Gêmeos Bobbsey? Nem fez sentido.

Ele olha para a minha mochila.

— Você precisa mesmo levar isso?

— Sempre alerta... Esse não é seu lema?

— Esse é o lema dos Escoteiros.

— E você vai fingir que não foi escoteiro?

— Só não se afasta de mim. Se alguém perguntar, você está indo ao médico para uma consulta de retorno.

— Espera, o quê...

Ele me conduz para o corredor, onde dou de cara com o peito de um homem que parece uma laje de pedra. Ele tem quase o dobro da minha altura e o triplo do peso. Quando cruza os braços, o peitoral estica o tecido da camisa de botão.

Eu o encaro de olhos arregalados.

— Vou ao médico para uma consulta de retorno.

Isaiah passa dois dedos pelo meu cotovelo e me puxa corredor abaixo, em direção à escada.

— Relaxa, ele é um dos meus. Dá para perceber pela aura de competência.

Seguimos para o cinema. Concordamos ontem à noite que nossa primeira tarefa hoje deveria ser um passo a passo do ataque. Isaiah espera que isso possa ativar a minha memória. Não estou tão otimista, mas quero garantir que a polícia desligou direito o projetor.

Ao pé da escada, Isaiah me puxa para trás dele.

— Espera.

Ele abre um pouco a porta do saguão e dá uma olhada. Depois, fecha-a delicadamente e pressiona com a ponta do dedo um fone de ouvido que eu não tinha notado até agora.

— Ei, Jonesy, pode distrair aqueles caras por um segundo?

Ele espera uma confirmação e, em seguida, me chama com um gesto.

— Vem. Em silêncio.

O saguão está tão deserto que parece abandonado há anos. O bar e o restaurante estão escuros; todas as cortinas estão fechadas. Nenhuma lâmpada está acesa. O único sinal de vida recente é um aspirador de pó esquecido em uma das áreas de estar. Ainda está ligado na tomada.

Eu me pergunto, por um breve instante, o que aconteceu com a gata.

Isaiah me conduz pelo saguão, mantendo-se perto da parede. Do outro lado da área, perto da entrada, vejo dois policiais uniformizados. Eles estão rindo com um homem de cabelos cor de areia e do tamanho de uma caminhonete.

— Também é um dos seus? — sussurro.

Isaiah aperta minha mão.

Chegamos ao final do corredor e fazemos a curva. Assim que saímos de vista, ele puxa minha mão e me coloca ao seu lado.

— Quantos funcionários você tem? — pergunto.

— Aqueles dois e mais três. Tenho uma segunda equipe nos arredores de Baltimore, só que a polícia não está deixando ninguém entrar ou sair da ilha agora, sem exceções. Hoje cedo, mandaram embora um barco de pesca com dois fotógrafos escondidos a bordo. — Ele faz uma pausa. — Infelizmente, eles voltaram com helicópteros.

Eu me contraio.

— Então a notícia já se espalhou?

— A notícia já se espalhou.

Paro de repente, tento me equilibrar e tropeço para a frente.

Isaiah me segura pelo ombro para me estabilizar.

— Você está bem?

— Acabei de me dar conta de que eu deveria ligar para minha amiga.

— Não pode ser depois?

— Se ela não tiver notícias minhas e achar que algo ruim aconteceu, é provável que não exista nenhum tipo de ser vivo capaz de mantê-la longe desta ilha. Nem você.

Ele olha de relance em direção ao saguão.

— Ok, mas tem que ser rápido.

Levo a mão ao bolso de trás...

— Na verdade, posso usar seu celular?

Ele arqueia uma sobrancelha.

— Se eu ligar do meu — explico —, é mais provável que ela atenda porque já tem o número.

— Você vai ligar para a sua amiga... Sua amiga que, pelo visto, enfrentaria a polícia e as forças especiais para te ver se achasse que você está em perigo, e você está torcendo para cair na caixa postal?

— Isso mesmo.

Ele me lança um olhar extremamente indiferente.

— Usa seu próprio celular, Marissa.

— Tá. — Abro o celular de produção e me encolho ao ver o visor. Vinte chamadas perdidas.

Eu disco o número dela... e me preparo.

— Amy?

Sou recebida com um turbilhão de palavras e ruídos complicados demais para que eu comece a compreender, então só repito "Eu estou bem" um monte de vezes até ela se acalmar.

— É verdade, então? — pergunta Amy.

— Depende — digo com cuidado.

— A princípio, todo mundo estava dizendo que foi overdose, mas acabei de ler que ela foi *assassinada*! E que agora está acontecendo uma caça ao assassino!

Cubro o celular com a mão e olho para Isaiah.

— A polícia ainda não emitiu um comunicado?

Ele faz que não.

— De onde você está tirando tudo isso? — pergunto para Amy.

— Twitter.

— Achei que você tivesse deletado sua conta.

— Eu entrei de novo, tá bom? — Ela faz um barulho abafado de frustração. — Liguei oito mil vezes e você não atendeu. Não tive opção. Tem pouquíssimas informações confiáveis saindo, é tipo... a era pré-internet. Até as fontes do Josh secaram, e você sabe que ele é tipo o queridinho do pessoal da iluminação. Quem quer que esteja lidando com a gestão de crise no estúdio merece um aumento.

— Aposto que sei quem está no comando. Ela é assustadora... Você ia adorá-la. — Isaiah dá um tapinha no meu ombro e faz um gesto para que eu encerre a ligação. — Amy, olha só, tenho que ir, mas... mas eu ligo de noite, tá?

— Você está em segurança, né?

— Claro que estou.

— Você respondeu rápido demais.

— Estou em seguraaaaaança.

Minha resposta provoca uma risada curta — bem curtinha —, mas eu aceito.

Destranco a porta do cinema e passo por baixo da fita da polícia. Olho para Isaiah atrás de mim e digo:

— Fica por perto. Presta atenção nos degraus. E, pelo amor de Deus, cuidado com a cabeça.

Ele esboça um sorriso discreto.

— Parece que o jogo virou.

— Pois é... você está no meu mundo agora. Aqui nós somos menores. Espero que tenha trazido uma lanterna.

Isaiah prontamente pega uma e a acende.

— Não existe a menor possibilidade de você não ter sido escoteiro.

Ele dá de ombros.

— Acho que você nunca vai saber.

A sala de projeção está mais ou menos do jeito que a deixei ontem à noite. Alguém arrastou uma luz do cinema e empurrou a maior parte dos cacos de vidro para um canto, mas só. Nem se deram ao trabalho de limpar o Autowind: ainda vejo a mancha escura e sangrenta na borda do disco mais baixo. Quando me agacho para examinar, vejo alguns pedaços ressecados que só podem ser minha própria pele.

Será que isso deveria me incomodar? Acho que sim. Uma pessoa normal se sentiria incomodada.

Uma pessoa comum, quero dizer.

Uma pessoa *típica*.

Apesar de tudo, ainda me sinto em casa aqui, calma e aquecida, cercada por equipamentos de projeção e revestimento acústico, pelo cheiro forte e doce do limpador de carpetes industrial e, por baixo, o odor avinagrado que me indica que o filme carregado está começando a se deteriorar.

Sigo em frente e olho de relance para as fotos ainda presas na parede. Liza, Liza por toda parte.

Fico olhando aquela primeira foto por um tempo, a imagem de uma garota morta que, para mim, era um jogo, uma trivialidade, um enigma interessante de ser resolvido. Eu me contorço de vergonha com a lembrança agora. Como foi que eu disse mesmo?

Só me parece lógico. Por que outro motivo você faria esse filme?

— O que foi? — pergunta Isaiah.

Indico a foto com um gesto de cabeça.

— O corpo da Liza estava posicionado de forma idêntica.

Ele se abaixa para passar pelo batente da porta e cruza a sala em dois passos largos.

— Você está dizendo que o corpo dela foi ajeitado para combinar com o filme?

— Bom, ou isso ou ela foi ajeitada para combinar com a Caitlyn. Não temos como saber a diferença. O Tony deve ter se baseado nas fotos da cena do crime para fazer essa cena.

Isaiah vira a cabeça para me olhar.

— Sério?

— Bom, sim, por que não faria isso?

Ele solta um longo suspiro e, depois, passa o braço por cima da minha cabeça para tirar uma foto da parede. Então, abre o zíper da minha mochila e coloca a fotografia lá dentro.

— Guarda para mim, pode ser?

— Não deveríamos nos preocupar em contaminar a cena do crime?

— Tenho certeza de que a polícia já fez isso por conta própria. — Ele dá um passo para trás e observa a sala. — Bom, o invasor estava naquele canto quando você entrou, certo? Mais ou menos onde você está agora?

— As luzes estavam apagadas, então não dá para ter certeza. Mas ele veio para cá por essa direção.

— Ele te atacou assim que você entrou?

— Na verdade, não... Só depois que abri o celular.

Ele se agacha perto do Autowind e examina a mancha de sangue.

— Então ele te empurrou, você caiu... encostou aqui. E rolou para o lado.

— Aí fui rastejando até lá — digo, apontando para a parede atrás do projetor.

Ele faz um barulho na garganta.

— Da próxima vez, talvez seja bom rastejar para algum lugar com uma rota de fuga. Ou, melhor ainda, correr.

Ponho a mão boa na cintura.

— Olha só, tudo aconteceu muito rápido, tá?

— Então, enquanto você... — ele faz aspas com as mãos — ... "se escondia" aqui...

— Sério?

— ... seu agressor supostamente carregou o computador escada abaixo, e...

— Arrastou.

Ele levanta o queixo.

— O quê?

— Ele não carregou. Arrastou.

— Tem certeza?

— Absoluta. Deu para ouvir. Aquelas escadas são *barulhentas*.

Isaiah sai da sala a passos largos, tira a lanterna do bolso de trás e ilumina o teto, as paredes, o corredor inteiro. Fixo os olhos no lento redemoinho de partículas de poeira que a luz capta. *Movimento browniano*, minha mente traz à tona, lembrando-se mais ou menos das palestras do meu pai durante o jantar. Um movimento que só faz sentido se você considera os objetos invisíveis a olho nu.

Isaiah está me perguntando alguma coisa.

— O que foi?

— Pode acender as luzes aqui? — repete ele.

Balanço a cabeça antes de lembrar que não tem como ele ver.

— Não, a luz está quebrada. Ela apaga se você fica de lado. Esse lugar deve ser anterior aos códigos de engenharia modernos.

Ele olha para a beirada da passarela.

— Do jeito que essa escada foi construída, diria que o lugar é anterior à engenharia, ponto.

Ele passa o feixe da lanterna por toda a parte superior da escada e começa a descer. Avança devagar, metódico, verificando cada degrau antes de prosseguir. Mas, quando eu vou pôr o pé na escada, ele ergue a mão.

— Não quero colocar mais peso nessa coisa. Tenho quase certeza de que já quebrei metade dela subindo.

A dois terços do caminho de descida, Isaiah para de súbito, e toda a escada se mexe, como se fosse pega de surpresa. Ele se abaixa para pegar alguma coisa.

— Pelo jeito, você está certa — diz ele, levantando a mão. — Parte do gabinete do computador deve ter quebrado.

— Claro que eu estou certa, eu te disse... Eu ouvi.

— Sim, pois é, é só que choque e perda de sangue não resultam na mais confiável das testemunhas.

— Eu não perdi *tanto* sangue assim.

Ele faz um gesto vago para a escada à sua frente.

— Os respingos dizem o contrário.

Franzo as sobrancelhas. Eu me lembro bem de pensar que o corte não era tão grave, mas deve ser outro sintoma de choque. Eu me inclino para a frente o máximo possível. De fato, se forçar a vista, consigo enxergar algumas manchas escuras com a luz da lanterna de Isaiah. Mas, nos degraus de aço, é difícil distinguir.

— Tem certeza de que não é ferrugem?

— Pode ser — admite ele. — Com sangue fresco eu estou familiarizado. Quanto você acha que aquela torre de CPU pesa?

— Não sei, é bem grande. Uns dezoito quilos, talvez... Por quê?

Ele cantarola em resposta, depois se vira e avança cheio de propósito pelo corredor. Desço os degraus atrás dele.

— Por que o peso do computador importa? — pergunto de novo.

Ele não responde. Só encara a porta do saguão e bate o dedo do pé.

— Você sangrou feio — diz depois de um momento. — Mas aquelas portas estavam trancadas quando os policiais vieram para cá investigar. Você realmente se deu ao trabalho de trancar a porta quando saiu?

— Não, não achei que fosse seguro ir por ali. Eu saí pelos fundos, lá pela escada de incêndio.

Os olhos dele encontram os meus.

— Me mostra.

Para o meu grande desgosto, Isaiah não está interessado em examinar a escada de incêndio — segundo ele, se houvesse qualquer evidência por lá, o vento e a água já teriam eliminado há muito tempo.

Também não está particularmente preocupado com o calçadão ou com a praia.

O que ele quer é ver a caverna.

Eu preferiria passar entre vinte e vinte mil minutos falando sobre o limo do mar, porém, ao que parece, minha opinião sobre esse assunto específico tem pouco valor.

Admito que, à luz do dia e com a companhia de Isaiah, a caverna não me parece tão assustadora. A água está mais alta do que na noite passada, mas pelo menos desta vez dá para enxergar.

Ainda assim, sinto uma ânsia de vômito.

— De onde você disse que era mesmo? — pergunta Isaiah.

— Illinois. — Faço uma pausa. — E você?

Ele me lança um olhar levemente divertido.

— Eu não estava puxando conversa.

— Achei que talvez você estivesse tentando me distrair.

— Não, só estava tentando entender algumas coisas.

— E conseguiu?

— Sim. Entendi que conversar deixa você *mais* nervosa.

Sinto vontade de abraçar minha barriga, porém forço os braços a ficarem onde estão.

— Vou entrar, dar uma olhada — avisa ele. — Acha que aguenta entrar também? Ou prefere esperar aqui?

Minha primeira inclinação é forjar uma expressão despreocupada — como se fosse a coisa mais fácil do mundo, como se eu estivesse apenas indo para a cama, para o cinema ou para a casa da minha mãe. Então, mudo de ideia.

— Tenho muito medo de cavernas — digo. — Quase me afoguei em uma quando era pequena.

Ele assente.

— Imaginei que fosse algo assim. Eu também já quase me afoguei algumas vezes. Não é bacana.

— Não mesmo — concordo.

Ele estende a mão.

— Que tal não repetirmos isso?

É só impressão minha ou ele está olhando para o outro lado de propósito, como se talvez estivesse me dando a chance de fingir que só está me indicando o caminho? Mas a palma da mão dele está para cima e os dedos estão curvados. Há um quê de quase cortês nisso, como uma capa sendo jogada por cima de uma poça elisabetana, e não consigo decidir se devo ficar irritada com a presunção ou grata pela ajuda.

Ou talvez haja uma terceira opção que ainda não considerei.

Assim que meus dedos tocam os dele, sinto um calor agudo debaixo da omoplata direita. Uma sensação nova. Não necessariamente desagradável.

A mão dele envolve a minha e ele nos conduz para dentro da caverna.

À luz do dia, reconheço de imediato a passagem.

— Foi aqui — comento. — Ontem à noite, eu parei aqui… Achei que tivesse ouvido alguma coisa.

— Você não pensou em mencionar isso?

— Pensei que estivesse imaginando coisas.

— Ou talvez o seu agressor tenha vindo por aqui também — diz Isaiah, iluminando a passagem estreita com a lanterna. — Você sabe o que tem lá atrás?

Abro a boca para falar a ele sobre meu encontro com Gavin e Billy, mas, por algum motivo, hesito.

— É uma gruta — respondo, dando o mínimo de informações. — Dá para entrar de barco por lá… O que significa que dá para sair.

Ele espalma a mão na abertura.

— Não sei se eu consigo passar.

— Com certeza você já esteve em espaços mais apertados.

— Só no sentido figurado.

Ele mantém a expressão séria no rosto, mas os lábios quase formam um sorriso. Como se não conseguisse se conter.

E acho que também não consigo, pois simplesmente deixo escapar uma sugestão.

— Eu poderia ir na frente.

Ele me olha, surpreso.

— Sério?

— Claro — digo, virando a cabeça para que ele não veja o pânico nos meus olhos. Guardo a mochila em um canto escondido, pego a lanterna e começo a me esgueirar pela fenda. Já fiz isso antes. Posso fazer de novo.

Desta vez, contudo, estou ainda mais consciente das dimensões físicas do espaço. Tem espaço de sobra para *meus* quadris e ombros, mas, se eu fosse um pouquinho mais alta — como Isaiah —, seria uma passagem apertada. Talvez se ele virar de lado e meio que chegar um pouco para a esquerda…

Eu me viro para falar isso a Isaiah.

De repente, o chão some abaixo de mim, e eu caio de costas na água.

Volto à superfície confusa e cuspindo água, vagamente consciente de ouvir Isaiah chamar meu nome.

— Marissa? O que está acontecendo?

Afasto a água dos olhos e respiro fundo.

— Eu estou…

Minha boca se submerge de novo. *Droga*, estou enferrujada. Esqueci como faz para boiar, e esta caverna leva direto para o oceano, e a água está *se movendo*.

(*Não subindo*, digo a mim mesma com firmeza. *Movendo-se*.)

Bato as pernas com força e movimento os braços nas laterais do corpo. Não há nada de elegante nos meus movimentos, mas consigo me estabilizar o suficiente para respirar fundo antes de mergulhar de novo.

A água está morna e arenosa, como o líquido que sobra no balde após uma faxina. Trinco os dentes e estico os braços à frente, tentando ignorar a dor no braço esquerdo e fingindo que a água salgada não está penetrando meus pontos, minha pele. Procuro a parede da caverna, desesperada para encontrar alguma coisa, qualquer coisa, em que eu possa me agarrar, porém meus dedos só encontram pedra lisa e polida. A pressão nos meus pulmões, no meu diafragma e nas minhas bochechas está ficando insuportável.

Não vou conseguir prender a respiração por muito mais tempo.

Arqueio as costas, estico o pescoço, bato as pernas e — *pronto* — pego mais um pouco de ar, mais um pouco de energia, e olho desesperada em volta da caverna, em busca de algo. Vejo bem a tempo: a plataforma de pedra. Está a pouco mais de um metro à esquerda.

Mergulho de novo, torcendo o corpo na direção que espero ser a certa...

Brad Pitt usando um casaco horrível e uma camisa ainda pior: "Quero que você me bata o mais forte que puder."

... e entendo o que meu cérebro está tentando me dizer, entendo e agradeço, mas, juro por Deus, se *Clube da luta* for o último filme na minha mente antes de morrer...

Mesmo assim: chuto e pulo *o mais forte que posso*.

Bato com a testa na plataforma. Um segundo depois, a água tenta me puxar de volta.

Lanço o braço bom em direção à rocha e formo garras com os dedos para me firmar. Consigo segurar a borda, mas uma só mão não vai ser suficiente. A água é forte demais.

Meu polegar escorrega.

Contraio os lábios para conter a dor e levanto o braço machucado, que sai da água e bate na rocha. Dou tudo de mim...

A onda volta na minha direção e tenho a vaga presença de espírito de me aproveitar do impulso para sair da água e subir na plataforma. Caio de lado e fico ali deitada de boca aberta, mesmo sem saber direito por que estou me dando ao trabalho. O oxigênio não parece estar fazendo muito pelo meu cérebro.

— Marissa!

Levanto a cabeça, sem forças. Isaiah está parado na entrada da passagem.

— Você passou — digo com a voz rouca.

— Você não estava respondendo — comenta Isaiah, como se isso explicasse como ele conseguiu encolher o corpo inteiro pela metade.

Ouço um som atrás de mim, um som que acho que tenta ser uma risada, seguido de um *splash* que, por um segundo confuso, presumo ser o som do meu próprio corpo caindo de volta na água. Mas não, é só Isaiah. Ele pega impulso na plataforma e olha para mim.

— Você está bem?

Eu me viro de costas e cubro o rosto com as mãos.

— Você faz tantas perguntas, Isaiah.

Algum tempo depois, consigo me sentar. Então, me arrasto para trás até encostar na parede, o mais longe possível da água. Respiro fundo. Meus ombros começam a relaxar.

Isaiah se lança em direção à água e minha mão dispara para poder salvá-lo, para puxá-lo de volta, para impedi-lo de mergulhar, por mais que esse homem provavelmente possa nadar o Canal da Mancha e voltar — se bobear, ele poderia nadar o *Oceano Pacífico* e voltar.

Meu rosto esquenta quando percebo que ele não está indo a lugar nenhum. Está só pegando alguma coisa da água. Eu me endireito para ver o que é.

Ah. Claro que a lanterna dele boia.

Ele torce a camiseta Henley o suficiente para encher uns dois copos d'água antes de vagar até a borda mais distante da plataforma. Em seguida, liga a lanterna e a aponta para o poste de atracar.

— Que lugar é esse?

— Não sei direito — admito. — Acho que os jovens da ilha gostam de vir para cá. Aprontar todas. Coisas do tipo.

Isaiah começa a vasculhar a caverna, movendo o feixe da lanterna para lá e para cá pelas rochas. Quando chega ao canto mais distante, uma novidade chama minha atenção.

— Peraí — digo.

Eu me inclino para a frente, de gatinhas, para poder ver melhor. Ali, captada pela luz fria do LED, há uma espiral de tinta verde iridescente.

CAITLYN KELLY MORREU AQUI.

— Ora, veja só — diz Isaiah.

Olho de relance por cima do ombro.

— Isso é verdade? Ela foi assassinada aqui?

— Não faço ideia. Como eu disse, não foi para esse serviço que fui contratado.

— Um lugar meio estranho para se matar alguém, não acha?

Ele aponta a lanterna para a entrada da gruta.

— Bom, dá para chegar de barco, então é um ponto a favor. E é um lugar reservado, escuro o suficiente para pegar alguém desprevenido. A acústica não é a ideal, mas, com o barulho do mar, é provável que não desse para ouvir nada na praia, não importa o eco. Como foi que ela morreu mesmo?

— Traumatismo.

— Isso pode significar qualquer coisa.

— Acho melhor conversarmos com Grace e Suzy. Elas devem ter o relatório do legista.

— É claro.

Abraço as pernas e apoio o queixo nos joelhos.

— Mas por que uma pessoa se daria ao trabalho de atrair uma garota até um local isolado, para depois se dar ao trabalho de arrastar o corpo dela para um local totalmente exposto? Seria viável passar um cadáver por aquela passagem estreita? Não teria havido escoriações? Detritos? Alguma coisa?

Isaiah pensa a respeito.

— Daria para levá-lo de barco, não?

— Nesse caso, por que não jogar no mar?

— Talvez o assassino quisesse que ela fosse encontrada.

— Por que alguém ia *querer* que um corpo fosse encontrado? Para chamar atenção?

— Se você quer atenção a ponto de matar alguém por isso, ficaria só em uma garota?

— Não é um serial killer, a causa da morte não bate. Quer dizer, Jack, o *Estripador*. O *Estrangulador* de Boston. Hannibal, o *Canibal*.

— "Frank do Traumatismo" não tem o mesmo impacto.

— Talvez ele estivesse só tentando passar um recado, não? — sugiro. — Talvez Caitlyn estivesse envolvida em alguma coisa… Drogas ou prostituição. Ou talvez o pai dela…

— É melhor sairmos daqui — diz ele abruptamente. — Você está parecendo a bebê Jessica depois que a tiraram do poço.

Ele balança as pernas e desliza para a água com muito mais elegância do que eu esperaria. Como Esther Williams num balé aquático… se Esther Williams conseguisse levantar um Toyota Camry.

— Alguma coisa engraçada?

— Só estou imaginando você de roupa de banho.

Ele arqueia as sobrancelhas.

— Não, não nesse sentido — explico na mesma hora. — Roupa de banho *feminina*.

— Ah, bom, então *tudo bem*.

Escondo o rosto com as mãos.

— Também não é nesse sentido.

— *Marissa*.

Espio entre os dedos. Ele está estendendo a mão — de novo.

Está começando a ficar fácil demais segurá-la.

Ele apoia a outra mão no meu cotovelo e me guia em direção à passagem enquanto tento nadar cachorrinho da melhor maneira possível.

— Quase lá — diz ele.

— Não vou surtar — comento, surpresa por perceber que falo sério.

Chegamos à entrada da passagem, e eu apoio o antebraço na borda, pronta para pegar impulso e deixar tudo isso para trás, quando...

Mas que raio é isso?

... encosto o dedo do pé em algo que com toda certeza não deveria estar ali.

Recolho o pé tão depressa que quase dou uma joelhada na barriga de Isaiah, mas ele segura minha perna a tempo.

— Tem alguma coisa ali embaixo — consigo dizer.

Antes que eu possa protestar, Isaiah me pega pelas costelas. Então me joga para cima da borda como se eu fosse um saco de frutas e desaparece na água. Caio de forma desajeitada, de lado, e ainda estou sentindo dor quando a cabeça e os ombros dele voltam à superfície, segurando algum objeto que, aparentemente, ele decidiu tirar dali. Prendo a respiração.

Isaiah contrai o pescoço e percebo que ele está prestes a puxar o que quer que seja para a superfície...

Minha visão fica embaçada.

Por favor, que não seja outro corpo.

Um som metálico ecoa pela caverna. Olho para baixo.

É o computador roubado.

Pisco várias vezes para afastar a água dos olhos.

— Hum. Então ontem à noite, quando pensei ter ouvido alguém...

Ele me levanta antes que eu conclua o pensamento.

— Me leve à pessoa que te falou deste lugar.

VINTE E CINCO

—Ah, é você.

Gavin apoia o cotovelo no batente da porta e uma mecha de cabelo oleoso cai por cima do olho.

— Estava esperando outra pessoa? — pergunto.

— Tem uma gata, não sei se você já viu, mas cometi o erro de dar comida para ela e, desde então, ela não para de vir à minha porta. — Ele arregala os olhos e uma ruga se forma. — Achei que não pudéssemos sair do nosso quarto. Isso significa que o encontraram?

Ao meu lado, Isaiah balança a cabeça.

— Não, ainda não.

— Caramba, que fiasco. — Gavin dá meia-volta e entra no quarto dele, deixando a porta aberta. — Bom, entrem antes que alguém veja vocês.

Nós o seguimos até um quarto que parece igualzinho ao meu, com a diferença de que é três vezes maior e tem seis vezes mais almofadas decorativas. Gavin indica que a gente se sente numa pequena sala de estar em frente às portas francesas e vai em direção ao frigobar, do outro lado do quarto.

Eu me sento e torço o rabo de cavalo para tirar a água do cabelo pela última vez. Guardamos o computador no quarto de Isaiah e trocamos de roupa antes de vir para cá, só que eu estava tão concentrada em trocar os curativos do braço e dos joelhos que me esqueci das partes mais socialmente relevantes da minha aparência. Não me ocorreu a ideia de dar uma ajeitada no cabelo.

Agora, a parte de trás da minha camisa está encharcada e — olho para o teto — sim, *claro*, estou sentada bem embaixo de um duto de ar-condicionado.

Gavin volta um instante depois com uma taça de martini em cada mão.

— Eu não bebo — comento.

— *Fala sério*. São para mim.

Ele larga a primeira taça em cima da mesa de qualquer jeito e metade da bebida se espalha na superfície. Em seguida, leva a segunda taça aos lábios. Engole, estremece... tosse.

— Gilbey's — explica ele quando os olhos param de lacrimejar. — Tentei subornar os policiais para que me trouxessem uma garrafa de Tanqueray, mas, *aparentemente*, eles têm coisas mais importantes para fazer. — Gavin toma outro gole, bem menor. — Nunca esperaria ver você circulando por aí. Talvez eu devesse ter tentado te subornar.

— Sim, bom...

Ele sorri, mostrando bem os dentes.

— Por que estão aqui?

— Eu também gostaria de saber — diz Isaiah com a voz grave.

Como explicar isso de uma maneira que não incrimine Billy? Gavin e eu podemos estar dispostos a dar a ele o benefício da dúvida, contudo Isaiah não tem motivo para isso. Preciso garantir que descubra no contexto certo. Caso contrário, vai ouvir que Billy sabia da caverna e concluir que ele era o assassino.

Esfrego as mãos na calça jeans e me viro para Gavin.

— Queria que você explicasse um pouco para o Isaiah como você tem se preparado para o papel.

Gavin deixa a bebida de lado, se recosta na cadeira e entrelaça as mãos em cima da barriga. Em seguida, respira fundo.

— Bom, tudo começou quando estudei no Actor's Studio...

— Não — digo, incisiva. — Estou falando para você contar sobre o seu tempo com Billy Lyle. O que você sabe sobre ele. Como ele *é*.

Ele desvia o olhar para Isaiah.

— Nos últimos dois meses, passei muito tempo com Billy Lyle. Eu me encontrava com ele algumas vezes por semana para trabalhar na caracterização: movimentação, maneirismos e esse tipo de coisa. Basicamente só passava um tempo sentado com ele, até porque ele não é muito de falar, não sei se você já passou tempo o suficiente com ele para perceber. E, por mais que Billy não seja a companhia mais estimulante de todas... Quer dizer, não acho que ele vá entrar na lista de convidados de um dos meus jantares tão cedo... Ele nunca me deu a impressão de ser capaz de cometer a menor maldade. Claro, não estudei ciência forense, nem medicina ou psicologia, porém gosto de pensar que entendo um pouquinho de comportamento humano... e não acredito que Billy Lyle seja capaz de matar alguém.

Isaiah está franzindo a testa.

— Mas o que isso tem a ver com...

Levanto a mão, sem tirar os olhos de Gavin.

— Então, por que você aceitou o papel?

A hesitação dele é brevíssima — infinitesimal, na verdade. Se eu já não tivesse visto mil vezes, acharia que era apenas o ritmo natural da fala de Gavin.

— Como assim? — pergunta ele.

— Três dos seus últimos cinco papéis foram de assassinos.

— Sim... e?

— Os outros dois eram estupradores.

— Aonde quer chegar, Marissa?

— O fato de você ter aceitado o papel provavelmente já é suficiente para convencer as pessoas de que ele é culpado.

Gavin olha para o teto.

— Não posso interpretar nada além do vilão? Estou de saco cheio disso. Nossa, até Christopher Lee conseguia ser o herói de vez em quando.

— Então por que você não recusou o trabalho?

— Eu ia. Quando li o roteiro, achei tão *clichê*... "Jovem perturbado persegue moça bonita." Mas aí fiquei sabendo que o Tony ia dirigir, então pensei, bom, se vale o tempo do *Tony*, talvez tenha alguma coisa interessante aí.

Tento manter uma expressão neutra, mas não sou rápida o suficiente: Gavin repara.

— Você também pensou a mesma coisa — adivinha ele.

Faço que sim.

— Fechei contrato sem nem ver o roteiro.

Isaiah olha de um para outro sem dizer nada.

— As coisas mudaram quando conheci o Billy — diz Gavin, inclinando-se para a frente e apoiando os antebraços nos joelhos. — Só pensei... sei lá, que eu poderia salvá-lo. Nossa, isso soa bem arrogante agora, né? Mas eu acreditei de verdade que, por mais que ele não me contasse o que aconteceu naquela noite, por mais que eu não conseguisse provar a inocência dele, talvez ainda pudesse interpretá-lo de uma maneira que viesse a mudar a opinião de algumas pessoas. Talvez pudesse facilitar um pouco a vida dele. — Gavin olha para as mãos. — Sabia que o barco dele ainda é vandalizado pelo menos duas vezes por ano? No inverno passado, alguém colocou meia dúzia de ratos mortos no forro. Ele só descobriu quando os vermes começaram a sair dos lustres.

— Tudo isso é muito nobre — admite Isaiah. — Mas você tem alguma prova real da inocência dele?

Gavin suspira e pega a taça.

— Bom, é aí que está o problema, né? Não existem muitas provas nem de um lado nem do outro. É intuição versus intuição, o que significa que Billy está em desvantagem, porque, quando as pessoas olham para ele, simplesmente pensam que é...

— Errado? — pergunto.

— Não... não exatamente. Se fosse isso, eles iam querer mantê-lo por perto só para se sentirem superiores. Não é isso.

Arregalo os olhos.

— Então por que não gostam dele?

— Porque o Billy não esconde o que é difícil para ele, e todo mundo leva isso para o pessoal. Ele faz *as pessoas* se sentirem erradas. A tragédia é que ele é desesperado por conexão. O Billy é incrivelmente sozinho e incrivelmente solitário, e tudo que deu errado na vida dele provavelmente é resultado de uma tentativa fracassada de conciliar as duas coisas. — Ele olha para a taça. — Meu Deus, eu daria tudo por um cigarro.

Eu me recosto na cadeira, abatida.

— Ontem à noite você disse que viu o Billy pouco antes do assassinato — comenta Isaiah.

— Isso. Em geral, não nos encontramos duas vezes no mesmo dia, mas eu tinha entrado em contato com ele mais cedo porque queria avisar que tinha pedido demissão. Tinha que ser pessoalmente... Eu não podia dar a entender que estava abandonando a causa. Ou ele.

— E onde foi isso mesmo? — pergunta Isaiah.

— No lugar de sempre...

Tento me endireitar no assento — tento dizer alguma coisa. Tento impedi-lo.

Contexto. Ele precisa de contexto.

Mas meu corpo esqueceu como se mexer.

— Tem uma caverna perto da praia — continua Gavin, despreocupado. — É o único lugar a que conseguimos ir sem que ninguém nos veja.

Isaiah lança um olhar na minha direção.

— Mais alguém sabia sobre essa caverna?

— Ah, claro, não é segredo — diz ele. — A Marissa estava lá com a gente ontem.

— Por favor, não fica bravo. Eu não ia guardar segredo de você. Foi por isso que te levei para falar com o Gavin! Para contar sobre a caverna!

Isaiah me olha de relance enquanto avança pelo corredor a passos largos.

— Aqui não, Marissa.

— Mas seu rosto está daquele jeito — digo, já sem fôlego... Como Isaiah pode ter pernas tão compridas? — Só quero uma chance de explicar.

Ele para; eu esbarro nas costas dele na mesma hora. Do outro lado do corredor, dois policiais iluminam com lanternas a janela da academia 24 horas do hotel. Isaiah me pega pelo cotovelo e me guia para a porta à direita, me empurrando para dentro.

Do outro lado fica a adega de vinhos — não é muito boa. Todas as garrafas estão dispostas com cuidado em quadros coordenados por cores sobre barris de carvalho elegantemente envelhecidos. Não há senso de organização e nenhum sinal de sistema de etiquetagem. Não daria para encontrar nada ali.

— Isaiah...

Ele levanta o dedo e começa a fazer uma rápida busca pela área, agachando-se atrás de cada conjunto de garrafas e procurando... Sei lá. Policiais. Assassinos. Gatos.

Quando termina, ele se vira e olha para mim, com quinze metros de piso de madeira rústica nos separando.

— Por que não me contou sobre o Billy?

— Eu contei — digo. — Você sabe tudo que eu sei.

— Você está protegendo o cara. Essa é uma informação que eu poderia ter usado.

— Se estou protegendo o Billy, é só porque acho que talvez todo mundo o esteja julgando rápido demais. Quer dizer, se a gente falar um nome em voz grave e assustadora com frequência suficiente, mais cedo ou mais tarde, todos começam a achar que essa pessoa deve *ser* assustadora. Mas, Isaiah... não faz sentido. De verdade, só consigo pensar em uma pessoa com menos probabilidade ainda de ter matado a Liza.

— E quem seria?

— O Tony. Ele jamais ia matar a protagonista do próprio filme, pois prejudicaria o projeto. — Faço uma pausa. — Se bem que ele poderia acabar transformando isso em um documentário. Talvez desse até mais dinheiro do que um filme, especialmente agora que outra pessoa morreu.

Isaiah me encara com olhos semicerrados, e o que ele vê o faz rir de um jeito que nunca ouvi antes, um som mais parecido com engasgo do que com gargalhada.

É horrível. E pela primeira vez me ocorre pensar o que ele deve achar da gente, ele, que suporta o peso da vida e da morte. Ele deve nos achar ridículos: as perucas, as fofocas, os efeitos especiais. Nós brincamos de faz de conta enquanto ele está ocupado no mundo real, fazendo a diferença, arriscando a própria vida e a da equipe porque acredita na verdade e em dar porrada, e existe um contra-argumento aqui, eu sei que existe. Eu sei que o que fazemos também importa — *de alguma maneira*. Agora, porém, só consigo pensar que uma vez passei três meses editando um live-action sobre um avestruz que se muda para Nova York porque sonha em se tornar uma Rockette.

É bem possível que todos nós sejamos pessoas terríveis.

Pego a primeira garrafa de vinho que vejo e finjo examiná-la. Algo seguro para que minhas mãos se ocupem. Para que meu rosto se ocupe.

— Isso não saiu do jeito que eu queria — digo, querendo dizer, suponho, que saiu fácil.

— *Marissa*.

Contraio os ombros. Odeio quando as pessoas falam meu nome desse jeito. Viro o rosto para o lado, olhando para Isaiah em meio à penumbra. Não é que eu queira olhar para ele. Só sei que as pessoas fazem isso quando sentem a necessidade de deixar claro que estão sendo sinceras: é só reorientar o corpo em direção ao ouvinte, achatar os lábios em uma linha solene e fazer uma breve pausa.

— Só estou tentando pensar nisso usando a lógica — digo.

— Mas *não está*. Você está tentando pensar nisso de forma criativa. — Ele passa a mão na nuca. — Marissa, me desculpa, você é gentil, interessante e divertida de se conversar, mas é *a pior* nesse tipo de coisa. Você pode ser ótima em bolar ideias malucas, em encaixar pontos da trama e formar a narrativa mais legal possível, só que a vida real... não é tão bacana.

— Acho que você está exagerando *um pouco*.

— Aposto que você poderia inventar um argumento perfeitamente plausível, agora mesmo, a favor de qualquer um de nós ser o assassino.

Recuo um passo, ofendida.

— Isso é ridículo.

— Ah, é? — Ele apoia o ombro em um dos postes de madeira rústica que margeiam toda a sala. — Então não existe a menor chance de que, digamos, Grace e Suzy sejam as assassinas.

Não sei o que meu rosto faz nesse momento, só sei que faz alguma coisa. Talvez eu esteja me encolhendo, talvez esteja me contraindo, talvez meus olhos fiquem um pouco sonhadores, só por um segundo, enquanto considero as possibilidades. Seja lá o que for, dá para ver pela expressão vagamente compassiva de Isaiah que eu me entreguei.

Meus ombros desabam.

— Bom, claro que elas *poderiam* ter feito isso. Elas consideram Billy Lyle inocente. Matar Liza poderia ter sido a forma que elas encontraram de fazer alguém levá-las a sério, investigar de verdade. Outra opção é que talvez elas possam ter armado tudo porque esperavam que o Billy tivesse um álibi e torciam para que, assim, ele fosse absolvido dos *dois* assassinatos.

— Existem maneiras mais fáceis de provar alguma coisa — diz Isaiah.

— Elas são crianças.

— Ou elas são espertas ou não são. Não dá para ser as duas coisas.

Abro um sorriso discreto.

— A Amy sempre diz que: "O oceano de merda vive cheio de corpos de pessoas que se acham mais espertas do que todos nós."

O olhar dele encontra o meu.

— Não me diga.

Torci tanto as mãos no tecido da camisa que as pontas dos dedos estão começando a ficar dormentes, mas preciso de mais do que isso, então me entrego ao impulso de andar de um lado para outro na sala, evitando com cuidado pisar nas linhas de rejunte entre as pedras meticulosamente instaladas e escolhendo um padrão a seguir — *círculo-círculo-quadrado, círculo-círculo-quadrado.*

— O que está fazendo? — pergunta Isaiah.

Não tiro os olhos do piso.

— Na indústria, chamamos isso de momento sombrio.

Círculo-círculo-quadrado, círculo-círculo-quadrado.

Tudo que ele acabou de dizer era verdade. Eu me treinei para procurar a melhor história, a história mais interessante, a história mais envolvente — é o que eu faço, todos os dias. No meu trabalho. Na minha vida. Claro que eu olharia para uma foto, um celular ou um monte de Post-its e enxergaria algo sinistro e chocante, algo que só eu, com minha perspectiva e minha expertise conquistadas, poderia reconhecer. Porque essa é *realmente* minha história favorita, né? Que sou especial, que vejo coisas que mais ninguém vê, que tenho algo valioso a oferecer ao mundo.

Círculo-círculo-quadrado, círculo-círculo-quadrado.

Mas a verdade é que a única coisa útil que fiz desde que cheguei a esta ilha foi cair na porra do oceano.

Minhas pernas param, só que minhas mãos continuam se mexendo. Abre, fecha, abre, fecha.

Duas moças morreram assassinadas da mesma maneira, ao que parece. Quem quer que tenha matado Liza provavelmente tinha uma obsessão por Caitlyn. Quem quer que tenha matado Caitlyn definitivamente tinha uma obsessão por Caitlyn. Tudo indica que um homem se encaixa nessa descrição.

E, se eu não insistisse tanto em me encontrar nessa história, teria visto isso desde o início.

Deixo as mãos caírem nas laterais do corpo.

— Ok — digo. — Então, pensando *logicamente*...

Isaiah faz um som de encorajamento.

— Logicamente — continuo —, em igualdade de condições, a explicação mais simples tende a ser a certa.

— Você está citando um filme ou recitando a navalha de Occam?

Olho de relance para ele por baixo dos cílios.

— Estou citando um filme sobre a navalha de Occam.

Ele suspira.

— Prossiga.

— Então, a explicação mais simples... — Paro de falar e limpo a garganta. Depois, respiro fundo, meio trêmula, e recomeço. — A explicação mais simples...

— Fala *logo*, Marissa.

Cerro as mãos e forço as palavras a passarem pela tensão na minha garganta.

— A explicação mais simples é que Billy Lyle matou as duas.

VINTE E SEIS

Nick caminha de um lado para outro na sala de conferências, balançando os braços de modo desenfreado a cada meia-volta que faz. É difícil acreditar que, ontem à noite, eu o achei bem-vestido. Ele deve estar na terceira camisa do dia. Está visivelmente suando pelas axilas, manchando a camisa creme de botão.

Gavin, Isaiah e eu estamos sentados de um lado da mesa e esperamos enquanto um homem magro de suéter xadrez azul abre as carimbeiras e distribui pilhas de cartões para impressões digitais.

— Isso é mesmo necessário? — pergunta Gavin, olhando para o material.

— Ué — diz Nick. — Você nunca fez participação especial em *CSI*?

Gavin arqueia uma sobrancelha.

— Quantos anos você acha que eu tenho?

Nick suspira.

— Não *deveria* ser necessário, mas, como vocês andaram fuçando minhas cenas do crime, preciso de impressões para eliminação. Pelo andar da carruagem, vou ter que pegar impressões digitais de todo mundo neste maldito hotel, porque parece que nenhum de vocês sabe seguir instruções. Uma hora atrás, peguei duas *adolescentes* tentando mexer em um dos nossos computadores… Dá pra acreditar? E, pelo visto, ninguém se dá ao trabalho de me contar nada também. — Ele respira fundo e vai contando os exemplos nos dedos. — A produtora mentiu para mim duas vezes, o diretor de fotografia mentiu para mim uma vez, a supervisora de roteiro só sabe falar do termo de confidencialidade que assinou, e a produtora de linha, seja lá o que for isso, está fingindo que não sabe falar inglês. E agora *vocês* estão me dizendo que não só Billy Lyle estava no set no dia de um ataque e de um acidente grave como também o computador roubado foi achado lá na caverna onde o barco do Billy Lyle estava atracado ontem à noite?

Nick fixa o olhar em Isaiah.

— Caras como *você*... Caras como você, eu entendo...

— Tome *muito* cuidado com o que vai dizer — murmura Isaiah.

— ... eu entendo que é tipo o James Bond ou sei lá, e que eu sou só um policial idiota de uma cidadezinha qualquer. E sabe de uma coisa? Se a gente estivesse no Iraque ou no Afeganistão agora, eu também não me daria atenção. Porque não sou soldado. Mas eu *sou* detetive, e você tem que me deixar fazer meu trabalho. Estou tentando pegar um assassino aqui... E estou tentando fazer isso do jeito *certo*, do jeito que não foi feito vinte e cinco anos atrás. O que já é difícil o suficiente com a porra da TMZ me enchendo o saco, mas essa palhaçada de agente secreto fora da lei não está ajudando.

Nick se vira para mim.

— E quanto a *você*...

Eu me afundo na cadeira.

— Foi *cada história* que eu ouvi... — ele completa. — Vou te contar.

Pisco os olhos, confusa.

— O quê? Faz só dois dias que estou aqui. Mal conheço ninguém.

Ele pega o caderninho e passa as primeiras páginas.

— "Marissa Dahl" — ele lê — "é um pé no saco".

Arregalo os olhos.

— Quem disse isso?

— "Sem noção. Sabichona. Te enche de perguntas até você querer morrer."

— Isso é claramente uma hipérbole...

— "Nunca cala a boca."

Uma suspeita se materializa na minha mente.

— Você andou falando com os eletricistas, não foi?

— "Totalmente incapaz de cuidar da própria vida."

Ele fecha o caderninho com força e o guarda no bolso.

— Prestem atenção, não quero mais nenhum de vocês me dando trabalho, viu? Nós já estamos com nosso suspeito sob custódia...

Eu me levanto de supetão.

— Vocês encontraram o Billy?

— ... e, se tudo correr bem, isso vai ser resolvido e vocês vão estar de volta a Los Angeles em questão de *dias*. Aí podem voltar a fazer qualquer que seja a merda que fazem enquanto eu vou ficar feliz em nunca assistir a outro filme na vida. Que tal?

Assentimos sem dizer uma palavra.

— Agora, existe alguma outra informação crucial que um de vocês gostaria de dizer à única pessoa desta ilha que tem um diploma em criminologia avançada? Sabe... só por diversão?

O silêncio paira na sala.

— Finalmente... uma resposta que não me irrita.

Assim que volto ao meu quarto, já pego o celular.

É hora do almoço em Los Angeles, mas o filho da mãe atende mesmo assim.

— Aqui é Josh.

— Seu *merda*.

— Marissa?

— Você andou falando com as pessoas desse filme que eu sou um pé no saco? Que eu sou uma sabichona? Qual é o seu *problema*?

— Espera, vamos nos acalmar...

— Vai se foder, Josh, eu posso perder *trabalhos* por causa de coisas assim. Eu não posso ter esse tipo de fama... Não posso ter *nenhum* tipo de fama. Tirando a fama de ser alguém que faz o que tem que fazer com discrição, dentro do prazo e do orçamento, o que eu faço. Sempre.

— Ah, deixa de ser ridícula. Nada do que eu disse foi tão ruim.

— Nem por isso é uma atitude aceitável! Não sou bonita, Josh. Não sou charmosa. Não sou *descolada*. Eu não tenho nada a meu favor... Não tenho passe livre. "Não tão ruim" *ainda é ruim*.

— Nossa, você sempre precisa ser tão dramática assim?

— Quando se trata da minha carreira… sim. É um dos motivos pelos quais *eu* tenho uma carreira de verdade.

Ele ri de um jeito tão familiar que chega a ser deprimente.

— Nós dois sabemos que não é por causa da sua carreira que você está aborrecida.

Abro a boca, mas nada sai.

— Olha, Marissa, eu sei que esse tipo de coisa é difícil para você. Sei que você tem dificuldade em perceber conexões românticas entre as pessoas. Pessoas reais, de qualquer maneira. Alguém poderia transar bem debaixo do seu nariz e ainda assim sua ficha não ia cair… Quer dizer, provavelmente você achou que Tony e Liza May fossem *apenas bons amigos*, né? Então, por favor, aceite um conselho. Não tome a iniciativa. Deixe que eles venham até você. Caso contrário, vai continuar passando vergonha com gente que obviamente não está…

Desligo e jogo o celular na mesa de cabeceira.

Então, me atiro na cama, enfio a cara no travesseiro e grito.

Nunca na vida eu tinha falado com alguém daquela maneira. Eu esperava me sentir triunfante. Feroz. Poderosa. Mas não sinto nada disso. Só me sinto pequena, impotente e péssima, e eu sei, lá no fundo, que devo ter piorado muito as coisas.

Minha melhor amiga provavelmente vai *se casar* com esse homem.

Só me dou conta um segundo depois.

Ele acabou de insinuar que Tony *estava dormindo com Liza?*

Não pode ser possível, pode? Como Josh saberia de algo do tipo? Ele não tem tantos contatos quanto acha… Ou tem? Não, acho que só estava me sacaneando. Me preparando para o fracasso. Tentando sabotar minha carreira — de novo.

Ou talvez…

Talvez ele tenha acabado de me dar uma informação que muda tudo.

Eu me arrasto pela cama e tiro o roteiro da mochila. Folheio as páginas até achar o Post-it que Paul deixou para trás.

É hora de descobrir de uma vez por todas se o péssimo namorado da minha melhor amiga é um mentiroso.

— Não sei como você conseguiu esse número, mas sugiro que o esqueça.

A voz rouca, com um leve sotaque, é inconfundível. É Annemieke. Acho que aquela chance de 1 em 17,3 milhões deu certo.

— Por favor, não desliga — digo.

— Quem é?

Respiro fundo e ajusto o travesseiro nas costas.

Não estrague tudo.

— Meu nome é Marissa Dahl — respondo. — Sou a editora do novo filme do Tony. Peguei seu número com Paul Collins…

Uma pausa se segue; uma pausa longa o suficiente, carregada o suficiente para que eu sinta vontade de socar uma parede. *Atores.*

— Sim — diz ela, por fim. — Conheço o Paul. Qual é seu nome mesmo?

— Marissa Dahl. Dahl que nem o Roald, não de…

— Meu Deus, você é a garota de Venice.

— Não, na verdade, eu estou no lado leste. Bom, na verdade estou procurando outro apartamento agora. Mas eu *morava* em Echo Park.

Ela hesita de um jeito que só posso considerar delicado.

— Itália — diz ela. — Venice, tipo Veneza, Itália. Não Venice.

— Ah.

— Você caiu na fonte e puxou o Tony junto.

Eu me encolho.

— É, bom…

— Ah, não, não precisa pedir desculpas. Aquilo foi, de verdade, um dos pontos altos do festival.

— Sabia que ele não tocou no assunto em momento algum?

Ela ri, e é um som tão alegre e musical que quase me esqueço do que estamos falando.

— Não se preocupe, tenho certeza de que ele está guardando isso para falar no momento mais doloroso possível.

— Se ele é tão horrível, por que se casou com ele?

Percebo tarde demais como a pergunta é inapropriada. Com uma pessoa comum, eu me desculparia na mesma hora e provavelmente nunca mais falaria com ela na vida. Mas sei que não preciso me preocupar com isso em relação a Annemieke. Ela tem passado a vida profissional inteira respondendo a perguntas inapropriadas.

— Eu me casei com ele porque ele é muito bom no que faz — responde ela. — E estava muito cansada de homens que não são.

Aliso a borda do edredom e sigo a costura com o dedo.

— Então, o que mudou?

— Você viu o último filme dele? — pergunta ela, despreocupada. — Foi pavoroso.

— Annemieke — digo com delicadeza. — Aquele filme ganhou a Palma de Ouro.

— Talvez tenha havido outros motivos.

Chego para a frente e solto o rabo de cavalo para poder me deitar na cama.

— Um deles foi Liza May?

— Ah, essa foi a menor das infrações dele… Mas, sim, imagino que faça parte.

— Foi o Paul que te contou que o Tony estava dormindo com ela? Foi por isso que o Tony o demitiu?

Ela faz um som que não consigo identificar de cara.

Annemieke Janssen acabou de soltar um muxoxo para mim?

— Eu não precisei do *Paul* para apontar o óbvio — diz ela. — Assim que vi a foto da Liza, já sabia que ele ia transar com ela. Ele é bem consistente.

— Então por que o Paul precisava do seu número?

Ela não responde.

— Por favor — digo. — Só estou tentando entender.

Ela suspira.

— Ele entrou em contato comigo porque estava convencido de que o Tony estava orquestrando uma série de acidentes no set para que a Liza ficasse num estado de angústia constante. O Paul achou que talvez eu pudesse impedi-lo.

Encaro o teto, me sentindo tonta.

As luzes. A montanha-russa. Não foi o segundo assistente de direção, afinal. Foi o Tony.

— Mas por quê?

Uma risada baixa; não tem nada de musical nesta.

— Não há limites para o que ele faria para conseguir a atuação que quer. E, para esse filme, o que ele queria era medo: é o componente favorito dele.

Tenho certeza de que ele disse à Liza que nunca a colocaria em perigo físico real. Que não deixaria nada machucá-la. E que, caso acontecesse, não levaria mais do que dois ou três dias para melhorar. Com certeza ele disse que ela deveria se sentir grata, na verdade, pois, sem a ajuda dele, ela jamais perceberia todo o potencial que tem. Só *ele* poderia ajudá-la a encontrar a melhor versão de quem é.

Começo a balançar a cabeça

— Eu não fazia ideia.

— Não?

— Claro que não. Você acha que eu iria...

— Mas você já ouviu as histórias, não? Já viu os filmes dele. Talvez tenha rido da meticulosidade. É provável que já tenha lido ensaios sobre sua extraordinária atenção aos detalhes, sobre os profundos e incomparáveis insights psicológicos, sobre os heroicos e tremendos esforços para preparar as atrizes dele... E são sempre as atrizes "dele", né? Já perdi as contas de quantas horas passei sentada em silêncio ao lado de Tony enquanto ele respondia uma série de perguntas da imprensa sobre como entende tão bem as mulheres, não importa que ele só tenha feito filmes a respeito de um tipo muito específico. — O silêncio que se segue é, de alguma forma, mais significativo do que qualquer coisa que alguém já tenha me dito em voz alta. — Você já sabia, por mais que não conhecesse os detalhes. E escolheu trabalhar com ele mesmo assim.

— Não é tão simples — respondo, balançando a cabeça. — Sou só uma técnica. E mulher. Não posso ser exigente com meus projetos.

— No começo da sua carreira, talvez. — Annemieke faz uma pausa deliberada, e eu a visualizo como ela estava em Veneza: admirando a ponta do sapato e penteando a franja com o dedo mindinho. — Mas você não está no começo da carreira, está?

Deixo escapar a verdade.

— Tá, você está certa, eu aceitei o trabalho porque quis. Eu queria a credibilidade. O prestígio. Imaginei que poderia me render uma indicação à associação. Talvez mudasse minha carreira. Não me interessava se ele era um babaca, contanto que fosse um babaca *importante*.

Annemieke reage com um som de solidariedade.

— Eu sei. É assim que a gente cai na deles.

— Você acha que ele poderia ter matado a Liza?

— Não — diz ela depois de um instante. — Acho que não. Ele estava desesperado para fazer esse filme e deixou bem claro desde o início que ela era a única atriz que ele consideraria para o papel. Mas talvez eu só esteja dizendo isso porque fui casada com o cara. Não sei se eu gostaria de pensar no que a culpa dele significaria para mim. — Uma pausa. — De qualquer maneira, caso você esteja preocupada de verdade, deveria conversar com a Anjali. Ela o conhece melhor do que ninguém.

— Posso confiar nela? Eles são bem próximos.

Ela murmura algo em holandês que, desconfio, é melhor não saber a tradução.

— Você não sabe mesmo de nada, né? Ele seria vinte vezes pior se não fosse por ela. Encontre-a. Ela vai te contar tudo.

— Espera, não seria mais fácil se *você*...

A chamada é encerrada.

Atores!

Mas então o celular toca de novo, quase imediatamente, graças a Deus. Não foi um floreio dramático, no fim das contas — fomos apenas interrompidas.

— Annemieke...

— Por que você não me contou?

Ah. *Não* é Annemieke.

É Amy. E ela sabe.

Pressiono as sobrancelhas com os nós dos dedos.

— Eu não posso lidar com isso agora.

— Você o *beijou*?

Tentei muito não imaginar como essa conversa específica se desenrolaria, porém não acho que eu já tenha reagido mais rápido a alguém ou a qualquer coisa. As palavras saem desordenadas, quase incompreensíveis.

— Foi um mal-entendido. Eu entendi errado.

— Você entendeu errado o quê? A distância entre dois rostos?

— Não o culpe — arrisco. — Culpe a mim.

Um segundo se passa. Dez. Vinte. Pressiono tanto o celular no ouvido que vai ficar marcado, porém não ouço nada. Nenhum clique. Nenhum resmungo. Nenhum sussurro.

Não ouço nada.

Quando por fim ela fala, imagino que seja o que eu mereço.

— Ah, eu definitivamente culpo você.

Fecho os olhos. Josh. O *filho da puta* do Josh.

— Será que eu também preciso explicar por que isso é bizarro? — pergunta ela.

— Não, eu sei... eu sei. Decepcionei você.

— Droga, Marissa, não é nada disso que eu estou dizendo, será que você pode...

Bloqueio o que ela diz a seguir, porque, meu Deus, não tenho condições. Sei que mereço tudo que Amy tem a me dizer, mas simplesmente não tenho recursos psicológicos no momento para lidar com um triângulo amoroso, por mais desigual que seja — e muito menos enfrentar a constatação de que talvez tenha perdido minha melhor e mais próxima amiga por causa de um cara que se chama *Josh*.

Em desespero, vasculho minha mente em busca de uma saída desse inferno.

É o rosto de Nell que brilha nos meus pensamentos.

— Amy — digo. — Vou desligar agora.

— Espera, você está ouvindo? É...

Fecho o celular com força.

Em seguida, abro-o de novo, desligo totalmente e o jogo na parede.

Ouço um ruído no quarto, um som baixo e ritmado, e demoro um instante para notar que está vindo de mim. Puxo os joelhos até o peito e os abraço, apertando com tanta força que minhas omoplatas se cravam nas costelas, entretanto é melhor me concentrar nisso do que no calor que sobe pela minha garganta, no pânico que vai tomar conta de tudo se eu permitir.

Quando volto a respirar, quando os pensamentos se acalmam, os ouvidos se abrem e minha pele volta a parecer pele e não algum óxido condutor, eu me lembro de algo que uma terapeuta me disse certa vez.

"Você só pode se preocupar com o que está no seu círculo de controle, Marissa", disse ela, desenhando um círculo estreito em torno de sua cintura ainda mais estreita.

Na época, cheguei a pensar: faz sentido. Tenho domínio sobre meus cintos e não muito mais.

Mas agora eu entendo. Não há nada que eu possa fazer em relação a Amy. Verdade seja dita, provavelmente nunca houve nada que eu pudesse fazer em relação a Amy. Nossa história sempre acabaria assim. Quando eu sou a personagem principal, só existe uma forma de a história acabar.

Eu me levanto. Já Tony, porém… Talvez eu possa fazer algo em relação a isso.

SUZY KOH: Hoje temos o prazer de receber Annemieke Janssen, que está ligando de sua casa em Amsterdam.

ANNEMIEKE JANSSEN: Olá, meninas, é um prazer enorme, sou uma grande fã do trabalho de vocês.

GRACE PORTILLO: Muito obrigada por estar aqui. Eu não tenho permissão para ver a maioria dos seus filmes, mas eles parecem bem inteligentes e impressionantes.

ANNEMIEKE JANSSEN: Obrigada, é um grande elogio.

SUZY KOH: Annemieke, gostaria que você nos contasse… O que passou pela sua cabeça quando recebeu aquela ligação da Marissa?

ANNEMIEKE JANSSEN: Achei que fosse algum repórter ligando, claro. Nosso divórcio tinha acabado de ser anunciado e, é claro, nas notícias só dava Liza, Liza, Liza. O Tony estava muito em evidência naquele momento, muito famoso de novo, de uma hora para a outra.

SUZY KOH: E, quando você soube da notícia, o que pensou? Sabendo o que sabia, você se perguntou se o Tony poderia ter algo a ver com o assassinato da Liza?

ANNEMIEKE JANSSEN: É claro que sim. Qualquer um com um pingo de noção perceberia que a morte dela faria maravilhas pela carreira dele.

VINTE E SETE

Desço até o lobby em busca de Anjali. Agora que Billy foi preso, o hotel está começando a voltar aos eixos: um fluxo constante de funcionários vai de quarto em quarto para trocar toalhas e sabonetes e recolher o lixo. Wade está de volta ao balcão da recepção. Há uma fila na máquina de venda automática. Porém, de certa forma, o ambiente está ainda mais pesado do que antes. Quando Billy estava à solta, havia uma tensão no ar — uma tensão bem-vinda, até, já que assim todos nos concentrávamos na perseguição em vez de no assassinato. Era um medo tangível e finito, forte o bastante para afastar o impacto de preocupações mais pesadas. Agora, é impossível pensar em qualquer outra coisa a não ser no fato de que alguém *morreu*, e que decisões tomadas por nós podem ter influenciado isso.

Uma assistente de produção de rosto pálido com uma bandeja de copos vazios nas mãos me conduz até a sala de reunião.

— Estão *todos* aí — avisa de maneira soturna.

Encaro-a, receosa, enquanto ela se afasta. O que quis dizer com *todos*?

Quando abro a porta da sala de conferências, não seria absurdo se eu achasse ter entrado em uma sala de emergência durante um grande acidente ou no pregão da bolsa de valores de Chicago. A sala está lotada, tanto com o elenco quanto com a produção, todos gritando entre si. Levo cinco minutos só para conseguir me espremer porta adentro.

Fico na ponta dos pés, sondando a multidão. Encontro Anjali ao lado das impressoras, encurralada por assistentes de produção.

Balanço os braços no alto e chamo o nome dela.

Ela olha de volta e arqueia as sobrancelhas.

— Preciso falar com você! — grito.

Ela balança a cabeça e põe a mão por trás do ouvido. Então, grita algo de volta que se perde na balbúrdia.

Começo a abrir caminho na direção dela, contudo tem gente demais e sou menor do que todos. Mal consigo avançar um metro quando uma mão segura minha manga e me puxa para a frente.

Levanto a cabeça e vejo o rosto de Anjali.

— Está atrasada — ela me diz com excesso de preocupação.

— Como é?

— Vamos, você vai trabalhar logo ali.

Ela me arrasta pela sala até uma das mesas com computadores. Claramente, alguém sem a menor experiência em montagem de ilhas de edição havia pegado as sobras de equipamento da sala de projeção. Noto com profunda tristeza que apenas um dos monitores parecia ter sobrevivido, o pior de todos.

O boneco de papel colado na tela estava sem um braço.

— Por que essas coisas não estão na sala de projeção? — pergunto.

Anjali arqueia uma sobrancelha.

— Achamos melhor que você não fique lá em cima.

— Por que não?

Ela gesticula sem paciência.

— A polícia está lá dentro agora, você atrapalharia o trabalho deles. Ou talvez eles que atrapalhariam o seu, depende do ponto de vista. De qualquer forma, essa é a notícia boa.

Sinto meus pés recuando.

— Como isso é uma notícia boa?

— Na verdade não é, eu estava só tentando te preparar para a notícia ruim.

— Tem uma notícia *pior*?

Ela assente.

— Temos backup do material bruto, isso não é um problema, mas não estamos achando nenhum dos HDs do Paul com o primeiro corte, e parece que eles não foram colocados na nuvem.

— *Primeiro corte?* Do que você está falando? — Encaro o rosto dela. Ela está suando? — Anjali, você está bem?

Ela aponta na direção do computador.

— Vamos montar uma estação de trabalho melhor para você até hoje de noite, amanhã de manhã no máximo. Assim que tivermos aprovação, mandaremos alguém buscar um computador novo em Dover, mas, só para você saber, provavelmente vai levar um tempo até instalar todos os programas. Nossa internet é uma porcaria. Até lá, você pode trabalhar nesse notebook. — Ela me mostra um MacBook prateado e amassado, conectado a um HD externo.

Esfrego meus braços ao sentir um calafrio repentino.

— *Anjali.*

— O que foi?

Ela suspira.

— É sério que vamos retomar isso?

— É claro que vamos — responde com certa preocupação.

Bem, fui eu mesma quem disse: quando se esbarra em uma história como essa, não dá para simplesmente ignorá-la. Do ponto de vista criativo, a morte de Liza era de uma sorte tremenda. Como um raio acertando uma pipa amarrada a uma chave que abre um baú cheio de Oscars.

— Duvido que você tenha pedido permissão à família da Liza — digo.

Anjali contrai a mandíbula.

— Eles vão querer que ela seja lembrada.

Algo brilha na minha visão periférica.

Sam Shepard narra as leituras do velocímetro do Bell X-1. "Zero ponto noventa e sete... ponto noventa e oito..."

— Um filme não é uma memória, Anjali. — Esfrego os dedos no tecido da calça. — E não é certo que finja ser uma.

— Alguém precisa cumprir o papel de testemunha — insiste ela, levantando o tom de voz. — E por que não o Tony? Por que não a gente? Quem melhor do que nós, as pessoas que amavam a Liza, para reforçar a responsabilidade da polícia, para questionar as estruturas sociais que acima de tudo a atacaram e a vitimizaram, para investigar a politicagem no sistema de justiça criminal...

— E, além disso, cancelar tudo sairia caro demais, né?

Ela semicerra os olhos.

— Quarenta e oito horas podem mesmo transformar uma garota, hein? Você não era negativa desse jeito quando te contratamos.

Engulo em seco.

— Você não faz ideia. O Tony está aqui?

— Não. Agora que a ilha foi reaberta, ele tirou o dia para ir a Nova York.

— E te deixou aqui para lidar com tudo sozinha?

— Bem, sim.

Ela pigarreia.

— Olha, esquece isso. Só... Vem aqui comigo. Quero te mostrar uma coisa. — Puxo uma segunda cadeira. — Senta.

Abro e ligo o notebook. Em poucos instantes, estamos assistindo ao material que espero ser a chave para solucionar o problema.

A cena segue exatamente como descrita no roteiro. Liza e um jovem ator de cabelos castanhos — o rapaz interpretando Tom, namorado de Caitlyn — estão num encontro no parque de diversões. Tudo é fotografado em cores fortes e saturadas: o banco verde, a montanha-russa laranja, o algodão-doce cor-de-rosa. A armação dos óculos escuros de Liza é bem amarela e os lábios dela, bem vermelhos, e o céu, bem azul.

Duas possíveis interpretações vêm à mente. Primeiro, que essa cena é uma nota sentimental, um momento idílico e colorido que gera comoção e impacto devido à ironia dramática. Veja como a vida é bela; veja como ela pode ser tirada de nós em um instante.

Ou talvez seja uma sátira desse clichê, debochando da ideia de que há algo original e profundo na percepção de que, sim, a vida é bem menos previsível do que qualquer um de nós gostaríamos. Pensamentos profundos para mentes rasas.

— É engraçado — comento com os olhos fixos na tela —, nunca trabalhei em um filme sabendo antes qual seria a cena mais importante. Sempre descubro na ilha de edição.

— E você acha que vai ser essa? — retruca Anjali, com tom de condescendência na voz. — Sinto dizer, o Tony já decidiu cortar essa parte. Tirou do fluxo de trabalho. Ela só está aí porque foi o que recuperamos de um backup antigo.

— É o que veremos.

Acelero a cena; a montanha-russa segue para a esquerda, a multidão para a direita. Volto o vídeo; a montanha-russa vai para a direita e a multidão, para a esquerda.

— Li na *New Yorker* uma entrevista com o Tony de uns meses atrás — comento enquanto sigo clicando. — Ele disse que o processo artístico dele é maior do que qualquer interpretação subjetiva. Que o que ele coloca na tela é o mais autêntico que qualquer criação artística pode ser. Ele acredita nisso de verdade ou estava só tentando parecer inteligente?

— Se você pressupõe que o mundo é o que fazemos dele, então é claro que o que você faz vai ter a cara do mundo.

Encaro Anjali.

— *Você* está tentando parecer inteligente?

— Só estou dizendo que o Tony tem aquela confiança típica de homens que sempre conseguem o que querem. — Ela suspira. — Influência é uma droga pesada.

Avanço o vídeo de novo; ainda não encontro.

— O descarrilamento não foi gravado? — pergunto.

— É *isso* que você está procurando? — Ela se mexe no assento. — A câmera estava gravando, então tem que estar aí.

Pulo até o final, mas ainda não acho.

— Talvez estivesse fora do enquadramento?

— Espera aí, acho que eu lembro quando aconteceu. — Ela alcança o notebook e mexe no touchpad. — Tem que ter sido na última tomada, certo?

Ela aperta o play.

Aumento o volume.

Liza está flertando enquanto segura um algodão-doce, sorrindo na direção do sol. Atrás dela, a montanha-russa chacoalha os trilhos. O ator no papel do namorado de Caitlyn se aproxima e os olhos dele se alternam entre o busto e os lábios dela. Seu rosto não esconde as leves trepidações entusiasmadas de um ator muito preso ao que lhe foi ensinado.

Então, por algum motivo, a câmera chega perto do rosto de Liza. *Bem* perto. Um close extremamente próximo, diferente de tudo que foi feito nas outras tomadas — o pesadelo dos maquiadores. Liza é *por pouco* jovem o suficiente para sustentar a inspeção do zoom.

— *Você está tentando me dizer que eu sou importante?* — sussurra ela.

A resposta do parceiro de cena é abafada por um ruído ensurdecedor. Os freios da montanha-russa devem ter sido acionados. Ouve-se um berro e depois uma gritaria generalizada quando a equipe entra em ação — ou pelo menos é isso que eu deduzo. A câmera nunca sai do rosto de Liza.

— Esse *arrombado* — sussurra Anjali.

Pauso o vídeo. Liza está virando na direção da montanha-russa. Os olhos dela estão arregalados de medo.

— Ele sabia que o brinquedo ia descarrilar, não sabia? — pergunta Anjali.

— Acho que sim.

Anjali afasta o cabelo do rosto.

— *Merda*. Eu sabia que estava acontecendo alguma coisa com a Liza, eu *sabia*. Mas não conseguia fazer com que ela me contasse. Eu estava tentando *ajudar*.

— Você sabia que eles estavam transando?

Ela contorce os lábios.

— O quê?

Hesito antes de pôr a mão no braço dela.

— Não é culpa sua. Ela não poderia ter você como confidente. Você é muito próxima do Tony.

— Na verdade, não tanto — murmura ela, ainda encarando a tela. — Só porque trabalho para ele não quer dizer que temos o mesmo cérebro... *Merda*. A gente não concordava nem sobre o Billy.

Viro-me para ela, surpresa.

— Como assim?

— Tudo que eu vi me faz acreditar que ele é inocente, mas o Tony tem tanta certeza e ele tem toda uma *pesquisa*...

— Ele já te contou por que esse filme é tão importante para ele?

— O Tony nunca se explica. É uma das suas "peculiaridades".

— Mas você tem alguma ideia? Nunca fez sentido para mim. Os interesses dele tendem a ser... *maiores*.

— Morte não é grande o suficiente?

— Você entendeu o que eu quis dizer. História, política, filosofia. Esse tipo de coisa. Mas isso aqui... É só mais um filme sobre uma garota branca morta. Podia ser feito em qualquer outra cidade dos Estados Unidos, era só mudar alguns nomes. Por que *esse* filme?

— Bem, incentivos fiscais, para começo de conversa.

Balanço a cabeça.

— Tem outro motivo. Tem que ter.

Pego o mouse e recomeço o vídeo. A resposta está aqui, tenho certeza.

Sempre está.

Retrocedo até chegar a uma imagem do ator no papel do namorado de Caitlyn.

— Quem é esse ator? — pergunto. — Não o reconheço.

Anjali ri.

— Né? Eu sempre o confundo com outros atores brancos de TV. Ele é o terceiro protagonista daquele drama adolescente da Netflix ou o convidado recorrente daquela comédia engraçadinha no Hulu? Ninguém sabe! Não descarto que ele tenha sido contratado por engano, achando que era outra pessoa.

É aí que tudo se encaixa.

Se eu tivesse visto isso ontem — se eu não tivesse acabado de falar com Annemieke e se ela não tivesse mencionado Veneza —, eu provavelmente não ligaria os pontos. Mas é hoje que estou investigando, agora, e desta vez a história não se desenrola na minha cabeça. Em vez disso, ela brilha com força e intensidade por trás dos meus olhos, como luzes explodindo na sala de cinema, uma a uma.

O ator na tela à minha frente é um garoto branco comum, desinteressante em quase todos os aspectos — nem alto, nem baixo; nem gordo, nem magro. A cor do seu cabelo não tem um tom especial, amadeirado, dourado. É só castanho. Ele não tem nenhuma cicatriz, verruga ou marcas de nascença visíveis. Os olhos são grandes, brilhantes. Verdes.

Ao redor do pescoço, um escapulário de São Cristóvão.

Não consigo evitar: solto uma risada. Da mesma forma como rimos quando finalmente entendemos uma piada depois de pensar nela por muito tempo. Não há prazer, só alívio.

Tony se preocupa tanto em fazer tudo certo que não faz ideia de que acabou se entregando.

VINTE E OITO

Pego Anjali pelo braço, preocupada.
— Seja lá o que você faça, não fique sozinha com o Tony, tá?
Ela recua.
— O quê?
— Explico depois.

Luto para sair da sala de conferências, dando cotoveladas e pelo menos uma joelhada, sem me importar em quem estou acertando. Cambaleio até o saguão e sigo para o restaurante, passando por garçons e ajudantes enquanto corro pelo corredor dos fundos, desvio de uma bandeja e abro com força as portas duplas prateadas.

Um homem com um uniforme branco de chef levanta o olhar do prato que estava montando com uma pinça. Ele retira os óculos de leitura.
— Saia da minha cozinha — exige.
— Sou amiga da Grace e da Suzy — exclamo.

Ele contrai a testa.
— Mas você é adulta.
— E daí?

Ele se endireita e limpa as mãos em um pano.
— É você que gosta dos sanduíches de pasta de amendoim?

Faço que sim com força.
— Tenho o paladar de uma criança de cinco anos. Você sabe onde elas estão?

Ele se vira para uma moça de cabelos escuros, abaixada atrás de um balcão.

— Esther, o que você fez com as garotas?

Ela aponta com o saco de confeiteiro para a despensa.

— Mandei as duas para o *garde manger*.

O chef olha para mim.

— Estão trabalhando no setor de saladas.

— Então... posso falar com elas?

Ele entorta a cabeça.

— Você sabe a quantidade de saladas que o povo daqui come?

— É *extremamente* importante — respondo, trincando os dentes.

Ele dá de ombros.

— Contanto que não tenha a ver com garotos. — O chef recoloca os óculos e volta ao trabalho.

Encontro Suzy e Grace concentradas no trabalho, de cabelos presos, usando luvas brancas de plástico, quase escondidas atrás da montanha de verduras. Elas levantam o olhar quando entro.

— Que tal vocês me ajudarem a invadir uma delegacia?

O brilho no sorriso delas era de dar inveja ao sol.

Disparo pela entrada, passando pelo gramado e pelas árvores, com as meninas acelerando atrás de mim. Não corro nessa velocidade e por tanto tempo há meses — anos — e, cada vez que meu tornozelo encosta no chão, o impacto chacoalha meus ossos. A dor no quadril é tão intensa que mal noto o joelho latejando ou a ardência nos braços.

Saímos às pressas em meio às árvores rumo ao estacionamento. Ao lado da churrasqueira, Chuck e Tim nos veem.

— Condessa Drácula! — cumprimenta Tim.

— Graças a Deus — respondo.

Chuck ajusta as calças e vem correndo.

— Cara, você está bem?

— Precisamos ir até a delegacia — peço, arfando. — Rápido, por favor.

Suzy segura minha manga e me puxa para perto dela.

— Marissa, espera. Por que a gente não pega carona com o Isaiah?

Balanço a cabeça.

— Não dá. Preciso ter certeza de que estou certa antes. Tenho que agir *racionalmente*.

— Invadir a delegacia é *racional*?

— Sem dúvida — confirmo.

Suzy pisca, surpresa.

— Acho que você tem passado tempo demais com a gente.

Volto a falar com Chuck.

— Você pode nos levar?

Ele franze as sobrancelhas para as garotas.

— Não sei se tenho autoridade...

Ponho a mão no ombro dele.

— Você está me dizendo que a ilustre e renomada Irmandade Internacional dos Caminhoneiros não tem *autoridade* para ajudar a editora principal, que inclusive faz parte e tem um ótimo relacionamento com o sindicato local, quando ela mais precisa?

Chuck suspira, leva dois dedos à boca e assobia.

— Little Bob! Vamos precisar do Destruidor.

Nem trinta segundos depois, um Escalade preto surge de trás de um dos trailers.

— Destruidor? — pergunto.

— De mundos — afirma Chuck com modéstia.

O Escalade para ao nosso lado e as garotas sobem no banco de trás. Eu aperto o cinto no banco do passageiro e jogo a mochila aos pés. Little Bob olha para mim e levanta as sobrancelhas.

— Pra onde, chefe?

— Delegacia. E meio que temos que chegar despercebidos.

Ele engata a marcha. Consigo sentir a empolgação de Suzy e Grace atrás de mim. Deus do céu, espero que não esteja cometendo um erro ao trazê-las comigo.

Quando chegamos ao fim do acesso, Little Bob vira à direita.

— A estrada não é para o outro lado? — questiono, apontando para a direção oposta.

Little Bob para no acostamento. Depois, ele vira para o meu banco e ajusta o meu cinto, apertando com força. Prepara o motor. Olha para o banco de trás e dá uma piscada.

— Para onde estamos indo — revela ele —, não precisamos de estradas.

Ele então vira o volante com tudo para a esquerda e pisa fundo no acelerador. As meninas soltam um gritinho enquanto o carro percorre o chão de terra.

Talvez eu tenha gritado também.

Little Bob conduz o SUV por cima de uma colina, entre duas casas e ao redor de uma árvore. Passamos direto pelo que parecia muito ser um estábulo até chegarmos a um bosque, denso, que mesmo assim Little Bob contorna com facilidade, encontrando saídas que de forma alguma pareciam existir. Ele faz uma curva brusca para a direita e, sabe-se lá como, alcança uma estrada de terra que parece não ser usada há séculos.

É como se ele tivesse um Google Maps implantado na alma.

Depois de mais uns três quilômetros, chegamos no meio de uma área aberta, e o carro para com suavidade. Uns cem metros adiante, depois das árvores, consigo enxergar um prédio retangular de tijolos. Há duas viaturas da polícia paradas na frente.

— A gente pode não fazer muita coisa — conclui Little Bob —, mas ninguém faz melhor que a gente.

Olho para as garotas atrás, sem palavras.

— Foi *lindo* — diz Suzy.

Grace concorda, secando uma lágrima do rosto.

Descemos do carro e nos espreitamos até a beirada da floresta, escondidas atrás do caule de uma árvore.

— Qual é o plano? — pergunto.

— A gente entra primeiro — responde Grace. — Uma de nós vai contar para a moça simpática da recepção que temos informações *muito* relevantes sobre o caso.

— Porém — continua Suzy —, vamos falar tudo super-rápido, usando o maior número possível de expressões do TikTok que vierem à cabeça.

— Vou abrir o Urban Dictionary no meu celular.

— E vamos usar um tom agudo bem menininha no final de cada frase, tipo *assim*?

— Talvez eu meta um espanhol no meio só de sacanagem.

— Não, não faz isso. Lembra que eles são policiais de verdade.

— Ah, verdade. — Grace engole em seco.

— Depois — prossegue Suzy —, quando eles já estiverem bem confusos, é aí que vou pedir para usar o banheiro.

— Mas eu vou continuar falando.

— Para que eles nem pensem em vir atrás de mim.

— E, quando ela estiver lá dentro, vai abrir a janela — Grace aponta para uma janela com um toldo no alto da parede dos fundos. — Essa é sua porta de entrada. O Billy está na cela do setor sul do prédio.

Suzy olha para mim.

— Eu lembro que o plano original era para eu invadir a sala de arquivos e roubar as fotos da cena do crime. Mas… Acho que isso já ficou para trás?

Fico roendo a unha do polegar enquanto olho para a janela.

— É. Melhor só fazer uma grande besteira de cada vez.

Quando entro na sala, ainda sentindo as dores dos esbarrões *minúsculos* na janela do banheiro, Billy está sentado em um banco de metal na cela, com as mãos juntas sobre o colo, olhando para o nada à sua frente.

Dou um passo cambaleante.

— Oi, Billy.

A expressão dele não muda. Será que não me reconhece?

— É a Marissa — revelo. — A gente se conheceu… Nossa, acho que foi ontem ainda.

Ele levanta a cabeça. Leva um tempo até a expressão em seu rosto ficar mais clara.

— Eu me lembro. Me desculpa, não queria ter te empurrado. Espero que não tenha se machucado.

Existe uma lista enorme de termos cinematográficos que podem descrever o que aconteceu com minha vista nessa hora. Alguns chamam de zolly, trombone shot, técnica de Hitchcock, efeito Vertigo… Eu prefiro o termo dolly zoom, já que um dolly zoom é, de fato, um zoom feito enquanto a câmera se move em um dolly. Nomenclaturas extravagantes sempre me pareceram algo contraditório.

Se você já viu *Vertigo* ou *Tubarão* ou *Os bons companheiros* — ou qualquer outro filme de terror, na verdade —, provavelmente conseguiria reconhecer a técnica. Imagine um corredor comprido. No fim dele, uma porta qualquer. Em primeiro plano, o herói seguindo a vida. Até que as luzes começam a piscar — atrás da porta, um barulho! — e, de alguma maneira, enquanto assistimos, o corredor *estica*, a porta vai para trás como se estivesse sendo sugada para outra dimensão.

Há perigo *por trás dessa porta.*

A linguagem cinematográfica está sempre mudando, porém a tradução em inglês dessa técnica em particular se mantém consistente desde o filme *Marnie: confissões de uma ladra*. Então, quando as janelas atrás de mim parecem ir para o além, sei exatamente o que meu cérebro está tentando me dizer:

Ah, *merda*.

— Entrei em pânico — ele continua —, e nem sempre tomo as melhores decisões quanto estou em pânico. Bem, acho que essa é a definição de pânico.

Foi *Billy* quem roubou a gravação. Foi *ele* que me atacou. O que significa…

— Droga, Billy — digo em voz baixa. — Eu vim até aqui para que você confessasse que *não* matou a Liza.

Ele levanta rápido a cabeça, o choque é visível em seus lábios.

— O quê? Não. Eu peguei a gravação, mas nunca encostei na garota. Eu juro.

— Por que eu acreditaria em você?

— Porque tenho um rastreador no meu barco. Estive na ilha só por uns vinte minutos, e dá para confirmar que naquela hora eu estava na sala de projeção. Seria impossível.

— Ah. — Pressiono o peito, meio que esperando encontrar meu coração do lado de fora. — Quando perguntarem, você talvez devesse começar por essa parte.

Ele solta um pequeno sopro de ar que representa o limite absoluto daquilo que eu definiria como uma risada.

— Bom conselho.

Eu me arrasto até a beirada da cela.

— Por que se arriscar tanto só pela gravação bruta?

Ele volta a fitar as mãos.

— Acho que não vai soar muito bem quando eu disser em voz alta.

— Tenta.

Ele solta um suspiro lento e firme.

— O Gavin me contou que ia pedir demissão, e você disse... Lembra? Que se o Gavin pedisse demissão, encerrariam toda a produção. E isso quer dizer que eu nunca assistiria ao filme.

— Você sabe que o filme te mostra como um assassino cem por cento perturbado, né?

— Nada que eu não tenha ouvido antes. Não muda o fato de que aqueles foram os melhores anos da minha vida. Eu... Eu acho que queria ver se tudo era do jeito que eu lembrava.

As mãos dele se contorcem e ele se perde em pensamentos que não consigo acompanhar.

Deixo que volte à tona no próprio tempo.

— Até que ouço alguém subindo as escadas e tomo um susto, porque, bem... — Ele me olha de relance. — O barulho fazia você parecer bem maior do que é.

— Correr em degraus de metal causa essa impressão.

Ele desvia o olhar.

— Você deveria ser mais cuidadosa. Lasquei um dente nessa escada quando controlava o projetor. Meu pé ficou preso enquanto eu subia e... — Ele dá um soco na mão aberta. — *Bum*.

— Ainda não entendo. Se você queria tanto esse material, por que arremessou o computador no mar?

Ele agora direciona os olhos para o teto.

— Fiz o que eu imagino que todo criminoso por acidente faria. Me dei conta do que estava fazendo, percebi que cometi um engano terrível e tentei destruir as provas.

— Gerando, assim, ainda mais provas.

— Não foi dos meus melhores momentos — concorda ele. — Fale o que quiser sobre a polícia, mas eles me pegaram bem no flagra quanto ao roubo. Por outro lado, é um baita de um álibi.

Fico de olho na porta. Pela janelinha quadrada de vidro, vejo Grace gesticulando com força para três policiais, todos eles piscando confusos e coçando o queixo. Mas as meninas não conseguirão distraí-los para sempre.

— Billy — digo com urgência. — Preciso fazer uma pergunta.

Ele franze a testa.

— Não é isso que você já estava fazendo?

— É, eu sei, mas é isso que se diz quando você está prestes a fazer uma muito importante.

Ele gesticula para que eu continue.

— Você disse que a Caitlyn teve alguns namorados durante o verão...

— Ela teve vários encontros, sim.

— Certo. Você consegue se lembrar dos garotos com quem ela saiu?

As pálpebras dele tremem.

— É claro que lembro.

— Pode me dizer os nomes deles?

Ele abre os lábios. E hesita.

Levanto as mãos e seguro as grades da cela.

— Ele não tem como machucar você, sabe? É uma inversão interessante, até. Ele enfim te colocou onde queria, que é o único lugar nesta ilha onde não tem acesso a você.

Billy me lança um olhar seco.

— *Você* teve acesso a mim.

— Só que tenho duas adolescentes comigo — respondo com tanta precisão que nem mesmo Gavin Davies encontraria defeitos no meu desempenho. — Tony Rees, não.

Se eu fosse outra pessoa, uma pessoa normal, o tipo de pessoa que não se importa em apertar as mãos de alguém, cumprimentar com um abraço ou tocar sem querer uma pessoa numa sala lotada... Se esse tipo de proximidade fosse algo corriqueiro para mim e não algo que intensificasse meus sentidos muito além de um leve desconforto, se eu fosse capaz de olhar para alguém de forma casual sem me sentir dolorosamente consciente do fato de que *estou olhando para alguém estou olhando para alguém ai meu Deus eu estou olhando para alguém*, talvez eu não percebesse.

Mas eu não sou essa pessoa. Então percebo.

O que estampa o rosto de Billy é medo.

Dou um passo para trás.

— Eu estou certa. O Tony esteve aqui vinte e cinco anos atrás. Era *ele* que estava apaixonado pela Caitlyn. Por que você não contou para ninguém?

— Ele quase me matou uma vez. Não duvido que tente de novo.

— Mas com certeza *agora*...

Ele movimenta a mão como se fizesse um corte.

— Vocês do cinema são todos iguais. Acham que estão descobrindo algo novo só porque não sabiam de tudo desde o começo. Mas não tem reviravolta nenhuma, você só é a última a descobrir. Todo mundo na ilha sabe quem é o Tony. Ele é adorado. Todos o idolatram desde que chegou aqui quando criança e ainda mais agora. De onde você acha que vem todo esse dinheiro? Não é pelo turismo, vem de *Delaware*.

— Como é possível?

— Todo mundo é amigo, você não entende? Ele e o Nick bebem juntos; a Francie ensinou Tony a pescar. *Ele* é convidado para a festa do Quatro de Julho todo ano. Eles estão nessa juntos, assim como estiveram no passado.

— Por quê? Para conseguir justiça pela Caitlyn?

Ele assente.

— Mas você não é o culpado.

Ele abre um sorriso nervoso.

— É, bom, tenta convencê-los disso.

Olho para a porta, depois para Billy, então para a porta de novo.

— O que foi? — pergunta ele, desconfiado.

Ajeito minha camisa e visto a mochila.

— Acho que você finalmente teve a ideia certa.

SUZY KOH: Viu? A gente disse que não foi ele.

VINTE E NOVE

— Precisamos falar sobre o Tony — declaro.

Nick me examina por cima da borda da xícara de café.

— Você invade o *meu* espaço e ainda faz exigências?

— Bem, sim. — Eu me ajeito, tentando achar uma posição confortável na cadeira que Nick apontou para mim. É uma dessas cadeiras de madeira com o assento moldado para encaixar na sua bunda, mas eu claramente não tenho o formato certo. É como tentar encaixar um bloco quadrado em uma cadeira de madeira redonda e bastante desconfortável. — O fato de ele ter namorado a Caitlyn me parece um detalhe bem importante.

Do outro lado da porta aberta, escuto a voz de Suzy dizendo ao policial fardado que ela tem um primo no Departamento de Justiça, então é melhor que não tentem nenhuma gracinha. Grace, por outro lado, está ao telefone com Little Bob, passando instruções para que ele chame um advogado e poste algo no Twitter caso a gente não saia em meia hora.

Não sei nem como ela conseguiu o número do Little Bob.

— Ah, você descobriu — diz Nick.

— Me impressiona de verdade como você guardou segredo por tanto tempo.

O sorriso dele é frio.

— Não guardamos segredo. Vocês que nunca perguntaram.

— *Você* vai *me* julgar agora? Não fui eu que espanquei um homem inocente.

Nick volta a se sentar — reparo que ele tem uma almofada — e apoia os dedos no rosto.

— Você não sabe o que está falando.

— Desculpa, você não estava lá quando levaram o Billy ao hospital? Talvez você só tenha ficado parado assistindo?

— Olha, eu era moleque e estava apavorado. Todo mundo dizia que o Billy era um maníaco perseguidor, eu não tinha como saber. Nos filmes, esses caras nunca param na primeira vítima. Como eu ia saber que não seria o próximo? Aí a polícia foi lá e fodeu tudo. Como a prisão não estava mais em jogo, sim, achei necessário enviar um recado. Foi errado, hoje em dia eu admito. Mas é por isso que estou me empenhando tanto. Quero acertar desta vez.

— Acha mesmo que ele matou a Caitlyn?

Ele esfrega a mão no rosto.

— Você não o conhece. Ele é um estúpido safado, sempre foi. E fatos são fatos: ele é o único suspeito viável do assassinato de Caitlyn. É o único que a conhecia, que tinha acesso ao barco para transportar o corpo e que ninguém sabe onde estava naquela noite.

— Estou te falando, não foi o Billy.

— Sinto dizer, mas acreditar com muita, muita força em algo não conta como prova.

Olho para os lados, pensando com intensidade. É evidente que preciso tentar outra estratégia.

— Mas você concorda que ele não matou Liza May, certo?

— É improvável — admite ele.

— Ok. — Eu umedeço os lábios. — Siga o meu raciocínio, então, você também sabia que o Tony estava transando com ela?

Nick se endireita, nitidamente surpreso.

— Com a Liza?

— Você consegue ver, né? — Eu me inclino para a frente. — O quanto ela se parece com a Caitlyn. Sabe quem mais se parece com ela? A futura ex-mulher dele. — Respiro fundo. — Você tem que admitir, é a porra de um enredo de Hitchcock isso aqui. Desculpa meu linguajar.

Nick apoia os cotovelos na escrivaninha.

— *Meu Deus...*

Estou com ele nas mãos, não posso parar agora.

— Piora — continuo. — Ele tem atormentado a Liza há semanas. Acaba com ela e depois a coloca para cima, só para depois derrubá-la outra vez. Primeiro, eu pensei: "Ah, é assim que ele critica mesmo", mas o buraco é mais embaixo. Ele não achava que ela era boa o suficiente para o papel de Caitlyn.

— E você acha que ele a mataria por isso?

— É tão plausível quanto qualquer outra coisa.

Ele abre a boca para responder; em vez disso, balança a cabeça.

— Não tem como ele ter matado a Caitlyn, tenho certeza. Eu estava com ele naquela noite, fomos de barco até Cape May para encontrar uma garota que conheço.

Eu me recosto na cadeira. *Droga*. Achei mesmo que o tinha pegado.

Há uma batida no vidro da porta. O rosto de Suzy aparece.

— Espero que não se importe — diz ela. — Eu estava bisbilhotando descaradamente.

Aceno para que ela entre.

Nick arqueia uma sobrancelha.

— Sim, por favor, chame uma criança para essa conversa.

— Confia em mim — retruco —, ela entraria de qualquer jeito.

Suzy puxa uma cadeira até a escrivaninha e se joga.

— Já pensaram que podem ser *dois* assassinos? Desculpa, deixa eu reformular: foram dois assassinos *com certeza* e, antes que vocês digam "Como você sabe? Você é um bebê", deem só uma olhada nisso aqui.

Ela pega uma pasta guardada na cintura da calça e a coloca na mesa de Nick.

— Enquanto a Marissa estava com o Billy, encontrei as fotos originais da cena do crime — ela avisa, posicionando duas fotos na minha frente. — Dos *dois* assassinatos.

A primeira foto é de Caitlyn; a segunda, de Liza. Nenhuma delas é como eu esperava.

Para começo de conversa, os fotógrafos da polícia não faziam a menor questão de captar qualquer nuance artística, elegância ou delicadeza. E por que fariam isso? São pagos para registrar o fato nu e cru da cena.

É que eu jamais imaginei: garotas mortas não têm nada de bonitas.

O corpo de Liza também *não* está disposto da mesma maneira que o de Caitlyn. Sim, ambas estão usando roupas de banho laranja e ambas estão sentadas em cadeiras de praia, mas só Liza está posicionada de maneira artística sobre a cadeira. Caitlyn está jogada para a frente, com os braços soltos para os lados e uma dobrinha de gordura na cintura.

Meu dedo aponta uma diferença ainda maior entre as imagens: a boca de Caitlyn. Os lábios dela foram pintados de vermelho. Os de Liza estão ao natural.

— Esse maquiador com certeza tinha que ser demitido — digo baixinho.

— Né? — concorda Suzy, olhando por cima do meu ombro. — Se foi a mesma pessoa, com certeza não se esqueceria do batom *vermelho-sangue*. É, tipo, o básico do assassino em série.

— O que isso significa? — pergunta Nick.

— A Liza também não estava de batom no filme — respondo.

— E por que *isso* tem importância?

Solto uma risada seca.

— Porque quer dizer que eu estava errada o tempo todo.

Estava errada desde que vi aquela gravação de Liza lá em Century City, milhões de anos atrás. Era fácil demais presumir que eu estava diante da verdade.

Alcanço minha mochila e a vasculho até meu dedão encostar nas bordas afiadas de um papel revestido.

Tiro o retrato que Isaiah pegou na ilha de edição e o coloco ao lado das fotos da polícia.

Suzy respira fundo.

Nick franze a testa.

— Não estou entendendo.

— O corpo da Liza não foi arrumado para ficar igual ao da Caitlyn — explica Suzy. Ela aponta para a foto de Caitlyn e depois para o retrato. — Ele foi arrumado para ficar igual a *ela própria*.

— Mas não pode estar certo. — Olho para Nick. — Você não deu as fotos da cena do crime para o Tony?

Ele balança a cabeça, boquiaberto.

— Entreguei para o assistente dele.

— Espera… Sério?

— Tony leu todos os documentos, mas se recusava a ver as imagens. Ele disse que… — Nick põe a mão no dorso do nariz. — Ele disse que não queria ver o corpo da Caitlyn sob as lentes de outra pessoa.

O corpo de Suzy enrijece.

— E você *aceitou* isso? Como se fosse *normal*? Alguém já disse um não para esse cara?

— Faz parte do processo dele… — tento argumentar.

— Ele disse que é o processo… — Nick também diz ao mesmo tempo.

O olhar de Nick encontra o meu. Em seguida, ele se levanta e sai da sala com determinação, chamando sua equipe. Vão todos voltar para o hotel, ele avisa. Vão ter uma conversa com Tony — isso mesmo, o Tony que *eles* conhecem. E seria bom que todos checassem suas armas.

Absorvo só uma parte de tudo isso. Ainda estou presa às fotos. Alguma coisa está me encucando, mas o quê?

Shirley MacLaine, ao lado da cama de Debra Winger, ao abrir os olhos…

Não, antes disso…

Shirley MacLaine, ao lado da cama de Debra Winger, ajudando-a a se maquiar antes de ver os filhos pela última vez.

Talvez não seja um filme…

Minha avó, no hospital na noite em que morreu, com um tubo da Revlon verde-esmeralda nas mãos.

Suzy chacoalha meus ombros.

— Marissa, você está viva?

Pisco assustada para ela.

— Sim, desculpa… Só estava pensando.

— Péssimo hábito — diz ela, séria. — Vem, vão levar a gente de volta para o hotel.

— Não se preocupe. Assim que o Tony tentar fugir para qualquer lugar próximo daqui, vão pegá-lo. É uma das coisas boas de se viver em uma ilha.

Wade abre um sorriso tão grande que fico até preocupada achando que causará algum dano permanente.

Estou no escritório particular de Wade. Enquanto a polícia continua a busca por Tony, aqui tem sido o epicentro operacional temporário do hotel. Do lado oposto da mesa de Wade há oito telas do sistema interno de imagens, circulando pelas câmeras de segurança do hotel. Atrás da mesa, três TVs de LCD transmitem noticiários. Até agora, a morte de Liza só apareceu nos letreiros da Fox e da CNN. Não houve nenhuma menção a suspeitas do envolvimento de Tony.

No canal local, um repórter que mal saiu da adolescência está fazendo uma transmissão em frente à estação de barcas em Lewes. No plano de fundo, consigo ver pelo menos outras três vans de noticiários. Eu me pergunto se alguém entrevistou Georgia.

À direita, atravessando um portal largo com pilastras, fica a sala de estar de Wade e Francie. Francie está perto do bufê de madeira, em pé ao lado do jogo de chá enquanto a água faz a infusão, dobrando guardanapos e servindo um prato de biscoitos. No meio da sala há uma pequena área para se sentar: uma mesa de centro, uma poltrona, dois sofás azul-turquesa. Há uma TV aqui também, ligada em um canal de entretenimento que não reconheço. É ali que estão as garotas, fazendo uma enxurrada de comentários para Anjali e Valentina, ambas com uma expressão idêntica de preocupação.

Isaiah está ao redor delas de braços cruzados, batucando distraído os dedos nos cotovelos. A cada três minutos, mais ou menos, percebo que ele confere o celular e fecha a cara.

Ainda não contei nada para ele.

Ele também não contou nada para mim.

Gavin, enquanto isso, está encolhido ao lado do armário de bebidas com Violet, que veio da suíte adjunta. Ela está vestindo um pijama de seda dourado e uma peruca curtinha platinada. Quando percebe que estou olhando em sua direção, mexe as sobrancelhas pintadas para mim.

Desvio o olhar. Paro na foto de um quadro pendurado logo atrás da porta. Nele, Wade está sorrindo como sempre, de pé entre outros dois homens, que me parecem vagamente familiares.

Eu me aproximo para examiná-lo de perto.

— Esse é o...

— Sim — Wade confirma logo atrás de mim, com satisfação. — Quarta temporada, episódio 28.

— É *por isso* que eu conheço este lugar.

— Você também é fã, então?

— Deus me livre. Meu primeiro trabalho depois da faculdade foi editar os vídeos promocionais da Syfy.

— Ah. — Ele mexe no colarinho.

— Nunca chegaram a *encontrar* fantasmas de verdade — explico.

— Não é porque não encontraram que eles não estão por aí — revida ele cordialmente. — Afinal, quem sabe *o que* pode ter acontecido por aqui durante a época da Proibição? Todos aqueles esconderijos e túneis secretos de contrabandistas...

— Nunca mencionam o assassinato da Caitlyn — comento. — Digo, no episódio.

Wade faz uma pausa.

— Não.

— Por que não? Seria ótimo para o programa.

Ele olha para a sala de estar.

— Bom, tomamos uma decisão... em família. Ficamos preocupados em soar desrespeitoso.

— O que te fez mudar de ideia?

Pelo canto do olho, observo a mão de Francie parando sobre uma fatia de bolo.

— O que você quer dizer? — Wade ri, nervoso.

— Dez anos atrás, você não deixava nem um reality show capenga mencionar qualquer palavra sobre o assassinato da Caitlyn, e agora você vai fazer um filme inteiro sobre o assunto?

— Bem — ele responde —, confiamos que Tony faria jus ao material.

— E tem dado certo para você?

Francie entra na sala com as mãos na cintura.

— Ele ganhou um Oscar.

Dou de ombros.

— O Mel Gibson também.

Francie abre a boca e logo a fecha. A atenção dela se volta para uma das TVs. Estão mostrando uma foto de Tony.

— Acha que ele vai se safar? — pergunta ela depois de uns segundos.

— Não — Anjali diz, apoiada na pilastra do portal. — Ele tem dinheiro, mas está acostumado demais a ter gente fazendo tudo por ele. Vai fazer alguma merda estúpida e óbvia, é sempre assim. Então vai ter que lidar com o fato de que foi pego pela ironia. O diretor visionário que não conseguia enxergar o que estava debaixo do próprio nariz. — Ela bebe um gole do copo de vidro na mão esquerda. — Que delícia pensar nisso.

Na sala de estar, o olhar de Gavin encontra o meu. Ele gesticula para que eu vá até lá.

Balanço a cabeça. Não tenho energia para lidar com ele agora.

Obstinado, ele aponta para o banquinho vazio à sua esquerda e depois para mim.

Ao lado dele, Violet solta uma risada baixa e rouca.

— Deixe de vergonha, venha cá fazer companhia a uma velha senhora.

Ah, *droga*. Não dá para negar um pedido desse. Lanço um olhar venenoso a Gavin enquanto vou até o banco de crina de cavalo e me apoio na beirada.

— Então — ela começa depois que me ajeito —, ouvi dizer que gosta de cinema.

Sou pega de surpresa e dou uma risada.

— Sim, eu gosto.

Ela estala os lábios e estica o copo para Gavin, que o enche de uísque. Ela aproxima a bebida do rosto e, com a outra mão, abana o aroma para mais perto do nariz.

— Não posso mais beber — explica ela ao abrir os olhos. — Só posso *sentir o aroma*. Dependo do Gavin para me contar qual é o sabor de verdade.

Gavin confirma, inclinando a cabeça, e toma um gole do próprio drinque. Ele saboreia a bebida na boca.

— Carvão e curativos — anuncia.

Ela cheira a bebida de novo.

— Já devia saber que não posso confiar em ingleses.

— Eu sou *galês*, senhora.

Ela funga e se ajeita na cadeira, dando as costas para Gavin.

— Sabe... Nunca quis que fizessem essa porra desse filme.

O uísque de Gavin desce pelo buraco errado. Ele se engasga e dá um tapa no peito.

Eu me remexo no banquinho.

— Cá entre nós, o roteiro era péssimo.

Ela concorda com um murmúrio.

— Foi a Francie que insistiu, e claro que eu não poderia recusar. Não para minha própria família. Só estou te contando porque ouvi você fazendo perguntas para minha neta.

Olho para Gavin, levantando um pouco as sobrancelhas.

Ele dá de ombros.

Volto a encarar Violet. Ela me observa atentamente por cima da armação dos óculos.

— Como ela te convenceu? — pergunto.

— Ela falou que, depois de todos esses anos, o Tony enfim levaria o assassino da Caitlyn à justiça. — Os lábios dela formam um sorriso. — Imagine só.

— É — respondo devagar, levando a mão à boca. — Imagine só.

— Acho que não me surpreende a paixão dele por ela — acrescenta, olhando para o copo. — O amor juvenil não foi feito para durar para sempre, mas é preciso que complete seu percurso. Mesmo quando garoto, o Tony nunca deixava nada incompleto.

De modo geral, eu nunca conseguiria olhar direto para alguém por tanto tempo — principalmente quem eu não conheço. No entanto, com Violet, percebo que não consigo desviar os olhos. Há alguma coisa nela. Talvez seja isso aquele inexplicável carisma das estrelas.

Talvez seja outra coisa.

— Você e a Caitlyn eram próximas? — pergunto.

Ela assente.

— Demais. A Caitlyn queria ser atriz, a pobrezinha. Nos divertimos juntas.

— Vocês passavam cenas de filmes antigos juntas, né?

— Como você... Ah, sim, tinha esquecido. Aquela cena horrorosa. — Ela olha para Gavin por cima do ombro. — Acredita que o Tony me fez ler o primeiro esboço? Queria se certificar de que as movimentações estavam certas.

Dou uma leve engasgada.

— O *Tony* que escreveu o roteiro?

— Ele insistiu. Disse que só ele seria capaz de fazer tudo certo. Com a minha ajuda, é claro.

— Mas ele *não fez* tudo certo. A montanha-russa...

— Ah, *isso*. Nem sei como me esqueci de falar a esse respeito. Escapou da minha mente, imagino. No ano anterior, um garotinho perdeu a perna naquele negócio. Houve um processo terrível, o parque inteiro teve que fechar. Não pude acreditar que o Tony desconhecesse o caso, mas imagino que esses sejam problemas de *adulto*. — Ela pega um pano de linho e o encosta levemente nos lábios. — Nada que um garoto jovem tivesse com que se preocupar.

Ela dobra o paninho e o devolve ao bolso, e é então que ligo os pontos — sobre aquilo que estava tentando desvendar na delegacia.

Francie, na sala de cinema: "Minha avó usa batom vermelho todos os dias da vida dela, desde os treze anos. Ela diz que ninguém deveria ter que encarar o mundo sem um batom vermelho."

Os lábios de Violet. São vermelhos. Vivos. Como cerejas.

Conheço essa cor.

Meus olhos voam para o rosto de Violet, porém não consigo decifrá-lo. Ela se sente feliz? Culpada? Triste? Está se confessando para mim sem nem perceber? Ela entende o que está falando?

— Seria uma pena — digo após um momento — se um acidente como esse acontecesse no hotel.

— Um desastre — concorda ela sem resistência. — Meu marido, veja só, gostava de uma aposta: não acreditava em seguros, dizia que não era "justo". Mas imagino que eu não possa reclamar. Afinal, se ele não tivesse faro para problemas, não teria se casado comigo.

Ela abana mais uma vez o aroma do uísque para o nariz e respira fundo.

— Até então, estávamos tendo um ano maravilhoso — conta ela, com as pálpebras tremeluzentes. — A Francie tinha acabado de se apaixonar pelo Wade, eram dois pombinhos. Eles tinham tantas ideias para o hotel... Tanta coisa que queriam fazer!

— O hotel é uma graça — comento. O som da minha voz é tão baixo que eu mesma mal a ouço.

A boca e os olhos dela se abrem e, apesar de ter noventa e sete anos, ainda existe certa força em seu olhar.

— É, sim.

— Não acho que... — Eu me interrompo, em busca de palavras, mas decido que isso é tudo que direi.

Com meu silêncio, os ombros dela descansam. Parece contente. A mão dela — de ossos finos, veias azuladas e repleta de manchas — alcança e envolve meu joelho. A pegada dela é surpreendentemente forte.

— Continue sem achar. — Então, ela vira o pescoço ao encontro de Gavin. — Carvão e curativos. *Vê se pode.*

TRINTA

Falo para todo mundo que vou ao banheiro. Na verdade vou conferir se estou certa.

Saio de fininho da sala de Wade e Francie e me apresso pelo corredor até os elevadores. Desta vez, encontro o cinema de primeira. Vou depressa até a sala de projeção, cumprimentando com severidade a foto pendurada atrás da lanchonete enquanto corro.

A cena já está passando diante dos meus olhos: Caitlyn e Violet ensaiando *Rebecca*. O projetor dá problema, como sempre. Violet lembra Caitlyn de tomar cuidado nas escadas — ainda mais com esse sapato! —, só que Caitlyn é jovem e já fez isso milhares de vezes. E daí que as luzes não funcionam? A adrenalina está borbulhando. O corpo gera toda uma energia quando você faz aquilo que ama, e talvez ela esteja empolgada pensando também no garoto que encontrará no dia seguinte. Ou talvez tenha planos com Billy, o melhor amigo dela. Talvez esteja só com pressa. Seja lá o motivo, sua concentração escapa. Ela tropeça.

Deslizo até parar na base da escada. Procuro meu celular e o abro, mirando a luz da tela no terceiro degrau. Ali está: o respingo que Isaiah e eu vimos hoje cedo. Não era meu, no fim das contas.

Fico pensando quanto tempo levou até que Violet a encontrasse.

Sinto um nó na garganta; a cena continua.

Violet logo chega à conclusão de que a verdade não serviria a ninguém. Ela pensa nas alternativas. É magra e já tem mais de setenta anos, mas ainda é forte — ela dança todos os dias —, conseguiria carregar o corpo de Caitlyn sozinha. Talvez até outra parte do hotel, numa área em que a iluminação fosse adequada. Assim, pelo menos, poderiam argumentar que o acidente não foi causado somente por pura negligência. Ou talvez pudesse levar o corpo até a praia, usando os mesmos túneis que os contrabandistas de rum usavam durante a Proibição.

Isso, pensa ela. *É isso.*

Por ser uma pessoa muito prática, se força a considerar se é capaz de carregar o corpo de Caitlyn e jogá-lo no mar, deixando para as ondas o papel de sumir com as provas. Mas chega à conclusão de que não conseguiria. Caitlyn era importante demais para ela. Decide, então, colocar a amiga em sua cadeira favorita, arrumando o cabelo dela para esconder a ferida mais feia na cabeça. Depois, em um último ato de... o quê, amor? Afeto? Remorso? Vaidade? Ela pinta os lábios de Caitlyn com um intenso batom Victory Red.

Porque ninguém devia encarar o mundo sem ele.

Ela promete nunca proferir uma palavra sequer sobre isso para ninguém. Se Hollywood lhe ensinou alguma lição, é que jamais se deve confiar seus segredos a outra pessoa.

Fecho o celular. Ali, na escuridão, me permito refletir sobre aquela imagem mais uma vez. Uma garota de maiô laranja. Seu cabelo esvoaçando com a brisa do mar.

Só então percebo: há uma luz acesa na sala de projeção.

Antes de nos empolgarmos demais, sejamos realistas: é mais provável que seja Gary, o projecionista. A polícia já reuniu as evidências; a produção já recolheu o equipamento. As únicas coisas que restavam lá em cima eram o projetor DP70 e a ferramenta de automação. Portanto, a única pessoa com motivo válido para estar ali era o responsável pelos equipamentos.

Se não for Gary, entretanto, acho que só há uma outra pessoa, o que me traz um dilema. Eu, Marissa Dahl, editora cinematográfica profissional e ilustre cinéfila, devo subir as escadas para satisfazer minha curiosidade e descobrir quem está na sala de projeção — mesmo que, se estivéssemos num filme, esse seria o momento em que todos pensam *"Ah, ela não vai fazer isso, né"*?

Ou faço a coisa mais sensata e peço ajuda?

Se eu subir agora... e se for Tony que estiver ali... e se for Tony que matou Liza... é perfeitamente possível que me mate também. Ele vai me ver e na mesma hora chegar à conclusão de que, como sempre, estou enfiando o nariz onde não devo e, portanto, devo ser a responsável por ele ter virado alvo em uma busca que já abrange três estados.

De novo, só para esclarecer, é quase certo que quem está na sala agora é Gary, o projecionista. Sem sombra de dúvida, essa é a explicação mais plausível.

Mas se *não* for ele...

E se eu for embora...

Vai levar dez minutos, no mínimo, para eu alcançar uma área do hotel que tenha sinal. Até conseguir ligar para a polícia, Tony já vai ter dado o fora. E se ele tiver uma identidade brasileira falsa pronta para ser usada? E se ele só tiver voltado para o hotel para buscar algum objeto com valor sentimental? E se eu for o único obstáculo no caminho dele rumo a uma longa e frutífera carreira de misoginias leves e aclamadas pela crítica? E se essa for nossa única chance?

E se eu realmente for Obi-Wan Kenobi?

E se eu realmente for a última esperança?

De qualquer jeito, é só Gary lá em cima... Não é? Do que estou com medo?

Eu me abaixo e subo a escada usando as mãos e os joelhos, me equilibrando com o cotovelo esquerdo. Após seis degraus, congelo, alarmada pelo meu até então adormecido instinto de sobrevivência. Segundos depois, a escada inteira parece se deslocar alguns centímetros para a direita. Prendo a respiração, tentando escutar qualquer movimentação lá em cima.

Ninguém aparece.

Sigo em frente.

Só mais dez degraus.

Cinco degraus.

Um.

No topo, me viro de bunda e me arrasto para trás até alcançar a parede. Espero um pouco até recuperar o fôlego. Penso que agora seria um ótimo momento para mudar de ideia, se eu assim quisesse.

Mas só consigo pensar na imagem de Tony embarcando num jatinho para o Rio de Janeiro.

Filho da mãe.

Tento me acalmar algumas vezes. *É só Gary! Você consegue!* Engulo de volta a bile que sinto no fundo da garganta. Em seguida, levanto o traseiro e me esgueiro adiante até conseguir enxergar uma fresta mínima nas dobras da porta.

Não é Gary.

Tony está ocupado na mesa de melamina da parede oposta, de costas para mim. Ele trocou o fogão portátil por uma luminária e está apoiando o notebook no micro-ondas. Está usando um headphone da Sennheiser que deve custar mais do que a maioria dos mais importantes advogados de divórcios.

Estico um pouco o pescoço para tentar descobrir o que ele está fazendo. Ele está assistindo às gravações brutas?

Ele tira o fone e se vira. Congelo.

Meu Deus, ele está com uma cara péssima. Pálido, barba por fazer, lábios secos. Mas, quando consigo observar rapidamente os olhos dele por trás dos óculos, vejo que ainda são verdes como garrafas, seja lá o que isso significa. Estamos falando de garrafas de Perrier? Da Heineken? De Mountain Dew? Precisamos ser *específicos* nessas comparações.

Ele balança a cabeça e volta a atenção para o computador. Recuo lentamente para o corredor, prendendo a respiração até ter certeza de que não posso mais ser vista.

Solto o ar pela boca.

É, sem dúvida, o som mais alto já emitido na história do planeta.

Minhas pálpebras se fecham.

Pouco depois, Tony bota a cabeça para fora da sala, checando o corredor. Ele olha para baixo.

— Marissa, o que está fazendo no chão?

Devo correr, né? Essa é a hora de correr. Era isso que Isaiah dizia: "Da próxima vez talvez seja bom rastejar para algum lugar com uma rota de fuga. Ou, melhor ainda, correr." Fico de pé. Se eu conseguir pegá-lo de surpresa, talvez possa…

— Onde você estava?

— Como assim?

— Temos que trabalhar.

— Quê?

Ele me olha desconfiado.

— Trabalho. Você sabe o que é isso, né? Tem me ocorrido que eu ainda não vi você com a mão na massa.

Meu queixo cai.

— Bem, é que... É que eu...

— Não existe nada — responde ele com um tom sedoso — menos interessante para mim do que desculpas esfarrapadas. Vem aqui.

Ele desaparece na sala de projeção, e por algum motivo minhas pernas decidem segui-lo.

— Tony... Você estava aqui esse tempo todo?

Ele vai até a mesa e se debruça sobre o notebook.

— Voltei de Nova York tem algumas horas. Por quê?

Outra pessoa, alguém melhor, mais corajoso — como Grace, Suzy ou Anjali — aproveitaria essa oportunidade para improvisar um discurso. Um conjunto de frases inteligentes, pensadas para criar uma falsa sensação de segurança até que, de alguma forma, a guarda de Tony abaixasse e fosse possível arrancar dele uma confissão, que estaria sendo gravada. Elas tirariam proveito de cada uma das fraquezas dele — o ego, o orgulho, a arrogância —, emboscando-o em uma armadilha da qual nem Tony seria capaz de escapar.

A vingança narrativa chega para todos nós.

Mas as únicas vezes em que já consegui bolar um discurso foram quando eu estava sozinha, na cama, bem depois do ocorrido, enquanto penso em uma lista infinita de coisas que gostaria de ter falado.

É por isso que, neste momento, só digo:

— É, não sei *mesmo* o que fazer nessa situação.

O olhar de Tony esmorece.

— Sei que esses últimos dias têm sido difíceis...

Dou meia-volta e me lanço porta afora, mas Tony é mais rápido. Ele agarra meu braço e me puxa em sua direção. Quando giro, o impulso me joga até o outro lado da sala. Bato de cara na parede oposta e me estatelo no chão.

Levo a mão ao nariz; está sangrando.

Olho para Tony. Está com os olhos arregalados, narinas arreganhadas. Ele dá um passo em minha direção...

Eu rastejo de volta para a parede.

— Não, por favor.

Ele passa a mão no cabelo e respira fundo.

Levanto a mão e digo:

— Quer saber? Vamos conversar sobre isso de maneira lógica.

Ele abre a boca.

— De maneira lógica?

— Sim, lógica. A polícia já sabe que você matou a Liza, então me matar não vai mudar nada.

Ele pensa a respeito.

— Calaria a sua boca.

Encaro-o. Tem sangue pingando no meu lábio, escorrendo até o queixo. Limpo com o dorso da mão.

Ele pega o par de óculos e limpa as lentes com a barra da camisa.

— Como eles descobriram, você sabe?

— Para ser sincera, até este exato momento a maior parte foi especulação. A motivação é que ainda está meio incerta.

Tony troca os óculos e estala o pescoço de um lado para outro.

— Aposto que você tem algumas ideias, né?

Engulo em seco.

— Você... Você quer ouvi-las?

Ele solta uma risada abafada.

— Claro, Marissa, siga em frente. Apresenta o *pitch*.

— Bom... Eu deduzi que as coisas poderiam se desenrolar de duas maneiras. Na primeira, você a matou porque percebeu que o filme não traria a justiça que buscava. Talvez porque soubesse que o Gavin pediria demissão, ou talvez porque soubesse que a Liza não era boa o suficiente, ou porque enfim percebeu que tinha escrito um roteiro horroroso. E aí decidiu incriminar o Billy pela morte da Liza. Mandá-lo para prisão desse jeito.

— Ou...?

Estou tremendo tanto que consigo escutar meus ossos chacoalhando.

— Ou, como parte dos seus joguinhos desagradáveis de diretor, você foi colocando a Liza em situações cada vez mais perigosas. Na noite em que ela morreu, quando vi vocês dois juntos no spa, apesar de eu não saber que era você naquela hora, você estava ensinando para ela como acessar as próprias emoções ou algo do tipo. Se foi mesmo isso, é provável que tenha rolado algum incidente sexual perturbador, e eu não quero saber de nenhum detalhe nesse caso. Mas, seja lá o que tenha acontecido, a coisa desandou e, quando ela morreu, você entrou em pânico. Resolveu matar dois coelhos com uma cajadada só e jogou a culpa no Billy.

A expressão dele não revela nada.

— Em qual das histórias você acredita?

Limpo o nariz de novo e pigarreio.

— Estou mais inclinada para a segunda. Mas, sabe, queria mesmo era acreditar que você só seria capaz de matar uma garota por *acidente*.

— Jesus Cristo, você é que nem unha arranhando o quadro-negro, né?

Dou uma risada, sentindo o gosto de sangue borbulhando no fundo da garganta.

— Tenho orgulho disso, até.

Sua expressão de desdém é como o estalo de um chicote.

— Se eu tivesse percebido o tipo de pessoa que você é durante a entrevista, nunca teria te contratado. Uma garotinha triste e esquisita, incapaz de provocar qualquer satisfação, que nenhuma pessoa decente consegue aturar.

— Isso não é *bem* verdade.

Ele abaixa e me pega pelo rabo de cavalo, puxando meu cabelo até que eu fique de pé. Encaixa a mão na minha clavícula e me empurra contra a parede.

— E se a gente fizer um acordo? — sugere ele, com a voz não muito mais alta do que o sussurro da sombra de um fantasma. — Eu te deixo sair daqui... Se conseguir me dizer uma pessoa que não ri de você pelas costas.

— *Eu, para começo de conversa.*

Tony se vira na direção da voz bem no momento em que o punho de Isaiah acerta seu rosto.

Ele desaba no chão.

Os olhos de Isaiah encontram os meus. Ficamos ali por um bom tempo, só nos encarando. Até que ele leva uma das mãos à nuca, desconcertado.

— Sei que você provavelmente é o tipo de mulher que prefere se salvar sozinha, mas te vi pela câmera de segurança e...

— Essa é a coisa mais bonita que alguém já disse de mim — declaro, surpresa.

Eu me jogo nos braços dele e me debulho em lágrimas.

SUZY KOH: Meu Deus, está brincando? Foi isso que ele disse? Ele não pensou em nada melhor antes de nocautear o Tony?

MARISSA DAHL: Eu sei, mas até que achei bem comovente, porque, tipo, ele percebeu bem quais eram as minhas necessidades emocionais e não...

SUZY KOH: Mas essa era a chance de ele soltar uma frase de efeito *maravilhosa*.

MARISSA DAHL: Acho que você vai ter que ver isso com o Isaiah, não sei muito bem o que dizer...

SUZY KOH: "Fim de cena."

GRACE PORTILLO: "Ok, sr. DeMille, estou pronto para o meu close."

SUZY KOH: "Louis, acho que esse é o *fim* de uma bela amizade."

GRACE PORTILLO: "Te vejo na lista de cenas deletadas."

MARISSA DAHL: Pelo amor de Deus, podemos encerrar por aqui? Por favor, me digam que sim. [*pausa*] Quero muito que tenha acabado.

TRINTA E UM

Espero com o chaveiro-barra-paramédico enquanto ele arruma a bolsa, me sentindo um pouco mal de não ter oferecido algo mais interessante para ele fazer. Tony já foi levado de helicóptero para o hospital em Lewes, onde será tratado pela concussão. Eu só quebrei o nariz... e machuquei o braço, e estou cheia de arranhões e hematomas, sem falar da quantidade de pesadelos que terei pelos próximos dez anos.

Fora isso, saí ilesa.

Nick está entrevistando Isaiah ao lado da pipoqueira, a alguns metros de distância. Ele rabisca alguma coisa no caderno enquanto Isaiah desenha algo no ar com as mãos. Fixo o olhar por um instante na nuca de Isaiah.

O paramédico enfia as mãos nos bolsos e balança o corpo para lá e para cá.

— Como está o braço? — pergunta.

Eu me viro para ele.

— Você acabou de examiná-lo.

— Posso dar mais uma olhada, se quiser.

— Não, obrigada.

— Ok — diz ele, assentindo. — Tudo bem.

Nick agora gesticula com uma caneta, e Isaiah assente. Isaiah leva uma das mãos ao pulso oposto, desabotoando o punho da camisa e enrolando a manga. Também enrola a outra e, depois, ajeita a postura e coloca as mãos na cintura.

— Então, com qual frequência você se mete nesse tipo de situação?

Eu me viro devagar para o paramédico.

— Você se refere a, tipo... assassinatos?

— Não, eu... — Ele fecha os olhos com força e passa a mão pelo cabelo.

— Marissa!

Nick acena para mim.

Vou até lá, mancando só um pouco. Impossível não pensar em como Nick reagiu ao chegar no local. O jeito como ele foi correndo até Tony e pressionou os dedos no pescoço dele antes de olhar para mim. Ao me aproximar, reparo nos traços típicos de homens brancos atraentes que ele tem — exceto o cabelo ruivo —, que quase sempre funcionam como um teste de Rorschach para o quanto você foi odiado durante o ensino médio. Fico pensando se, ao nascer, ele foi condenado a parecer sempre um pouquinho babaca.

(Por que Isaiah não está olhando para mim? Será que passei tanta vergonha assim?)

— Você foi bem mais legal com o Tony do que com o Billy.

É a primeira coisa que digo a Nick.

Nick levanta as sobrancelhas e coça a lateral do rosto.

— Bem... É que...

— O Tony é rico e famoso e também seu amiguinho das antigas? Sei bem.

— Marissa — sussurra Isaiah.

Nick ri.

— Espera, quer dizer que o vilão aqui sou *eu*?

— Não — respondo. — Vilões avançam a história. Você é só um obstáculo de segundo ato.

Ele me lança um olhar frio, parecendo querer falar algo que tenho quase certeza de que começa com "que porra" e termina com "é essa".

Acho que ninguém nunca o mandou ler Robert McKee.

Nick balança a cabeça e procura uma página em branco no seu caderno.

— Preciso de uma declaração preliminar.

— Não dá para esperar até amanhã? — pergunta Isaiah.

— São só algumas perguntas, por enquanto. Podemos deixar as partes boas para amanhã.

Olho para baixo. Odeio a ideia de ficar sentada em uma sala escura repassando os acontecimentos dos últimos três dias várias e várias e várias vezes, até que tudo pareça perfeito. Mesmo que seja exatamente isso que eu tenho feito quase todos os dias pelos últimos onze anos. Mesmo que seja isso que eu planeje continuar fazendo pelos próximos cinquenta. Não tem tanta graça assim quando a história é a nossa.

— A morte da Caitlyn foi um acidente — deixo escapar. — Ela tropeçou na escada dos fundos, perto da sala de projeção. Violet a carregou até a praia porque achou que assim o hotel não seria responsabilizado.

Nick se surpreende.

— Ou podemos deixar as partes boas para agora, talvez.

— Como você sabe disso? — indaga Isaiah, por fim se virando para mim.

Olho para ele. Será que é nojo a expressão que vejo se formar em seu queixo? Reprovação no movimento que faz com a boca? Irritação no jeito que os ombros se mexem? O que ele está pensando? Será que estraguei mais essa?

Ele olha para a própria camisa.

— Caiu alguma coisa em mim?

Apesar de meu nariz doer e meus joelhos doerem e meus braços doerem e meu cérebro doer, de repente me sinto melhor do que há anos. Os olhos de Isaiah... Reparo nas pequenas rugas ao redor deles.

Eu não estraguei nada.

Então, viro para Nick. Agora estou pronta.

— Sobre a Violet...

Algo que nunca mencionam nos filmes: pontas soltas. Leva quase duas semanas para as autoridades amarrarem todas elas, conduzirem os devidos interrogatórios, finalizarem a papelada e beberem todo o café necessário. E, até que tudo termine, estamos todos presos aqui. Em pouco tempo, ficamos ranzinzas, mal-humorados e cansados. O saguão está cheio de copinhos de café dos investigadores, porém os funcionários que ficaram parecem ocupados ou indiferentes demais para recolhê-los.

A maior parte da equipe foi liberada e voltou para casa no primeiro fim de semana. Eu não tive essa sorte. Estou envolvida demais, sou uma das peças-chave, como um ator principal que fica preso nas coletivas de imprensa enquanto o elenco coadjuvante pode encher a cara no bar do hotel.

Mas rotinas são o meu forte, e logo encontro uma que consigo tolerar: passo os dias conversando com os policiais de Delaware e os advogados da Califórnia, e passo as noites no meu quarto, olhando para o teto, com a gata enrolada no colo. Queria dizer que estou em choque, que estou atordoada com tudo que aconteceu, mas a verdade é que sempre me sinto assim quando tenho que encarar o mundo por muitos dias seguidos. Preciso descansar na cama depois, como uma matrona do período regencial britânico sofrendo de histeria.

Acho que não ajuda o fato de que, nas últimas duas semanas, encontrei uma pessoa morta, persegui um assassino e fiz não só uma, mas duas ligações para estranhos.

Todas as noites, Suzy e Grace se juntam a mim assim que termina o horário de jantar, trazendo uma pilha de pratos enorme com sanduíches de pasta de amendoim — e fatias de laranja agora também, já que a mãe de Suzy começou a se preocupar com o escorbuto. Elas nunca perguntam se são bem-vindas, e eu nunca insinuo que não sejam. Não faz sentido perder tempo com formalidades quando todos nós sabemos que elas ficariam de qualquer jeito.

Dou às meninas permissão para responderem como quiserem aos contatos da imprensa que tenho recebido desde que a notícia da morte de Liza foi divulgada. Elas também passam horas debruçadas no meu notebook, gargalhando por causa de memes que já sou velha demais para entender.

Gavin, enquanto isso, adotou o hábito de fazer uma visita no fim do dia. Ele gosta de se esticar no sofá, com os dedos entrelaçados atrás da cabeça e os pés apoiados no braço do móvel, suas costas apoiadas em um monte de almofadas bordadas. Ele não fala muito, só liga a TV e zapeia pelos canais, resmungando baixinho sobre reality shows, aparentemente se esquecendo daquilo que o IMDb sempre nos lembrará: que ele foi jurado convidado em três episódios de *Britain's Got Talent*.

Ele também não pergunta se é bem-vindo; na verdade nunca esperei que perguntasse.

Não passo muito tempo com Isaiah. Está ocupado com outras coisas, coisas importantes. Mas ele sempre aparece antes de dormir, mostrando só a cabeça pela porta adjacente e olhando direto para mim.

— Ainda acordados? — pergunta ele.

— Ainda acordados — respondemos.

Nenhum de nós consegue dormir, é claro.

Não é por falta de tentativa. Porém, quando fecho os olhos, o melhor que consigo é mergulhar em um estado de quase-sono — um lugar onde imagens turvas e macabras vêm à tona como criaturas selvagens, mas ainda tendo consciência o bastante para desejar, de maneira distante e ociosa, que eu esteja só pensando nas obras de Buñuel, Dulac ou Deren. Eu não gostaria de ser capaz de criar esse tipo de coisa sozinha.

Quando estou acordada, fico o tempo todo remoendo os acontecimentos do assassinato, como se ainda estivéssemos no meio dele, em vez de já estarmos no fim da história — apesar de isso estar mais do que claro. Não demora muito até que eu caia na armadilha de ficar sonhando acordada com coisas absurdas e inadequadas, como se houvesse algo prestes a acontecer, algum desenvolvimento novo, uma reviravolta de última hora, uma revelação de que talvez nós quatro na verdade não estejamos nem mais aqui, que talvez estejamos todos sonhando, ou que morremos assassinados por Tony em uma linha do tempo mais macabra e sangrenta, onde as coisas deram ainda mais errado, e aqui é nosso purgatório. Ou então que Liza era filha de Caitlyn, ou que Tony é meu pai, ou que Suzy e Grace são espíritos ou gêmeas secretas ou frutos da minha imaginação. Que Caitlyn está viva e bem, morando em Long Island. Que eu era a assassina esse tempo todo.

Planos maléficos, golpes extensos, conspirações elaboradas, são todos a mesma coisa: determinações do roteiro. Porque, se Deus estiver jogando uma partida demorada, nenhum "e se" pode ser real, certo?

Por exemplo:

E se eu tivesse ligado para Annemieke antes?

E se eu não tivesse voltado para a sala de projeção naquela noite?

E se eu tivesse espiado por trás da cortina e visto Tony e Liza juntos?

E se eu tivesse ido para Beverly Glen em vez de Coldwater?

E se eu tivesse lido a porra do roteiro?

Seria tudo tão mais fácil se eu tivesse um gênio do crime no qual jogar a culpa.

Quando enfim pego no sono de verdade, sonho com a imagem deliciosa de Josh implorando perdão, confessando, às lágrimas, que foi responsável por tudo desde o começo.

Na terceira noite, ouço uma batida na porta. Grace e Suzy levantam o olhar; a gata pula da minha barriga e se esconde debaixo da cama.

— Marissa? Você está aí? É a Anjali.

Nenhum de nós se mexe.

A não ser Gavin, que pega o controle remoto, aponta-o para a TV e aumenta o volume.

— Kyle está aqui comigo — Anjali avisa depois de um tempo.

— Quem? — murmuro para Gavin.

— Um idiota — responde ele sem emitir som.

Mas Anjali continua batendo, então Grace se levanta com um suspiro exagerado e uma baita carranca. Ela solta o trinco, destranca a fechadura e tira a cadeira que alguém encaixou debaixo da maçaneta.

Anjali congela ao ver quem está no quarto comigo. Atrás dela está o executivo que me contratou.

Esse é o nome dele. *Kyle*.

— Nós esperávamos encontrar você sozinha — confessa Anjali, com a voz aguda e insegura.

Aperto os lençóis e me endireito.

— Minha resposta é não — declaro.

— Não vai demorar — afirma Kyle. — Só precisamos de um ou dois dias.

Gavin se levanta, interessado pela primeira vez durante a noite.

— Minha querida — diz ele devagar —, do que ele está falando?

— Estão reestruturando o filme — respondo. — Transformando num documentário. Imagino que queiram me colocar na frente das câmeras.

Ele volta a se jogar nas almofadas.

— Ah, pelo amor de Deus.

Kyle endireita os óculos e pigarreia.

— Acabamos de descobrir que ninguém vai prestar queixas contra a Violet, e finalmente conseguimos um acordo com o promotor para termos acesso ao Tony enquanto preparam o julgamento. Está todo mundo dentro, todos menos você.

— Por que não contratam uma atriz para o meu papel? — sugiro. — Não é como se alguém soubesse qual é a minha cara.

Estou tentando ser prestativa, de verdade, mas as palavras soam secas e rispidas. Quase peço desculpas, até que de repente me dou conta de que não devo nada a essa pessoa. Meus lábios formam uma expressão incomum para mim, então uma sensação estranhíssima me domina: um formigamento por trás das unhas.

Kyle, sem fazer ideia, se aproxima e se agacha diante de mim.

— Marissa, esse trabalho pode se tornar algo muito especial — insiste ele, como se isso tivesse algum valor na nossa indústria.

Los Angeles é uma cidade com milhares de letreiros anunciando milhares de filmes e, de alguma forma, cada um deles é *cativante, surpreendente, revelador, extraordinário*. Sua perspectiva muda depois de ser exposta tantas vezes a esse linguajar. Até as conversas mais simples se tornam um malabarismo de pirotecnia descritiva. Ninguém em Hollywood é apenas bacana. As pessoas são *incríveis. Espetaculares. Excelentes*. Nada tem significado.

Estranho... Mas estou com muita saudade disso.

— Só quero ir para casa... — digo.

Ele junta as mãos, batendo palma.

— Ótimo! A gente grava em Los Angeles.

— Se toca, Kyle — Gavin resmunga. — Ela te odeia. Não vai participar disso.

Ouço um arfar surpreso. Foi Suzy, acho. Ou talvez eu mesma.

Kyle se vira para mim, com uma expressão magoada.

— Marissa? É verdade?

Minha boca abre e fecha algumas vezes.

— Que diferença faz?

Ele se levanta e puxa as mangas até o cotovelo.

— E se eu ligar para sua agente, o que você acha?

— Não estamos negociando — afirmo.

Ele abre um sorriso.

— Estamos sempre negociando.

— Nesse caso — interfere Gavin —, quanto preciso te pagar para poder dar o fora daqui?

A expressão de Kyle fica séria.

— Quando vocês pararem de agir como crianças, entrarei em contato.

Anjali e ele se viram para sair.

Jogo meu cobertor longe.

— Anjali... Espera.

Ela dá meia-volta, piscando confusa.

— Quem, eu?

A pele dela está ressecada, os lábios pálidos. Posso jurar que as sobrancelhas ficaram mais finas.

Ela está acabada.

— Você não quer fazer isso de verdade, né? — pergunto.

— Fazer o quê? — Ela franze o rosto, confusa.

— Trabalhar para esse *palhaço* — colabora Gavin.

Ela olha para Kyle. Ele já está no celular, indiferente a tudo ao seu redor.

— Bem... Eu preciso de um emprego.

Saio da cama e fico de pé.

— Anjali, você consegue coisa melhor.

Os olhos dela se contraem de leve.

— Para você é fácil falar. Você foi colega de quarto de Amy Evans na faculdade, porra.

— Na verdade... Foi só no mestrado.

— Você acha que *eu* conseguiria algum trabalho nesta cidade se eu tivesse essa cara? — Ela gesticula na direção do meu rosto. — De jeito nenhum. Não tenho o direito de ser *esquisita*.

Meu queixo cai.

— Eu não...

— Você não percebe como é *sortuda*? Nem todo mundo tem o contato de uma futura vencedora do Oscar para se apoiar. Então... Fica à vontade para fazer seu protesto ou sei lá o quê. Eu vou atrás de continuar pagando meu aluguel.

Ela sai do quarto irritada, batendo a porta.

Na sexta noite, enquanto Gavin se irrita assistindo a um casal em busca de uma casa de férias em Barbados, Grace pigarreia para chamar nossa atenção.

— Marissa?

Deixo a cabeça cair para a esquerda.

— Oi?

— Você recebeu um e-mail. Da Amy.

Minha mão dá um pulo. Esbarro nas costas da gata com as unhas. Ela acorda com um susto, tombando na cama, e me lança um olhar de quem se sente traída por debaixo da pata.

— Marissa? — repete Grace. — Você me ouviu?

— O que diz?

Ela hesita.

— Parece meio pessoal.

Puxo a gata de volta para o meu colo e faço carinho no focinho dela.

— Depois eu leio.

No décimo dia, Suzy e Grace revelam que estão pensando em fazer um podcast comigo. Não vai ser como todos esses *outros* podcasts de *true crime*, logo acrescentam.

Falo para elas, com todo o carinho do mundo, que prefiro comer o pão que o diabo amassou.

No décimo terceiro dia, somos liberados. Suzy e Grace vão embora primeiro, por volta da hora do almoço, enfiando uma quantidade surpreendente de bagagens no porta-malas de uma van para doze pessoas, que quase não parece grande o suficiente para comportar os cozinheiros fortes e tatuados que estão por ali, conversando entre si e dando uns últimos tragos. A maioria dos funcionários do hotel já havia sido dispensada dias antes, só os cozinheiros continuaram por lá, para ficar de olho nas meninas.

Suzy força a porta traseira com o ombro até que ela feche. Depois, se vira para mim, secando o suor da testa.

— Queria te dar um abraço — diz ela —, mas também quero respeitar o seu espaço.

— Porque está tudo bem se você não gostar de abraços — completa Grace, se aproximando.

Suzy assente.

— Nunca se esqueça de que você é dona do seu próprio corpo.

Eu deveria deixar. Deveria mesmo. Eu deveria puxar as duas para bem perto de mim e pensar na força daqueles braços magrinhos, na facilidade do afeto comigo, na grandeza surpreendente da compaixão que elas têm. Eu deveria decidir que, daqui em diante, deixaria de lado o medo, o desconforto e o desprazer, e abraçaria, literal e metaforicamente, a capacidade infinita do ser humano para o amor. Quase consigo escutar o *tlec* satisfatório do arco de personagem se encaixando.

Chego até a dar um passinho na direção delas.

Mas talvez esse arco não seja bem um arco. Talvez seja um círculo, fechado de maneira definitiva. Um pensamento radical: talvez eu não precise mudar.

Radical demais para mim, acho. Porque não quero que elas sintam que não têm valor, ou que não são amadas, ou pensem que tem algo de errado comigo — ou algo de errado *com elas*.

Então, abro os braços e as chamo para perto. Quando as mãos delas apertam meus ombros, não consigo evitar o desejo de ser um gafanhoto, uma aranha ou uma cobra, para que eu pudesse abandonar minha pele, mas sigo até o fim. Quero que elas tenham esse momento.

Um bom tempo se passa e o abraço termina.

Suzy pega o celular e toca na tela.

— Você tem Facebook? — pergunta.

— Não.

— Twitter?

— Deus me livre.

— Zap?

— Você está inventando isso agora.

Suzy e Grace trocam um olhar.

— Deixa pra lá — desiste Suzy —, a gente te acha. Estávamos falando sério sobre o podcast.

— E eu sobre o pão do diabo.

Elas ainda estão sorrindo para mim pela janela de trás quando a van as leva embora.

Aposto que não aguento nem duas semanas sem aceitar participar.

Gavin, obviamente, é levado de helicóptero. Ele nem se dá ao trabalho de se despedir. Sabe que estragaria o personagem.

Até que sobramos Isaiah e eu.

Pegamos carona até a doca com Little Bob, que nos deixa ali sem muito alarde.

— Estou só fazendo meu trabalho — murmura ele quando tento agradecê-lo, como se a produção não tivesse sido cancelada de maneira tão pública e assombrosa. Por outro lado, imagino que, se ainda tem gente da equipe recebendo salário, decerto seriam os motoristas.

Pego a mochila e penduro no ombro a bolsa de viagem que comprei pela internet. Isaiah está indo para o sul da doca, na direção do barco moderninho que Anjali contratou para transportar o restante da equipe. Levo um tempo até me dar conta de que a mala que ele está arrastando é a minha.

Corro até Isaiah e puxo a alça da mão dele.

— Eu não vou com você.

— É, eu sei, você odeia água. Já falamos sobre isso.

— Não… Eu quis dizer que fiz planos com um meio de transporte alternativo.

Ele olha atrás de mim, na direção do outro barco aqui na doca.

— Tem certeza?

— Tenho.

— É isso, então?

— É, provavelmente. — Encaro os pés e mexo os dedos no sapato. — Já vou logo avisando que eu não sou muito boa nisso.

— Nisso?

— Em manter contato. Cultivar amizades. Eu... hum... não gosto muito de e-mail, nem de celular. Também não gosto de mandar mensagem. Porque, toda vez que eu tento ir atrás de alguém, eu sempre acabo estragando tudo, tipo, fico falando demais sobre o P. T. Anderson, ou respondo perguntas retóricas, ou mando várias mensagens de uma vez só, mesmo que eu tenha um Post-it no meu computador que diz: "Não mande várias mensagens de uma vez só." Mas é bom que você saiba: isso não quer dizer que não estarei pensando em você.

Respiro fundo e olho para ele.

— Não de um jeito esquisito — acrescento. — Quis dizer que vou te desejar tudo de bom. Assim, na vida em geral.

— Faz alguma diferença se eu te disser que aceito até um telegrama?

Balanço a cabeça.

— Como eu enviaria um telegrama? Não sei nem onde você mora.

Ele esboça um sorriso discreto.

— Talvez isso mude um dia.

Eu me permito observar as ruguinhas ao redor dos olhos dele uma última vez.

— Tchau, Isaiah.

Pego minha mala e sigo para o outro lado da doca.

— Ei, Marissa.

Eu me viro.

— Sim?

— De quantos soldados se precisa para trocar uma lâmpada?

— Quantos?

— Cinco. Um para trocar a lâmpada e os outros para falar sobre isso no *Tonight Show*.

Inclino a cabeça e examino a expressão dele.

— É engraçado porque o Exército ama publicidade — digo.

— Correto.

— E você odeia o Exército.

— Isso.

— Porque você é SEAL.

Ele se aproxima e, pela última vez, me dá um toquinho no nariz, como se estivéssemos brincando de adivinhação esse tempo todo e só agora matamos a charada. Abro um sorriso tão grande que sinto como se meu rosto estivesse rachando.

— Viu só? — diz ele. — No fim a gente vai chegar lá.

SUZY KOH: Desculpa, mas a gente leu aquele e-mail.

AMY EVANS: Meu Deus, você diz *o e-mail*? A lista furiosa de cinco páginas que escrevi com todos os motivos pelos quais ela é minha pessoa favorita na porra deste mundo inteiro?

SUZY KOH: Esse mesmo.

GRACE PORTILLO: Foi maravilhoso.

AMY EVANS: Acredita que ela levou dez dias para responder?

SUZY KOH: Com certeza acredito. Ela ficou aterrorizada quando recebeu.

AMY EVANS: Ela é uma tonta. Se pelo menos me contasse o que a preocupa, a gente teria como ajudar. Em vez disso, ela fica matutando essas narrativas duvidosas na cabeça. Sabiam que ela achava que eu queria me *casar* com o Josh? Tipo... Quê? Eu gosto do cara, mas nunca tivemos nada muito sério. Só me irritei com ela por guardar tanta coisa de mim e por supor que eu automaticamente escolheria um homem no lugar dela. *Nada* a ver.

GRACE PORTILLO: Vocês fizeram as pazes, então?

AMY EVANS: Eu amo a Marissa, sempre vou amar a Marissa. E falo isso para ela o tempo todo. Às vezes tenho só que dar um apertão nos ombros dela até que se lembre de que é verdade.

SUZY KOH: Ouvi dizer que vocês estão trabalhando juntas em um filme novo?

AMY EVANS: É, as gravações começam em abril, mal posso esperar. Vai ser incrível pra cacete. E temos uma nova produtora maravilhosa.

TRINTA E DOIS

Desta vez, é diferente subir no barco de Billy Lyle. Tenho uma gata comigo, para começo de conversa.

— Melhor levá-la para a cabine — sugere Billy, olhando para a bolsa de transporte.

— Você acha?

— Bem, gatos não gostam de água, né?

Nós dois olhamos para baixo. A gata está enfiando a cara contra a janelinha cercada, ronronando alto.

— Não acho que ela seja muito boa em ser gato — digo. Mas entrego a bolsa para ele mesmo assim.

Billy a pendura no ombro e segue até a escada. Então, vira para trás quando percebe que não estou indo junto. Ele observa minhas mãos, que se mexem nos nós do colete salva-vidas mais próximo.

— É o lugar mais alto do barco — avisa ele depois de uns segundos. — O último a cair se afundarmos.

— Não se formos atingidos pela lateral por uma onda surpresa.

— Nesse caso, não importa onde você esteja.

Franzo a testa.

— Isso deveria me tranquilizar?

Ele dá de ombros.

— Só constatando um fato. Se isso te tranquiliza ou não, aí é com você.

Ele sobe até a cabine; eu fico onde estou. Depois de um tempo, o barco se afasta da doca e deixo meu olhar seguir até a ilha Kickout, até o hotel, um lugar que eu sei que jamais lembraria com qualquer traço de afeto, prazer ou nostalgia, independentemente do quanto pareça magnético e adorável agora, banhado pela luz do entardecer. Dentro de alguns minutos, a ilha ficará pequena o suficiente a ponto de eu poder esmagar a sua visão entre o indicador e o polegar.

Até nunca mais.

Vou até a proa do barco e, pouco depois, Billy desce de volta para me acompanhar. Ele apoia os braços no corrimão e impulsiona o corpo para a frente, na direção da água. Depois de tudo que aconteceu, ainda atraído pela ilha.

— O sol está se pondo — comento.

Billy me olha sem se impressionar.

— Ele costuma fazer isso.

— Sabe como chamam este momento? Digo, na produção de filmes. É a "hora mágica".

Ele para um tempo e depois faz um som no fundo da garganta, me encorajando a continuar.

— Mas não é *bem* uma hora. É um período vantajoso do ponto de vista óptico, quando o sol fica aproximadamente dez graus sobre o horizonte.

Observo Billy com bastante atenção pelo canto do olho.

— Depende da estação do ano, então — diz ele.

Eu suspiro.

— Sim.

— E do clima.

— Sim — concordo.

— E da latitude e da topografia.

— *Sim*. Tudo tem que encaixar certinho. Perfeitamente.

— Então... Por isso que é mágico.

Bato o pé esquerdo no convés.

— Não — digo. — É mágico porque economiza na conta de luz.

Não há nada de natural no som que ele emite. É o tipo de som que alguém faria se aprendesse a dar risada quando quebra o barato de uma pessoa em vários pedaços e depois tenta colar tudo de volta. Dá para ouvir as rachaduras.

Puxo o rabo de cavalo para a frente do ombro e fico mexendo no cabelo.

— Billy... Você acha que é melhor viver sozinho?

Ele assente, e o movimento vai do pescoço à coluna. Então, de certa forma, o corpo inteiro parece concordar.

Meu rosto deve estar mostrando minha decepção, porque ele me olha com evidente descrença.

— O que você esperava? Eu moro num *barco*.

— Não porque você *quer*.

— Marissa, eu tenho família em Rhode Island. Uma tia e um tio. Sabe-se lá como, eles me adoram. Depois que saí do hospital, eles me ofereceram um lugarzinho para morar perto de Providence. Arrumaram até um emprego para mim.

— Por que você não foi? Não teria sido mais fácil do que continuar aqui?

A boca dele se mexe numa expressão. Triste ou feliz, vai saber? Vindo dele, não sei se tem importância.

— Onde quer que se esteja — diz ele —, a gente sempre estará consigo mesmo.

Billy fica quieto, e acho que não tenho muita chance de descobrir o que está se passando pela cabeça dele, porque, mesmo que existam dez tipos de silêncio diferentes que se apliquem a esta situação, nenhum deles se aplica a essa pessoa.

Então, seguro o corrimão e aguardo.

A água está calma hoje, e o barco, firme, sólido e silencioso. Quando fixo os olhos em um trecho contínuo do horizonte, não é difícil imaginar que estamos parados. É o tipo de quietude que esperamos ser quebrada pelo latido de um cachorro ao fundo.

Billy enfim se mexe. Alonga os ombros com um movimento tão suave e inevitável como o do oceano.

— Eu acho... — retoma ele — ... que não seria tão ruim se encontrasse a pessoa certa.

Arregalo os olhos.

— De verdade?

— Sim.

Solto os dedos do corrimão.

— Ah. Que bom. — Agito as mãos para recuperar a circulação. — Que bom.

Viro o corpo levemente para a esquerda, na direção dele.

Ao perceber que isso não me incomoda, viro um pouco mais.

Se eu olhar para a frente, sei que vou poder ver o terminal das balsas em Lewes. Haverá um carro à minha espera e um motorista. Não Isaiah. Um outro cara qualquer.

Meu voo só decola hoje à noite, porém irei direto ao aeroporto — Baltimore desta vez — e, por mais que eu esteja na classe econômica, vou pagar para entrar na sala premium, pois sei que quem viaja a negócios não dá a mínima para *ninguém*. Vou roubar alguns frios no bufê para a gata e assistir a *Os eleitos* no meu notebook enquanto espero. Vou pegar o assento da janela no voo para Las Vegas e o do corredor para Burbank. Quando desembarcar, vou chamar um carro e seguir para o apartamento que aceita animais de estimação que aluguei pelo celular hoje de manhã. Amanhã, Nell me enviará uma lista de trabalhos disponíveis e eu escolherei o que estiver mais perto de começar, mesmo que seja *Transformers*. Tentarei criar coragem para mandar uma mensagem para Isaiah.

Mais cedo ou mais tarde, ligarei para Amy.

Mas agora...

Confiro o relógio.

... agora tenho dezessete minutos. Dezessete minutos com esta luz, com esta brisa, com esta companhia inesperada. Dezessete minutos seguindo por este mundo com alguém a meu lado. Alguém que me entende. Sem se falar, sem se encostar, sem se olhar nos olhos, sem a necessidade de se desculpar nem de se explicar.

Se fosse um filme, seria um péssimo final.

Mas não é...

E não foi.

AGRADECIMENTOS

Sou imensamente grata a Allison Lorentzen, Norma Barksdale e toda a equipe da Viking, não só por conduzirem esta história até a publicação com muita delicadeza e competência como também pela incrível paciência que demonstraram ao longo dos últimos cinco anos. Escrevi trezentas páginas de um livro terrível antes de chegar até aqui e um editor menos comprometido teria feito com que eu lançasse aquele livro terrível. Obrigada a todos por acreditarem em mim.

Como sempre, nada disso seria possível — tanto em níveis cotidianos quanto em níveis mais profundos — se não fosse pela minha agente, Kate Garrick.

Meus primeiros leitores — Ellen Amato, Megan Crane, David Lapidus, Robyn Morrison e Scott Korb — conseguiram me orientar em meio ao caos que era meu primeiro rascunho sem destruir minha autoestima, e sou eternamente grata a eles por isso.

Sam Chidley, da Karpfinger Agency, também leu o manuscrito em seus estágios iniciais. Não consigo nem imaginar o que seria deste livro sem as observações dele, que foram de um discernimento ímpar. Ivy McFadden teve a tarefa nada invejável de editar minhas frases, o que fez com elegância e destreza, ajustando enredos, personagens e diálogos ao longo do caminho.

Steph Cha, em sua revisão final, me ajudou nos últimos detalhes, permitindo que eu me inspirasse em seu apurado senso de linguagem e construção de personagens.

Todos os erros são de minha responsabilidade. Tudo que você gostar quase certamente se deve ao trabalho árduo e à generosidade das pessoas citadas aqui; se não, deve ter sido inspirado na segunda temporada de *Fleabag*.

Meus amigos e familiares me aguentaram nos últimos anos… Mas eu também os aguentei, sem hesitar. Em vez de agradecer a eles aqui ou esperar um agradecimento de volta, escolho continuar a amá-los, apoiá-los e lhes dar espaço pelo tempo que me for permitido.

Impressão e Acabamento:
LIS GRÁFICA E EDITORA LTDA.